KLAUS ERFMEYER

Rasterfrau

STIGMA Seit rund vier Jahren sitzt der frühere Gymnasiallehrer Maxim Wendel in der Justizvollzugsanstalt Werl ein. Wegen Mordes an einem Rentner wurde er zu lebenslanger Haft verurteilt. Ungern übernimmt Rechtsanwalt Stephan Knobel die Vertretung Wendels, der eine Wiederaufnahme des Prozesses anstrebt. Stephans Recherchen, an denen sich bald auch Wendels früherer Verteidiger, der Staranwalt Dr. Immo Trost, beteiligt, ergeben, dass bei der Verurteilung sämtliche Beweise gegen Wendel sprachen. Der Lehrer, dem zu Schulzeiten der zweifelhafte Ruf vorauseilte, jungen blonden Frauen nachzustellen, soll sich in einem Park an einer Studentin vergangen haben. Beobachtet wurde er wohl von seinem früheren Nachbarn, dem Mordopfer. Wendels nach wie vor hartnäckiges Leugnen der Tat erscheint irreal, zumal er zweifelsfrei die Tatwaffe in der Hand hatte. Doch Knobel entdeckt bald erste Ungereimtheiten …

Dr. Klaus Erfmeyer wurde in Dortmund geboren. Er ist seit 1993 als Rechtsanwalt tätig und seit 2002 Seniorpartner und Mitgründer der Rechtsanwaltskanzlei Erfmeyer, Wassermeyer & Dudda in Essen, darüber hinaus Lehrbeauftragter für Verwaltungsrecht an der Ruhr-Universität Bochum, Autor zahlreicher Fachbeiträge, Mediator und nebenbei Maler.

Seit 2006 schreibt er Kriminalromane. Sein Erstling Karrieresprung wurde für den Glauser-Preis 2007 in der Sparte »Bestes Debüt« nominiert. Die Mischung seiner Berufe empfindet der – nach wie vor in Dortmund lebende – verheiratete Autor und Vater einer kleinen Tochter als glückliches Privileg.

Bisherige Veröffentlichungen im Gmeiner-Verlag:
Drahtzieher (2012)
Irrliebe (2011)
Endstadium (2010)
Tribunal (2010)
Geldmarie (2008)
Todeserklärung (2007)
Karrieresprung (2006)

KLAUS ERFMEYER

Rasterfrau

Knobels achter Fall

Original

GMEINER

Personen und Handlung sind frei erfunden.
Ähnlichkeiten mit lebenden oder toten Personen
sind rein zufällig und nicht beabsichtigt.

Besuchen Sie uns im Internet:
www.gmeiner-verlag.de

Im Ehnried 5, 88605 Meßkirch
Telefon 07575/2095-0
info@gmeiner-verlag.de

1. Auflage 2013

Lektorat: Claudia Senghaas, Kirchardt
Herstellung: Mirjam Hecht
Umschlaggestaltung: U.O.R.G. Lutz Eberle, Stuttgart
unter Verwendung eines Fotos von: © SIN – Fotolia.com
Druck: GGP Media GmbH, Pößneck
Printed in Germany
ISBN 978-3-8392-1420-6

für
meine Tochter Liona Merita
und
den Abiturjahrgang 1983 des Helmholtz-Gymnasiums
Dortmund

1

Stephan Knobel nahm den Weg über die alte Bundesstraße 1, den Hellweg, der in einigem Abstand zur parallel verlaufenden Autobahn von Dortmund aus ostwärts führte. Er passierte Felder, die sich nordwärts im Horizont des beginnenden Münsterlandes und südwärts in den Ausläufern des Sauerlandes verloren und in der mittäglichen Sonne dieses Julitages unter der flirrenden Hitze wie erstarrt schienen. Mit dem Auto über den Hellweg zu fahren, hieß, der alten Handelsstraße zu folgen und sich der früheren Bedeutung dieses Weges bewusst werden zu können. Es gab sie nach wie vor, die Mühlen und großen Gehöfte, die den Hellweg säumten und schon im Mittelalter ihren Besitzern zu Wohlstand verholfen hatten. Die kleinen Orte an dieser Straße wirkten noch heute reich und rein und beeindruckten durch schöne Fachwerkbauten, doch Stephans Ziel entbehrte jeden Idylls: Er fuhr in die Justizvollzugsanstalt Werl. Es wirkte wie ein Anachronismus, dass die in diesem Städtchen errichtete Strafanstalt, gelegen in der Freiheit und Weite verkörpernden lieblichen Soester Börde, just die Straftäter beherbergte, die langjährige oder sogar lebenslange Freiheitsstrafen abzusitzen hatten.

Stephans Besuch galt einem jener Insassen, die wegen Mordes einsaßen. Es würde im Dezember vier Jahre her sein, dass die Schwurgerichtskammer des Landgerichts Dortmund den Studienrat Maxim Wendel wegen der vorsätzlichen und zur Verdeckung einer Straftat begangenen Tötung des Rentners Rudolf Gossmann zu lebenslanger Haft verurteilt hatte. Wendels Revision gegen dieses Urteil war im

April des folgenden Jahres vom Bundesgerichtshof zurückgewiesen worden. Seither war das Urteil rechtskräftig.

Vor etwa einem halben Jahr hatte Wendel begonnen, Stephan in unregelmäßigen, doch immer kürzer werdenden Abständen Briefe zu schreiben, die stets mit der Bitte begannen, ihn in der Haftanstalt zu besuchen, bevor Wendel mit vielen Worten verbreitete, das Opfer einer Verschwörung und somit eines Justizirrtums geworden zu sein.

Stephan hatte die Briefe anfangs kommentarlos weggeworfen und die stets langen Schreiben nicht einmal ganz durchgelesen, bis Wendels Hartnäckigkeit schließlich von Erfolg gekrönt war.

Seit einigen Wochen hatte Stephan Wendels turnusmäßige Briefe gelesen, doch das Ansinnen des Gefangenen schien ebenso klar wie aussichtslos: Maxim Wendel wollte seinen Fall neu aufrollen lassen. Er strebte eine Wiederaufnahme des Prozesses und seinen Freispruch an. Wendel erinnerte daran, dass Stephan ihn aus einem längst abgeschlossenen Verfahren kenne, und es schien, als sollte diese Bekanntschaft Stephan motivieren, sich Wendels Falls anzunehmen.

Doch was Stephan Knobel von Maxim Wendel wusste, sprach nicht für ihn, sondern bestätigte eher das Bild, das die Staatsanwaltschaft bei der Mordanklage gegen Wendel gezeichnet hatte. Wendel reagierte mit einem abnorm wirkenden Automatismus auf hochgewachsene, blonde Frauen und nutzte jede sich bietende Gelegenheit, sich ihnen zu nähern und aufzudrängen. Es waren unbekannte Schönheiten, die aus dem Nichts auftauchten, bezaubernde Wesen, die Wendel eroberten und dirigierten, und aus dem Augenblick heraus Wendel mit allen Sinnen tasten und taktieren ließen, ohne dass sie von ihrer geheimnisvollen Macht etwas ahnten. Wendel heftete sich wie ein Magnet an diese Frauen, ließ sich von Anmut und vermeintlicher Reinheit betören, sog gierig Parfumnoten ein und deutete unverbindliche Gesten als lockende Signale. In seiner Phantasie fand Wendel mit diesen Frauen zu einer irrealen Zweisamkeit. Seinem triebhaften Handeln folgte nicht zwingend Ernstes nach. Manchmal blieb es bei einem Augenzwinkern, manchmal bei verbalen Annäherungsversuchen, die wegen ihrer gleichzeitigen Dreistigkeit und Unbeholfenheit häufig albern wirkten. Hin und wieder berührte Wendel die Frauen scheinbar wie zufällig und ließ sich zu anzüglichen Bemerkungen hinreißen.

Maxim Wendel hatte sich im Prozess selbstgefällig als Filou bezeichnet, tat sein Handeln als eine verhängnisvolle, jedoch harmlose Neigung zu dem von ihm so genannten blonden Gift ab, doch genau dieses Gift war zu seinem Verderben geworden. Letztlich saß Wendel genau aus diesem Grund ein.

Stephan hatte den Weg über den Hellweg nicht wegen der Schönheit der Strecke gewählt. Er hatte Zeit gewinnen wollen, weil er sich unsicher war, ob er mit dem Besuch Wendels in der Strafanstalt das Richtige tat. Er besuchte einen verurteilten Mörder, dem er wohl nicht würde helfen können – und der es dennoch schaffte, Stephan in seinen Bann zu ziehen, so, wie es ihm vor etwa sechs Jahren bereits einmal gelungen war.

Wendel hatte Stephan vorab die von der Justizvollzugsanstalt ausgestellte Besuchserlaubnis zugeschickt. Die Zeit war vorgegeben: Donnerstag, 28. Juni, 10.30 Uhr. Die Besuchszeit betrug maximal 120 Minuten. Dem Schreiben war der Hinweis beigefügt, dass sich jeder Besucher durch Ausweis oder Pass legitimieren müsse.

Um 10.35 Uhr saß er Maxim Wendel im großen Besucherraum gegenüber. Der Raum hatte Kantinenatmosphäre. Sie setzten sich an einen Tisch in der Ecke. An drei oder vier weiteren Tischen empfingen andere Gefangene ihre Besucher. Es waren eigenartig unemotionale Begegnungen zwischen der Außenwelt und der Welt innerhalb der Gefängnismauern, in der die Zeit langsam vor sich hinkroch und von den stets gleichen Ritualen geprägt war.

»Sie sind da, endlich!«

Wendel lächelte und schwieg gerührt. Er rieb sich verlegen durch sein Gesicht und schüttelte ungläubig den Kopf.

Stephan hatte Maxim Wendel als drahtigen, sportlichen, rund 35-jährigen Mann in Erinnerung, der auf sein gepflegtes Äußeres Wert legte und sich in seinem häufig forschen Auftreten gefiel. Der schlanke, fast 1,90 Meter große Mann hatte in der Haft seine Sportlichkeit bewahrt. Stephan vermutete, dass er hier alle Möglichkeiten nutzte, seinen Körper zu trainieren. Das Gesicht war schmaler als früher, sein Haar grauer, der Schnäuzer entfernt. Doch diese Veränderungen waren unbedeutend. Stephan spürte, dass Maxim Wendel ein gebrochener Mann war. Jetzt, wo er ihn vor sich sah, ohne dass Wendel mehr als die wenigen Worte zur Begrüßung gesprochen hatte, offenbarte sich dieser Zusammenbruch in radikaler Nüchternheit. Wendels lange Briefe zeugten von einer Verzweiflung, die schon wegen ihrer vielen Worte nicht so markant überzeugten wie Wendels Gesichtsausdruck und mit ihm seine ganze Körpersprache, die in diesen erst wenigen Augenblicken Bände sprachen.

»Es ist das erste Mal, dass ich eine Justizvollzugsanstalt von innen sehe«, sagte Stephan frei heraus. »Sie wissen, dass ich kein Strafverteidiger bin. Ich habe während meiner ganzen bisherigen anwaltlichen Tätigkeit nicht einen einzigen strafrechtlichen Fall bearbeitet.«

Stephans Worte wirkten hölzern und entschuldigend. Sie wollten die von Wendel gehegten Erwartungen dämpfen, doch sie blieben wirkungslos.

Wendel sah Stephan eine Weile an. Dann lächelte er wieder, zaghaft und doch eigenartig ermutigend.

»Aber Sie sind doch hier, Herr Knobel!«, sagte er sanft. »Sie waren einmal mein Anwalt, und Sie werden wieder mein Anwalt sein.«

Wendel beobachtete Stephan gerührt weiter, als sei für ihn ein Wunder wahr geworden.

»Sie wissen, welche Voraussetzungen das Gesetz aufstellt, um einen abgeschlossenen Prozess neu aufzurollen?«, fragte Stephan geschäftsmäßig. »Die Hürden eines solchen Verfahrens sind extrem hoch.«

Wendel nickte. »Insbesondere müssen neue Beweise vorgelegt werden, die meine Unschuld belegen«, wusste er. »Ich hatte viel Zeit, mich in der Gefängnisbibliothek in das Strafprozessrecht einzuarbeiten. Ich weiß über diese rechtlichen Feinheiten im Moment vielleicht mehr als Sie selbst, Herr Knobel. Doch über diese Beweise verfüge ich nicht. Ich kann Ihnen nicht einmal eine Geschichte erzählen, wie es gewesen sein könnte. Sicher ist nur, dass ich in eine Falle getappt bin.«

»Herr Wendel ...«, hob Stephan an.

»Sie haben 120 Minuten Zeit, Herr Knobel«, unterbrach ihn Wendel. Der Glanz in seinen Augen war verflogen. Er war augenblicklich auf die Sachebene übergewechselt.

»120 Minuten sind die maximale Besuchszeit eines jeden Strafgefangenen pro Monat«, erklärte er. »Ich habe die gesamten 120 Minuten des Monats Juni auf Sie gebucht, Herr Knobel. Wenn Sie eher gehen, können oder müssen

Sie das tun. Es besucht mich hier ohnehin niemand. Also ist es egal, wenn die unverbrauchte Zeit verfällt. Die Zeitdimension in so einer Anstalt ist eine andere, glauben Sie mir.«

Wendel redete ruhig und abgeklärt. Stephan war sich unsicher, ob die wie abgerufen wirkende Gleichgültigkeit nur Teil einer Kulisse war, in deren Schatten Wendel sich in der Haftanstalt über die Zeit rettete, während innerlich ein Feuer zu lodern begonnen hatte, das ihm noch einmal Kraft gab, die eigene Befreiung aus der aussichtslos erscheinenden Lage zu versuchen. Doch Wendel konnte nichts liefern. Er hatte es gerade zugegeben. Er blieb stoisch dabei, den Rentner Gossmann nicht getötet zu haben. Wendel sagte nicht mehr und nicht weniger als das, was er gebetsmühlenartig immer wieder im Prozess behauptet und zuletzt den Richtern entgegengeschrien hatte. All dies hatte er auch Stephan geschrieben. Es war die Wiederholung des längst Bekannten. Stephan verzichtete darauf, Wendel darüber zu belehren, dass unter diesen Voraussetzungen ein Wiederaufnahmeverfahren sinnlos sei.

»Sie fragen sich, warum ich Sie überhaupt herbestellt habe«, vermutete Wendel und sah Stephan aufmerksam und seltsam provozierend ins Gesicht. »Wir müssen ganz von vorn anfangen«, sagte er weich, doch es klang, als habe er diesen Satz für das Gespräch einstudiert, um ihn an passender Stelle zu platzieren.

Stephan dachte an ihre gemeinsame Zeit zurück, in der er Wendel als durchgehend sturen und uneinsichtigen Menschen kennengelernt hatte, der wenig Bereitschaft zeigte, einen Perspektivwechsel zu wagen.

»Wenn es einen Anwalt gibt, der sich in die Sache richtig – und zwar von Anfang an – einarbeiten und die Wahrheit finden kann, dann sind Sie das, Herr Knobel«, fuhr er fort. »Ich weiß, dass Sie nie Strafverteidiger waren. Aber Sie werden die Wahrheit finden können, und wenn Ihnen das gelingt, werden die prozessualen Finessen nicht so schwer sein. Notfalls lassen Sie sich von einem Fachmann helfen.«

»Sie wurden im Mordprozess von Dr. Gereon Trost verteidigt«, entgegnete Stephan. »Er gilt als ausgewiesener Strafrechtsexperte. National anerkannt und renommierter Referent auf allen möglichen Tagungen.«

Wendel nickte.

»Sicher«, meinte er. »Und ich sage nichts gegen Dr. Trost. Aber er will keine Wiederaufnahme beantragen, weil er sie für aussichtslos hält. Das sage ich Ihnen ganz ehrlich. Ich hatte ihn bereits darum gebeten, als der Bundesgerichtshof meine Revision verworfen hatte. Über Monate, nein, über Jahre habe ich ihn immer wieder gedrängt, für mich tätig zu werden oder mir zumindest einen anderen Anwalt zu nennen, der mich vertreten könnte. Tatsächlich hat er mir vier oder fünf Anwälte vermittelt. Aber der eine interessierte sich nur halbherzig für den Fall und winkte ab, als ich ihm gestehen musste, dass ich ihn nicht würde bezahlen können. Zwei oder drei hielten mein Ansinnen schon nach bloßem Lesen des Urteils für chancenlos, und einer meinte sogar, dass ich darüber froh sein sollte, dass mir eine anschließende Sicherungsverwahrung erspart geblieben sei. Alle Beweise sprächen gegen mich. Für sie war ich der Täter. Darin waren sich alle einig. Genauso, wie ich für Dr. Trost nach wie vor der Täter bin. Trost sagte immer wieder, dass er die aus seiner Sicht schlüssige Argumentation der Staatsanwaltschaft nicht habe widerlegen können. Und neue Beweise, die aus heutiger Sicht zu einer anderen Beurteilung führen könnten, gäbe es nun mal nicht. Also keine Wiederaufnahme. Fertig.«

»In den Medien stand zu lesen, dass Sie unzweifelhaft die Tatwaffe in der Hand hatten, Herr Wendel. Sie haben das stets bestritten. Wie erklären Sie sich Ihre Fingerabdrücke auf der Flasche, mit der Gossmann tödlich an seinem Hals verletzt wurde? In einem Wiederaufnahmeverfahren müssen wir zu diesem Punkt etwas sagen können. Es nützt nichts, die Fakten zu ignorieren.«

Wendel schwieg einen Moment, ohne dass er sich mit Stephans Frage zu beschäftigen schien.

»Was macht Ihre Lebensgefährtin, Herr Knobel?«, fragte er stattdessen unvermittelt.

Stephan wich zurück. So kannte er Wendel. Die drängenden Fragen ließ er gern unbeantwortet im Raum stehen, wechselte nach seinem Belieben die Gesprächsebenen, brüskierte sein Gegenüber und gefiel sich offenbar darin, als Ignorant wahrgenommen zu werden.

»Sind Sie noch zusammen?«, fragte Wendel. »Sie hieß Maria, wenn ich mich recht erinnere.«

»Marie«, korrigierte Stephan. »Marie Schwarz. – Ja, wir sind noch zusammen«, bediente er Wendels Frage. »Wir sind Eltern einer kleinen Tochter. Sie heißt Elisa und ist jetzt acht Monate alt.«

»Glückwunsch!« Wendel nickte anerkennend. »Ihr Leben baut sich weiter auf, meines reduziert sich. Das ist ein schlichter Befund. Mein Leben hatte gerade erst in neue Bahnen gefunden«, erinnerte er sich. »Etwa ein Jahr vor der vermeintlichen Tat habe ich meine spätere Frau kennengelernt. Wenige Monate danach haben wir geheiratet, und unmittelbar nach meiner Verurteilung hat sie die Scheidung eingereicht. Das war meine Kurzehe, Herr Knobel. Mit einem Mörder wolle sie nicht länger verheiratet sein, schrieb ihr Anwalt im Scheidungsantrag. Meine vielen sexuellen Abenteuer mit anderen Frauen hätten sie gekränkt, aber der Mord hätte das Fass zum Überlaufen gebracht. – So etwas ist doch fast ulkig, oder?« Wendel lachte bitter. »Wissen Sie, es gibt hier Knackis, bei denen wächst durch die Haft der soziale Zusammenhalt mit ihrer Familie. Auf Distanz geht vieles besser. Man streitet nicht mehr, man schlägt sich nicht mehr. Die Frau weiß ihren Mann in sicherer Verwahrung. Sie, die von draußen kommt, ist endlich die Stärkere. Es gibt nur 120 Minuten im Monat, in denen man sich streiten könnte. Aber das Zoffen bleibt aus. Das eingesperrte Männchen hängt hier am Tropf ...«

»Ihre Scheidung tut mir leid«, warf Stephan ein. »Ich wusste nicht einmal, dass Sie geheiratet hatten.«

»Ihnen muss nichts leidtun«, winkte Wendel ab. Er richtete sich auf und verschränkte die Arme vor der Brust. »Meine Frau hat ja recht: Ich war kein guter Ehemann. Ich habe reichlich Fehler. Schade ist nur, dass sie sich nicht wegen meiner Fehler von mir scheiden ließ, sondern deswegen, weil ich vermeintlich diesen Gossmann ermordet hätte. Also bin ich jetzt von einer Frau geschieden, die einen Fremdgeher als Ehemann wohl noch ertragen hätte, aber eben keinen Mörder. Wie auch immer: Unsere Ehe war schon zu Ende, als sie kaum begonnen hatte. Geblieben sind nur Schulden, die ich nicht begleichen kann. Natürlich musste ich auch die Kosten der verlorenen Prozesse tragen.«

»Geld ist ein gutes Stichwort«, merkte Stephan an.

»Ist es«, bestätigte Wendel, »und ich werde es nicht vergessen. Ich rieche förmlich, wie wichtig es Ihnen ist. Aber lassen Sie mich noch einmal auf Ihre Marie zurückkommen.«

Er lehnte sich vor und sah Stephan fest ins Gesicht.

»Sie und Ihre Marie waren es damals, die die gegen mich erhobenen Vorwürfe aus der Welt schafften. Ihnen gelang das, worauf es in diesem Fall ankommt: Sie haben auf das Detail geschaut. Und ich möchte, dass Sie es wieder tun, Herr Knobel! Sie haben einen Blick für das Detail, Sie und Ihre Marie.«

»Marie ist im Moment mit ihrer Mutterrolle ausgefüllt«, sagte Stephan. »Sie arbeitet stundenweise als Lehrerin, den Rest der Zeit nimmt Elisa ein. Marie kann nicht mehr in dem Umfang wie früher für mich arbeiten. Und ich bin beruflich kaum in der Lage, mich über Tage und Stunden in einen Fall zu vergraben.«

»Ach, tatsächlich? – Leiden Sie unter Arbeitsüberlastung?« Wendel warf Stephan einen spöttischen Blick zu und wandte sich dann von ihm ab. »Arbeiten Sie immer noch mit diesem fetten Löffke zusammen, der in der Prinz-Friedrich-Karl-Straße wie ein Graf in einer Villa residiert?«, fragte er und sah dabei an die Decke, als sei es ihm peinlich, Stephan mit seiner beruflichen Realität zu konfrontieren.

»Sie saßen damals im Mansardenbüro dieses protzigen Kanzleigebäudes. – Säulen vor dem Eingang wie bei einem kleinen Palast«, erinnerte sich Wendel.

»In der Mansarde sitze ich inzwischen wieder«, erklärte Stephan. »Allerdings sind Löffke und ich keine Sozien mehr. Ich habe mich von ihm getrennt. Wir sind nur noch eine Bürogemeinschaft.«

»Das zeugt von Charakterstärke«, lobte Wendel und nahm den Blick von der Decke. »Und jetzt?«, bohrte er weiter. »Sitzen Sie nun in Ihrer Mansarde und scheffeln Millionen? Haben Sie schon ein Haus für Ihre Familie gekauft?«

»Sehe ich danach aus?«

Wendel hob fragend die Schultern. »Vermutlich nicht«, sagte er. »Sonst wären Sie nicht hier. Das ist wiederum gut für mich, denn dann müssen Sie noch hungrig sein. Damals waren Sie es jedenfalls. Für scheinbar aussichtslose Fälle bekommt man offensichtlich nur die Anwälte, die sich für jeden Euro richtig ins Zeug legen müssen. Da nützt kein Advokat, der den Fall wirtschaftlich nicht nötig hat. Ich hätte Sie auch in dem Mordprozess als Anwalt gewollt, aber ich wurde sozusagen von Dr. Trost abgefangen. Wenn der allseits anerkannte Stern der Strafverteidigung für Sie tätig werden will, lässt man sich darauf ein, wenn man mit dem Rücken an der Wand steht. Zumal ich ja wusste, dass Sie kein Strafrechtler sind. Aber vielleicht wären Sie hungriger gewesen, Herr Knobel. – Sie, gemeinsam mit Ihrer Marie.«

»Meine damalige Tätigkeit für Sie betraf doch nur ein Fällchen«, relativierte Stephan.

»Fällchen?« Wendel schlug mit der Hand auf den Tisch.

Ein Justizvollzugsbeamter schaute missbilligend herüber und mahnte zur Ruhe.

»Wie reden Sie denn, Herr Knobel?«, ereiferte sich Wendel leiser. »Erinnern Sie sich denn überhaupt noch an das von Ihnen so genannte Fällchen? – Sind Sie zu stolz geworden? Zu bequem? Sind Sie ein zweiter Löffke, dem die fettige Suppe aus dem Maul läuft? – Sie können sich das gar nicht leisten, Herr Knobel! Ich habe ein Gespür für solche Dinge.«

»Sie und ich wissen, worum es damals ging, Herr Wendel«, entgegnete Stephan gelassen.

Doch Wendel entließ ihn nicht.

»Nein! – Schildern Sie meinen damaligen Fall!«, forderte er in einem Ton, in dem er früher seine Schüler angehalten haben mochte, seine Fragen zu beantworten. »Ich möchte wissen, ob Sie noch einen Riecher für die Gerechtigkeit haben.«

»Sie haben sich einer Schülerin zu sehr genähert«, antwortete Stephan. »Was soll das, Herr Wendel? Sie wissen doch, wovon wir hier reden.«

»Ich will Sie an das erinnern, was Sie für mich getan haben, Herr Knobel, und ich wünsche mir aus tiefstem Herzen, dass in Ihnen wieder der unbedingte Wille geweckt wird, sich der Gerechtigkeit verpflichtet zu fühlen, der Sie damals zum Sieg verholfen haben«, beharrte Wendel und merkte sofort, dass er mit seinen pathetischen Worten bei Stephan auf Widerstand traf.

»Bitte!«, sagte er weicher, »es ist mir wichtig!«

»Sie waren Lehrer für Chemie und Sport am Nordstadt-Gymnasium«, rekapitulierte Stephan. »Natürlich erinnere ich mich noch an die Details. Nach einer Chemiestunde in der Oberstufe wandte sich eine Schülerin an Sie. Ich glaube, sie war damals 17 Jahre alt. Die Schülerin forderte Sie auf, die von Ihnen vergebene Note des von ihr absolvierten Chemietests zu überprüfen. Sie hatte die Note ›mangelhaft‹ bekommen. Sie sagten, dass Sie die Note und den ganzen Test mit ihr in einem nahegelegenen Café besprechen wollten, das Sie dann am selben Tage nach Schulschluss mit der Schülerin aufgesucht hatten. Im Café saßen Sie mit der Schülerin an einem Ecktisch. Bei dem Gespräch, in dem es nach Angaben der Schülerin nur am Anfang um den Chemietest, dann jedoch um bestimmte sexuelle Vorlieben gegangen sein soll, hätten Sie der Schülerin an die Oberschenkel gefasst. Bei der späteren Überprüfung stellte sich heraus, dass der Test in der Tat von Ihnen bei dieser Schülerin zu schlecht benotet worden sei. Er hätte mit ›ausreichend‹, nach einer weiteren Meinung sogar mit noch ›befriedigend‹ bewertet werden müssen. Da Sie der Schülerin, eine für ihr Alter sehr reife und aufreizend gekleidete junge Frau, im Unterricht nach übereinstimmender Bekundung anderer Schülerinnen und Schüler häufig Blicke zuwarfen, wurde vermutet, dass Sie dieser Schülerin absichtlich eine schlechte Note erteilt hatten, um über ihren zu erwartenden Protest gegen die Note die Nähe zu ihr zu suchen. Es kam hinzu, dass Sie in der Vergangenheit auch anderen Schülerinnen in auffallender Weise nachgeschaut haben sollen. Die Disziplinarstelle bei der Bezirksregierung Arnsberg erteilte Ihnen daraufhin einen Verweis wegen Verstoßes gegen die Wohlverhaltenspflicht, weil Sie es an der gebotenen Distanz zu Schülerinnen vermissen ließen. Der Griff an die Oberschenkel der Schülerin konnte nicht bewiesen werden, sodass sexueller Missbrauch nicht im Raum stand.«

»Soweit der nüchterne Sachbericht des Juristen«, schnaufte Wendel. »Jetzt werden Sie mal ein wenig leidenschaftlicher!«

»Es gibt keinen Grund zur Leidenschaft«, gab Stephan kühl zurück. »Ich habe gegen die Verfügung der Bezirksregierung Klage erhoben. Wir haben beweisen können, dass die gegen Sie gerichteten Aussagen der Mitschülerinnen und Mitschüler auf einer Absprache beruhten, die das Ziel hatte, sich Ihrer als Chemielehrer zu entledigen. Sie galten als fachlich schwacher Lehrer. Aber es stand fest, dass Sie für diese – wie auch für andere, meist blonde, große Mädchen – eine Vorliebe hegten, sich dieser konkreten Schülerin jedoch nicht in vorwerfbarer Weise näherten. Dass Sie mit ihr zu einem Gespräch in das Café gegangen sind, war ungeschickt, doch wir konnten Gäste des Cafés ausfindig machen, die am Nachbartisch saßen und bekunden konnten, dass es während des ganzen Gesprächs nicht ein einziges Mal um Privates ging. Sie saßen nicht einmal nebeneinander oder über Eck, sondern einander gegenüber, sodass Sie der Schülerin auch nicht an den Oberschenkel greifen konnten. Deshalb haben wir den Prozess gewonnen. Es war reines Glück, dass wir den Beweis führen konnten. Ich habe nie verstanden, dass Sie so dumm sein konnten, sich einer solchen Falle auszusetzen. Sie wussten doch, welcher Ruf Ihnen an der Schule vorauseilte, Herr Wendel!«

»Es ist meine Sache, wo und wie ich meine Gespräche mit Schülern führe«, entgegnete Wendel unbeirrt und tat, als sei er noch im Schuldienst tätig.

»Sie galten schon damals als uneinsichtig«, erinnerte Stephan.

»Wir haben den Prozess gewonnen, weil Sie sich absolut für mich eingesetzt haben, Herr Knobel«, überging Wendel Stephans Vorhalt. »Wir haben gewonnen, weil Sie und Ihre Marie alles in diesem Fall von rechts nach links und zurückgedreht haben. So einen Anwalt brauche ich jetzt wieder. Deshalb will ich Sie, Herr Knobel. Ich brauche Sie!«

»Ich bin nicht unsensibel oder oberflächlicher geworden, Herr Wendel.« Jetzt lächelte Stephan. »Sie müssen mich nicht provozieren. Wenn mich nicht irgendetwas an der Sache reizen würde, wäre ich nicht hier. Aber ich bin unsicher.«

»Endlich! Gratuliere! Endlich ein Anwalt, der auch einmal unsicher ist. Ihr Kollege Dr. Trost war sich zu Beginn meiner Verteidigung sicher, dass ich freigesprochen werde. Doch als er die Beweisführung der Staatsanwaltschaft kannte, meinte er, dass es schwierig werde. Und als ich verurteilt war, prognostizierte er, dass unsere Revision keine Chance hätte. Leider hatte er recht behalten.« Wendel verzog zynisch die Mundwinkel.

»Ich kenne Ihren Fall nicht im Detail«, sagte Stephan. »Natürlich habe ich den Prozess wegen des Mordes an Rudolf Gossmann damals in den Medien verfolgt. Ich kenne die Geschichte aber nur in groben Zügen. Soweit ich weiß, sagten alle Zeugen übereinstimmend gegen Sie aus. Das Tatwerkzeug trug Ihre Fingerabdrücke. Und das Mordmotiv lag offen zutage. Ich bin mir sicher, dass der Kollege Dr. Trost alles versucht hat, was möglich war. Er gilt als Fuchs bei Strafverteidigungen und als ein Stratege, vor dem sich Staatsanwaltschaft und Gericht fürchten. Er lauert auf Verfahrensfehler und schlägt in jede Kerbe, die sich ihm bietet. Wenn ich einen Strafverteidiger brauchte, würde ich vermutlich Dr. Gereon Trost wählen.«

»Ich brauche nur die Wahrheit«, sagte Wendel nüchtern. »Wenn die Wahrheit auf dem Tisch liegt, brauche ich keine Verfahrenstricks. Ich habe Rudolf Gossmann nicht umgebracht, Herr Knobel.«

»Viele, die hier sitzen, werden bestreiten, der Täter gewesen zu sein«, war sich Stephan sicher.

»Zum Geld«, wechselte Wendel das Thema, ohne auf Stephans Einwurf zu reagieren.

Wendel hatte sich also nicht geändert. Jetzt, als Stephan erstmals seit Jahren wieder mit ihm redete, kehrten Details der früheren Begegnungen mit Wendel in seine Erinnerung zurück. Wie oft hatte Stephan in den Gesprächen mit Wendel darauf dringen müssen, konkret auf seine Fragen zu antworten, wenn Wendel abschweifte und sich auf das fokussierte, was ihm im Augenblick wichtig war? Immerhin hatte Wendel begriffen, dass Stephans Honorierung auch für ihn von entscheidender Bedeutung war.

»Ihnen ist klar, dass ich pleite bin«, sagte Wendel. »Doch wenn die Wahrheit ans Licht kommt, werden sich die Medien um die Story reißen. Ich verkaufe die Geschichte an ein Magazin, und die Honoraransprüche daraus trete ich an Sie ab, Herr Knobel. Sie werden an diesem Fall mehr verdienen als ein normales Verteidigerhonorar nach Gebührenordnung. Und denken Sie an den Reputationsgewinn! – Unbezahlbar …«

Stephan rollte mit den Augen. »Ich kenne die vage Aussicht auf Honorare, die aus Veröffentlichungen von Fällen gespeist werden sollen, Herr Wendel«, bemerkte er trocken.

»Sie werden keinen Mörder vertreten, dessen Tat Sie irgendwie dem Gericht als menschlich und rechtlich nachvollziehbar erklären müssen. Sie helfen einem Menschen, dem Unrecht widerfahren ist«, warb Wendel. »Weder Sie noch ich haben irgendetwas zu verlieren. Ich habe hier unendlich viel Zeit. Aber alles Nachdenken ist müßig, wenn ich meine Theorien nicht draußen auf ihre Richtigkeit überprüfen kann.«

»Sie hatten bereits im Prozess behauptet, dass man Ihnen den Mord an Gossmann unterschieben wollte«, sagte Stephan. »Ist das immer noch Ihre Theorie?«

»Welche denn sonst, Herr Knobel?«, fragte Wendel geduldig. »Wenn ich nicht der Täter war, ist das die einzig mögliche Theorie.«

»In den Zeitungen stand zu lesen, dass man diese Theorie genau untersucht habe. Aber es gab keinen einzigen Anhaltspunkt für ihre Richtigkeit. Es sprach alles gegen, aber nichts für Sie, Herr Wendel.«

»Machen Sie es, oder machen Sie es nicht, Herr Knobel? Ich kann nicht mehr anbieten, als ich gesagt habe. Es ist mein aufrichtiger Wunsch, dass Sie das Mandat übernehmen. Setzen Sie unsere Honorarabrede schriftlich auf! Ich werde alles unterschreiben. Seien Sie gewiss, dass ich Ihnen alle Fragen zur Sache wahrheitsgemäß beantworten und helfen werde, soweit ich es von hier aus kann. Nehmen Sie Kontakt zu Trost auf! Lassen Sie sich den Fall erklären! Ich bitte Sie, Herr Knobel, aber ich flehe Sie nicht an!«

Wendel sah Stephan mit eigentümlichem Stolz an.

»Ich habe das Flehen nicht nötig«, fügte er an, wissend, dass Stephan das Mandat nötig haben könnte. »Ja oder Nein, Herr Knobel?«

Stephan dachte eine Weile nach. Welche andere Frage Wendels hätte er bei seinem Besuch in der Haftanstalt erwarten können? Wunderte ihn, dass Maxim Wendel abermals seine Unschuld beteuerte, nachdem er dies bereits in jedem Brief getan hatte? War es nicht Wendels unerschütterliches Beharren, nicht der Täter des ihm zur Last gelegten Mordes zu sein, dass die scheinbare Aussichtslosigkeit des angetragenen Mandats hinterfragte und ihn herausforderte?

»Ich habe mich damals gewundert, dass Sie ausgerechnet mich mit Ihrer Vertretung in der Disziplinarangelegenheit beauftragt hatten«, sagte Stephan. »Angesichts des Ihnen vorauseilenden Rufes hätte ich an Ihrer Stelle einen Spezialisten beauftragt.«

»Einen Spezialisten?«, wiederholte Wendel erstaunt. »Wenn man weiß, dass man unschuldig ist, braucht man keinen Fachidioten. Ich hatte Sie nach dem Zufallsprinzip aus dem Telefonbuch ausgewählt. So einfach war das.«

»Aber Sie haben bei dem Mordprozess den Starverteidiger schlechthin beauftragt«, entgegnete Stephan.

»Ein Mordvorwurf ist schon ein anderes Kaliber als eine vermeintliche Tätschelei. Dr. Trost ist auf spektakuläre Fälle aus. Ich dachte, dass wir beide voneinander profitieren. Aber heute denke ich, dass ich jemanden wie Sie brauche: keinen Winkeladvokaten, sondern ein hungriges Trüffelschwein, das der Sache auf den Grund geht.«

Stephan zog eine Visitenkarte aus seinem Portemonnaie, notierte noch zusätzlich seine häusliche Festnetznummer darauf und gab sie Wendel.

»Sie sind noch hungrig, oder?« Wendels Augen leuchteten beglückt.

»Mich treibt nicht nur das Interesse an Ihrem Fall an«, bekannte Stephan und stand auf.

Er konnte sich nicht erinnern, einem Mandanten gestanden zu haben, dass seine wirtschaftliche Not ihn Fälle übernehmen ließ, denen er sich fachlich nicht gewachsen fühlte. Stephan fühlte sich zur Robenhure verkommen.

»Ich weiß«, nickte Wendel. »Sie brauchen Geld. Ich habe es geahnt. Sie säßen sonst nicht mehr in der Mansarde. – Wir sind beide hungrig, Herr Knobel! – Ich auf die Freiheit! – Lassen Sie sich von Dr. Trost die Akten geben. Ich werde ihn informieren, dass Sie mein neuer Anwalt sind.«

2

Dr. Gereon Trost galt als *der* Strafverteidiger schlechthin. Wer mit dem Gesetz in Konflikt geraten war, wollte bevorzugt von ihm verteidigt werden, doch Trosts Profession gestattete ihm nach knapp 30-jähriger Berufspraxis, nicht längst jedes strafrechtliches Mandat annehmen zu müssen, das ihm angetragen wurde. Die Verteidigung von Kleinkriminellen langweilte ihn regelmäßig, und die Täter schwererer Delikte hatten im Wesentlichen nur dann eine Chance, von ihm vertreten zu werden, wenn sie seine hohen Honorare zu zahlen imstande waren. Trost rechnete nicht über die Gebührenordnung ab, sondern vereinbarte mit seinen Mandanten stattliche Wahlverteidigerhonorare. Der gewöhnliche Kriminelle, finanzschwach und nur in den Deliktsgruppen rund um Hausfriedensbruch, Diebstahl, Betrug und Sachbeschädigung unterwegs, konnte bei Trost nicht landen, wenn der Fall nicht in irgendeiner Weise außergewöhnlich war und ihm deshalb Gelegenheit bot, über die mediale Wirkung Nutzen für sich zu ziehen. Nur dann fand auch der kleine Ganove Trost bei Trost, wie es in den einschlägigen Kreisen hieß. Zuletzt hatte Trost in einem aufsehenerregenden Prozess einen Landstreicher vertreten, der in das Weihwasserbecken einer katholischen Kirche uriniert hatte. Derartige Fälle fanden schnell in die Medien, vor denen Trost kanonartig das Credo wiederholte, das ihn zum Verteidiger aus Berufung machte: Jeder Straftäter, was auch immer er getan hatte, verdiene eine gute Verteidigung, die das Gegengewicht zu der staatlichen Macht zu sein hatte, die dem Angeklagten im Gerichtssaal in Form von Staatsanwaltschaft und Gericht gegenüber saß. Dr. Gereon Trost unterstrich unablässig, dass sein Beruf nicht nur Job, sondern Leidenschaft sei, ihm in jedem Fall aber Freude bedeute. Die Juristen, die mit ihm zu tun hatten, wussten, dass sich hinter diesen Worten nicht nur publikumswirksame Werbung, sondern auch ein Stück Wahrheit verbarg, denn Trost beherrschte gekonnt die Klaviatur der gesetzlichen Regelungen im Strafgesetzbuch und in der Strafprozessordnung, wenn er die Verteidigung eines Mandanten übernommen hatte. Eine Einstellung des Verfahrens schon im Ermittlungsverfahren mochte für den Mandanten günstig sein, für Trost indes war erst der Freispruch im Hauptverfahren das Salz in der Suppe. Deshalb hieß es, dass Trost seine Munition nicht bereits im frühen Stadium verschoss, sondern es lieber zur Anklageerhebung kommen ließ, um auf der Bühne der Hauptverhandlung mit Beweisanträgen, kunstvollen Fragen, juristischen Feinheiten und flammenden Plädoyers zu glänzen, die ihm den erhofften Sieg einbrachten.

Trost galt in seinem beruflichen Auftreten als arrogant, und er pflegte den ihm vorauseilenden Ruf, weil er wusste, dass ihm die dadurch erzeugte Ablenkung vom eigentlichen Fall zumeist die Chance bot, gleichsam einer lauernden Schlange hervorzuschnellen, um mit einem Überraschungscoup dem Prozess zur entscheidenden Wende zu verhelfen. Zu Trosts Selbstverständnis gehörte es, Strafprozesse vor dem Amtsgericht als fade Kost zu bezeichnen. Es war nicht nur die Banalität der hier verhandelten Vergehen, die ihn gähnen ließ, sondern auch die für ihn unattraktive personale Besetzung solcher Verhandlungen. Ein Amtsrichter und die Staatsanwaltschaft, die sich hier häufig nur von einem Referendar vertreten ließ, konnten seinen Ansprüchen nicht genügen, auch nicht das Amtsgericht als Schöffengericht, denn die beiden zusätzlichen Laienrichter, die Trost immer als Hausfrau Lieschen Müller und Hausmeister Anton Krause betitelte, waren am wenigsten dazu angetan, seine juristischen Hochseilakte nachzuvollziehen.

Trosts Welt war die Große Strafkammer vor dem Landgericht. Hier konnte er sich mit drei Berufsrichtern und der möglichst von einem gestandenen Oberstaatsanwalt vertretenen Anklagebehörde messen. Neben der gewichtigeren Besetzung der Großen Strafkammer war auch der Verhandlungsort ein ganz anderer als bei den Sitzungen des Amtsgerichts. Mühte sich der Strafrichter zumeist in kleinen Räumen, die allenfalls Wohnzimmergröße hatten und sich deshalb der Bezeichnung als Saal nicht würdig erwiesen, durch eine Vielzahl von Verfahren, tagte die Große Strafkammer in einem der großen Säle des Dortmunder Landgerichts. Ausgestattet mit schweren hölzernen Richterbänken und ebenso gewichtigem Mobiliar für die Verteidigung und die Staatsanwaltschaft und einem großzügigen Platzangebot für die Zuschauer, war dies die geeignete Bühne, die Trost zur Höchstform auflaufen ließ. Hier ließ sich wirkungsvoll plädieren. Hier konnte er, wenn er zu seinen rhetorisch brillanten Ausführungen anhob, seinen Platz verlassen und durch den Saal schreiten, den Blick gekonnt vom Gericht zu den übrigen Prozessbeteiligten schweifen lassen und sich insbesondere immer wieder dem Publikum zuwenden, in dem nicht selten zahlreiche Pressevertreter saßen, die er gern mit seinen rhetorischen Fragestellungen in seine Gedankenführung einband. Tagte die Große Strafkammer als Schwurgericht, ging es also um sogenannte Kapitalverbrechen, war der äußere Rahmen für Trost perfekt. Des öffentlichen Interesses an solchen Verfahren gewiss, präsentierte er sich glanzvoll und schnalzte mit der Zunge, wenn es ihm gelang, Zeugen, Staatsanwaltschaft und das Gericht aufs Glatteis zu führen. Dabei gab er sich äußerlich gern konziliant und nachsichtig und schnaufte genussvoll, wenn er registrierte, dass das Gericht bei seinen lichtvollen Ausführungen auf die auf der Richterbank präsente Kommentarliteratur zugriff, um sich der Richtigkeit der von ihm dargebotenen juristischen Feinheiten zu versichern.

Dr. Gereon Trost hatte vor Kurzem seine Kanzlei an den neuen Phönix-See im Dortmunder Stadtteil Hörde verlegt. »Jugendstil war gestern, neue Sachlichkeit mit Ambiente und Lifestyle ist heute«, hatte er den Journalisten in den Block diktiert, als er sein altes Quartier in der Gartenstadt verließ, um seine neuen Büroräume in einem mit schwarzem Marmor verblendeten Haus zu beziehen, das in der Reihe der vielen vornehmen Neubauten in der ersten Reihe am Seeufer wie ein Edelsteinwürfel aussah und gleichzeitig Trosts neues Wohndomizil war. Die Zeitungen hatten berichtet, dass der seit 15 Jahren verwitwete 60-jährige sportliche Starverteidiger und Hobbysegler sich hier einen Traum verwirklicht habe. Das Foto zeigte ihn von seiner Terrasse winkend, die den unverbaubaren Blick auf den See bot, der nach jahrelangen Bodenmodellierungen eine Senke füllte, in der einst ein Stahlwerk stand, das diesen Stadtteil dominiert und mit Gestank und Dreck belastet hatte. Jetzt sah man über den See auf die lange im Schatten der Industrie verborgen gebliebene und aufwendig restaurierte Hörder Burg und mit ihr auf eine gänzlich neue Skyline, die alle Besucher des Sees als das Ergebnis einer wundersamen Wandlung empfanden und mit ungläubigem Staunen betrachteten.

Als Stephan Knobel seinen Kollegen in dessen neuer Residenz aufsuchte, wusste er sowohl von dem Zeitungsartikel über Trosts Umzug als auch – und im Besonderen – von dem Ruf, der dem Strafverteidiger vorauseilte und Stephan Respekt einflößte. Stephan war weit davon entfernt, sich wie Trost als Juristen aus Leidenschaft zu bezeichnen. Er haderte oft mit dem Beruf und zweifelte an dem Rechtssystem, das häufig die Gerechtigkeit hinter dem Recht zurückstehen ließ. Vor allem konnte Stephan Gerichtssäle nicht als eine für ihn geschaffene Bühne betrachten. Stephan Knobel empfand sich als Gegenentwurf zu Dr. Gereon Trost – und er war es auch.

Doch als Trost Stephan mit einladenden Worten in sein neues Büro bat, offenbarte sich eine ganz andere Seite des Starjuristen. Er begrüßte Stephan gelöst und herzlich, präsentierte stolz die gediegene Einrichtung und stellte ihm mit kindlicher Freude auch die technischen Besonderheiten des

Büros vor, die es ihm unter anderem gestatteten, Besucher unbemerkt zu filmen und zu belauschen.

»Kommen Sie mir nicht mit der Vertraulichkeit des Wortes«, verteidigte er mit einem schelmischen Augenzwinkern sein in Sekundenschnelle preisgegebenes Geheimnis. »Als Anwalt muss man immer gewappnet sein. Der beste Mandant kann schnell zum ärgsten Feind mutieren. Da ist es gut, auf der Hut zu sein. Mir wird später keiner vormachen können, in diesem Büro irgendetwas getan oder gesagt zu haben, wenn es nicht der Wahrheit entspricht.«

Dann führte er Stephan auf die von dem Zeitungsfoto bekannte Terrasse und bot ihm den von ihm so bezeichneten Logenplatz an, der einen beeindruckenden Blick auf den am anderen Seeufer gelegenen Innenbereich des Stadtteils Hörde bot und sich mit der in der Sonne des frühen Abends glänzenden Oberfläche des Sees zu einem sehenswerten Panorama vervollständigte.

Trost fragte umsichtig nach Stephans Wünschen, servierte Orangensaft und Schokoladen-Dinkelkekse auf dem eleganten Glastisch, und Stephan lehnte sich entspannter in seinem Korbsessel zurück.

»Sie arbeiten mit Hubert Löffke unter einem Dach«, wusste Trost und lächelte. »Fühlen Sie sich wohl in der Aura dieses behäbigen Aufschneiders?«, preschte er vor und schenkte Saft ein. »Sie haben sich doch schon beruflich von ihm getrennt, warum nicht auch räumlich?«

Trost sah Stephan mit seinen wachen stahlblauen Augen forschend ins Gesicht, doch Stephan antwortete nicht.

»Ich kenne Sie nur aus der Akte des verwaltungsgerichtlichen Prozesses, den Sie seinerzeit für Wendel geführt haben«, sagte er. »Sonst weiß ich nur das über Sie, was mir das Internet verrät, das ich vorhin wie ein Orakel befragt habe. Aber ich schließe aus diesem von Ihnen für Wendel geführten Disziplinarverfahren, dass Sie ein heller Kopf sein müssen. Sie wie ich wissen, dass es unter Anwälten viele Idioten gibt, und Sie verzeihen mir meine Offenheit, wenn ich behaupte, dass Hubert Löffke ein Idiot ist.«

»Wie kommen Sie darauf?«, entfuhr es Stephan überrascht, obwohl er Trosts Einschätzung uneingeschränkt teilte.

»Löffke hält neuerdings Vorträge in Altersheimen«, antwortete Trost grinsend und genoss es, Stephan überraschen zu können.

»Thema: Klug vererben – beruhigt sterben. – Wussten Sie das? Ich habe das von einem mit mir befreundeten Heimleiter erfahren. Löffke kann doch nicht bei Trost sein!«

Er war über sein zufälliges Wortspiel amüsiert und lächelte vergnügt.

»Der Kerl ringt langsam nach Luft«, war er sich sicher. »Es ist wie überall, Kollege Knobel. Die Spreu trennt sich vom Weizen. Immer mehr Anwälte kämpfen ums wirtschaftliche Überleben.«

Trost schmunzelte. »Ich falle immer mit der Tür ins Haus. Das ist Ihnen natürlich längst bekannt! Aber so wissen Sie gleich, woran Sie sind. Und zugleich mache ich mir schnell ein Bild von Ihnen, Herr Knobel. Ich darf sagen: Es freut mich, dass Sie sich der Sache Maxim Wendel annehmen.«

Stephan blinzelte Trost unsicher an. Dessen Freundlichkeit und Offenheit überraschten und irritierten ihn. Trosts Freude darüber, dass Stephan Wendels Vertretung übernommen hatte, konnte nur Spott bedeuten.

»Gerade, weil Sie kein Strafverteidiger sind, Herr Knobel«, ahnte Trost Stephans unausgesprochene Gedanken. »Wendel hat mir aus der Haftanstalt geschrieben, dass er Sie beauftragt hat, in dieser Sache noch einmal alles zu durchleuchten. Ich soll Ihnen meine Akten von damals geben, und das tue ich natürlich.«

»Wendel hatte Sie schon kurz nach dem verlorenen Revisionsverfahren gebeten, eine Wiederaufnahme zu prüfen«, sagte Stephan.

Trost nickte, faltete andächtig seine Hände über seinem Bauch und sah eine Weile aufs Wasser.

»Ja, das hat er«, bestätigte er dann, »und ich weiß aus anderen Fällen, dass Verurteilte immer wieder eine Wiederaufnahme anstreben, weil sie das Ergebnis des Prozesses nicht für sich akzeptieren können. Stellen Sie sich vor, man schickt Sie lebenslang in den Knast. Wenn diese Botschaft erst einmal Ihr Inneres erreicht hat, wenn Sie also verstehen, dass in der Regel mindestens 17 bis 20 Jahre vor Ihnen liegen, bevor Sie überhaupt einen Antrag auf Entlassung stellen dürfen, dann bricht Ihre Welt zusammen. Jeder Mensch mit normalem Freiheitsdrang will raus. Die Wenigsten empfinden das Urteil als gerecht, selbst wenn es richtig ist. Also belügen sie sich und glauben, dass es ungerecht ist. Wiederaufnahme ist so ein Zauberwort, und viele verwenden es aus den unterschiedlichsten Motiven. Einige meinen, sie hätten gar nicht bestraft werden dürfen, weil sie vermeintlich nicht der Täter waren, andere, dass sie Opfer ungerechter Richter waren und so fort. Alles Unsinn! – Hinter dem Drängen auf eine Wiederaufnahme des Verfahrens verbirgt sich häufig nur die psychische Sperre des Verurteilten, das in der Sache richtige Urteil nicht gegen sich gelten lassen zu können. Ich verliere wie jeder Anwalt ungern Prozesse, aber manchmal kommt es eben doch vor. Es gibt Fälle, da helfen keine prozessualen Tricks. Auch der beste Anwalt kann nicht aus Schwarz Weiß machen. Und Sie wissen, dass ich nicht der Schlechteste bin.«

Aha, dachte Stephan und schlürfte seinen Orangensaft. Trosts Eigenlob war für Stephan erträglicher als dessen ehrerbietiges Gebaren, mit dem er Stephan zur Übernahme des Mandats Wendel beglückwünscht hatte. Stephan fühlte sich sicherer.

»Sie waren zu Beginn der Verteidigung Wendels der Auffassung, ihm zum Freispruch verhelfen zu können«, fasste er nach.

»Das stimmt«, bekräftigte Trost. »Aus heutiger Sicht muss ich sagen, dass ich mich damals völlig unprofessionell verhalten habe. Man darf es eigentlich nicht laut aussprechen: Ich hatte Maxim Wendels Version geglaubt, hatte mich von seiner Überzeugungskraft anstecken lassen und meine günstige Prognose abgegeben, obwohl ich noch nicht alle Beweise kannte, die die Staatsanwaltschaft in das Verfahren einführte.«

Stephan schüttelte erstaunt den Kopf.

»Ja, es war mehr als dilettantisch«, räumte Trost selbstkritisch ein, »und dieser Fehler relativiert sich nicht dadurch, dass mir solches in meiner langjährigen Karriere als Strafverteidiger kein zweites Mal passiert ist.«

»Hätten Sie Ihre Verteidigung anders aufgebaut, wenn Sie Zweifel an Wendels Version gehabt hätten?«, fragte Stephan.

Trost überlegte eine Weile, griff in Gedanken in die Vergangenheit zurück und ließ den Prozess Revue passieren.

»Ich denke, nein«, antwortete er schließlich. »Ich habe alle für Wendel streitenden Argumente verwertet und alle von der Staatsanwaltschaft vorgelegten Beweise hinterfragt, eigene Beweisanträge gestellt und wirklich alles getan, um den Fall aufzuklären und jeden noch so winzigen Aspekt herauszuarbeiten, der für Wendel sprach. Aber da war nichts zu machen. Die Beweisführung der Staatsanwaltschaft war hieb- und stichfest. Sie können sich denken, dass dies ein Ergebnis ist, das nicht meinem beruflichen Selbstverständnis und meinem Ehrgeiz entspricht«, meinte er und fügte selbstbewusst hinzu: »Ich bin eitel, Herr Knobel. Und demzufolge schätze ich es nicht, in meiner Eitelkeit gekränkt zu werden.«

»Für Wendel war es wohl schlimmer als für Sie«, entgegnete Stephan lakonisch.

»Natürlich war es schlimmer für ihn als für mich«, sagte Trost. »Er war wütend und schrie nach der Urteilsverkündung. Allerdings stellt sich die Frage, ob ein Mörder vom Ausgang des Prozesses enttäuscht sein darf, wenn es nicht gelingt, beim Gericht Zweifel an seiner Schuld zu wecken. Darf man enttäuscht sein, wenn einem nicht verdientes Glück versagt bleibt?«

Trost ließ seine rhetorische Frage unbeantwortet und vertiefte sich sofort in seine Reflexion: »Interessant ist für mich in der Konsequenz, dass ich Maxim Wendel auf den Leim gegangen bin. Der Prozess war ein Lehrstück für mich, dessen Botschaft ich spätestens zu dem Zeitpunkt verinnerlicht hatte, als die Revision gegen die lebenslängliche Verurteilung scheiterte. Da endlich hatte ich kapiert, dass die andere Seite recht hat. Und dann gilt die einfachste Formel überhaupt: Wer recht hat, soll auch im Recht sein. Das Urteil ist rechtens. Und die von Wendel angestrebte Wiederaufnahme ist eine Totgeburt. Deshalb habe ich dieses Ansinnen auch immer abgelehnt. Auf sein Drängen habe ich ihm sogar ein paar Kollegen vermittelt, die allesamt nach kurzer Prüfung des Falles den richtigen Schluss zogen. Sie wissen selbst, welch hohe Hürden das Gesetz für eine erfolgreiche Wiederaufnahme stellt: Hier ist weit und breit nicht der Hauch eines neuen Beweises erkennbar, der die Richtigkeit des damaligen Urteils erschüttern könnte.«

Trost hielt inne und musterte Stephan eine Weile. Stephan hielt Trosts Blick stand und wartete ab.

»Was mich anrührt, Herr Knobel ...«, hob er dann wieder an und lächelte väterlich: »Maxim Wendel scheint es wieder geschafft zu haben, einen Anwalt in seinen Bann gezogen zu haben. – Seien Sie ehrlich: Sie glauben ihm irgendwie, ohne dass Sie etwas mit Händen greifen können, was Ihnen rechtlich zum Erfolg verhelfen könnte. Sie sind in der gleichen Lage wie ich damals, und deshalb meine ich auch, dass es völlig egal ist, ob Sie Strafverteidiger sind oder nicht. Maxim Wendels Strategie funktioniert nach dem Prinzip, dass man ihm erst einmal glaubt. Vielleicht glaubt man ihm auch nur, weil man seiner Penetranz erliegt. – Empfinden Sie ihn nicht als penetrant? Er lässt keine abweichenden Meinungen zu, ist auf sich fixiert und von sich beseelt. Man meint fast, es bei ihm mit einer Form von Autismus zu tun zu haben. Also glaubt man ihm schon allein aus dem Grund, um sich ihm entziehen zu können. – Nein, es ist mehr als Glaube«, verbesserte sich Trost. »Wendel überzeugt, bis die Fakten das Gegenteil belegen. Aber dann ist die Welt wieder im Lot, und man erkennt, dass man sich von ihm hat instrumentalisieren lassen.«

»Warum ging alles schief?«, fragte Stephan.

»Die Frage lautet vielmehr: Warum konnte Maxim Wendel die Fassade der Unschuld nicht aufrechterhalten?«, korrigierte Trost. »Sie werden in den Akten, die ich Ihnen gleich mitgebe, natürlich auch die Anklageschrift finden, mit der der Einstieg in das gerichtliche Verfahren begann. Sie werden einen Sachverhalt lesen, der klipp und klar ist und der sich nach der umfangreichen Beweisaufnahme, die das Gericht durchgeführt hat, auch genau so und nicht einen Deut anders abgespielt hat.«

»Schildern Sie ihn mir bitte aus Ihrer Sicht!«, bat Stephan und schenkte Saft nach. »Alles, was ich über den Fall weiß, stammt aus zweiter Hand, also nur aus den Medien. Ich war an keinem einzigen Verhandlungstag als Zuschauer dabei.«

Trost überlegte kurz. Dann stand er auf und ging langsam auf der Terrasse bis zu dem Geländer aus gebürstetem Edelstahl, welches zugleich sein Grundstück von der tiefer vorbeiführenden Uferpromenade trennte. Er blickte eine Weile auf den See, auf dem nun einige Segelboote kreuzten, und stützte seine Hände in die Hüften. Stephan spürte, dass sich der Starverteidiger sammelte, um den Fall mit der ihm eigenen Brillanz zu präsentieren, der seinerzeit weit über die Grenzen der Stadt hinaus die Öffentlichkeit bewegt hatte.

»Ich beginne mit der Geschichte noch ein Stück vor dem eigentlichen Tatgeschehen«, entschied Trost, als er sich nun mit konzentriertem Gesichtsausdruck umwandte. »Sie müssen alles wissen, um sich ein Bild zu machen, Herr Knobel! All das, was ich Ihnen sage, werden Sie auch in den Akten finden, aber Sie müssten dann die Puzzlestücke mühevoll zusammensetzen.«

Er kehrte langsam zum Tisch zurück und setzte sich.

»Maxim Wendel kam als damals 29-jähriger Studienrat an das Nordstadt-Gymnasium«, hob er an. »Ausgebildet war er für die Fächer Chemie und Sport, die er beide sowohl in der Sekundarstufe I als auch in der Sekundarstufe II unterrichtete. Man hatte Wendel insbesondere wegen des Faches Chemie zu dieser Schule geholt, weil es für dieses Fach nur eine einzige weitere Lehrkraft gab und deshalb erheblicher Bedarf bestand. Wendel konnte keine guten Examensnoten vorweisen. Unter normalen Umständen hätte er nirgends eine Anstellung gefunden. Sein Glück war allein, dass das Fach Chemie an der Schule unterbesetzt war. Er wurde aber auch im Sportunterricht eingesetzt. Wendel war also ein eher unterdurchschnittlich begabter Lehrer und darüber hinaus auch ein von Anfang an zumindest kauziger Typ. Unvergessen ist auch sein schon absurder Geiz, der ihn zum Beispiel dazu trieb, darauf zu bestehen, in der Schulkantine zu Schülerpreisen essen zu dürfen. Er argumentierte, dass er ja wie seine Schüler nicht freiwillig in der Schule sei und sein Gehalt übermäßig belastet werde, wenn er die normalen Preise zahlen müsse. Er brachte ohnehin schon Esswaren von Zuhause mit in die Schule. Es ging bei der Preisfeilscherei nur um einen Kaffee oder eine Flasche Mineralwasser. Aber er setzte sich durch. Der Schulleiter gab schließlich nach, weil er Wendels Lamentieren wegen einiger Cents nicht mehr ertragen konnte. Wendel sprang wie ein Feuermelder an, wenn er irgendwo etwas geschenkt oder billiger bekommen konnte. Ich erwähne das nur, damit Sie sich ein Bild von ihm machen können.

Etwa ein Jahr später – somit etwa sechs Jahre vor dem Mord an Gossmann und somit aus heutiger Sicht vor rund zehn Jahren – kamen an der Schule erste Gerüchte über Maxim Wendel auf. Es hieß, dass er im Sportunterricht beim Geräteturnen Mädchen in einer Weise an die Oberschenkel greife, wenn er bei Bocksprüngen Hilfestellung leiste, die in dieser Form nicht nur unnötig, sondern eindeutig sexuellen Bezug hatten. Einige Schülerinnen hatten sich mit ihren Beobachtungen an einen Vertrauenslehrer gewandt, der diese Information umgehend an den Schulleiter weitergab. Der Direktor führte sofort ein Gespräch mit Wendel, der die Vorwürfe natürlich bestritt und als pubertäre Verwirrungen der Schülerinnen abtat. Immerhin bot er sogleich an, zukünftig das Bockspringen beim Geräteturnen nicht mehr durchzuführen. Damit hatte die Sache zunächst ihre Erledigung gefunden. Kaum zwei Monate später beschwerte sich jedoch eine Schülerin namens Frauke Schmidt – blond und groß gewachsen – darüber, dass Maxim Wendel sie beim Reckturnen unsittlich berührt habe. Sie habe nach dem sogenannten Sprung in den Stütz am Reck einen Krampf im Arm erlitten und aufgeschrien. Wendel sei hinzugeeilt, habe ihren Oberkörper umfasst und vom Reck getragen. Dazu muss man sagen, dass die Reckstange recht niedrig positioniert war, gleichwohl die gebotene Hilfestellung einen Griff von Wendel in dieser Form aber nicht nahelegte. Einfacher und effektiver wäre ein Hüftgriff gewesen, um die verkrampften Arme des Mädchens zu entlasten. Auch dieser Vorfall kam, wie etliche andere, die ich hier nicht nenne, dem Schulleiter zu Ohren. Wendel wurde daraufhin vom Sportunterricht abgezogen und auch nicht mehr mit auf Klassenfahrten geschickt, weil er bei der Fahrt der Jahrgangsstufe 9 in eine Jugendherberge dadurch aufgefallen war, dass er im Mädchentrakt zu einer Uhrzeit nach dem Rechten sah, als es wahrscheinlich war, dass sich die Mädchen umzogen. Wendel tat den sich daraus ableitenden Vorwurf damit ab, dass er die Gelegenheit nutzen wollte, die Zimmer auf das Vorhandensein verbotener Alkoholika zu untersuchen. All diese Beispiele zielen in dieselbe Richtung. Wendel unterrichtete also fortan nur noch das Fach Chemie. Er konnte den Lehrstoff nicht gut vermitteln. Darüber hinaus war er nie in der Lage, Tests und Klausuren zeitnah zu korrigieren. Unbekannt gebliebene Schüler oder Schülerinnen brachten irgendwann im Schulflur mit schwarzer Farbe den Spruch ›Wendel – bei Klausuren bummeln, stattdessen lieber fummeln‹ auf. Maxim Wendel, der so tat, als könne er sich nicht erklären, weshalb die Schülerschaft so reagierte, fühlte sich gemobbt und plötzlich dienstunfähig, was der Amtsarzt aber nicht bestätigen mochte. Zu weiterem Unterricht verdammt, verschärfte er bei Tests und Klausuren die Notengebung. Ich vermute, dies war seine Art, sich an der Schülerschaft, dem Direktor und dem Kollegium zu rächen. Für Wendel typisch ist auch hier seine Uneinsichtigkeit. Wendel bestand darauf, dass es ausschließlich seine Sache sei, schöne Mädchen attraktiv zu finden und dies zu äußern. Wenn sich Schülerinnen von ihm belästigt fühlten, dann sei dies Ausdruck ihrer Unreife.«

Trost hielt inne.

»Ich werde nie verstehen, warum sich Wendel auch als Mann als so unwiderstehlich empfindet«, warf er ein. »Verstehen Sie das, Herr Knobel? Dieser Mann ist einfach nur maßlos von sich überzeugt.«

Er schüttelte verwundert den Kopf.

»Sei es, wie es sei: In diese Zeit fiel die Geschichte mit dem Mädchen, dessen Test er mit der Schülerin in dem benachbarten Café besprochen hatte«, fuhr er fort. »Der daraus folgende, Herrn Wendel erteilte Verweis der Bezirksregierung Arnsberg war damals Ihr Fall, Herr Knobel, und Sie können aus der Vorgeschichte ersehen, dass Sie mit dem Sieg Ihres Mandanten einen grandiosen Erfolg erzielt hatten, denn ungeachtet der Frage, ob Maxim Wendel nun dieser konkreten Schülerin im Café an die Oberschenkel griff oder nicht, ergab sich aus dem selbstverständlich auch der Bezirksregierung bekannten Gesamtverhalten des Maxim Wendel, das er nachweislich sehr häufig die gebotene Distanz zu Schülerinnen unterschritt. Er hatte eine zweifelhafte Neigung zu großen blonden Mädchen, bevorzugt jenen, deren Brust schon gut entwickelt war. Wendel war und ist nichts anderes als ein Fummler. Ich habe von den gesamten Vorgängen im Nordstadt-Gymnasium genaue Kenntnisse, denn ich war über Jahre dort Schulpflegschaftsvorsitzender. Meine Tochter Delia war damals 13 und besuchte diese Schule. Ich weiß aus meiner damaligen Funktion heraus vielmehr über die Vorlieben und Missgriffe des Herrn Maxim Wendel, als Sie in den Akten finden werden, Herr Knobel!«

Trost machte eine bedeutende Pause und mit ausgestrecktem Arm eine waagerechte Bewegung durch die Luft.

»Schnitt an dieser Stelle, Herr Knobel!«, verkündete er und setzte dann neu an: »Jetzt springen wir zeitlich nach vorn und versetzen uns gedanklich in einen sehr warmen Spätsommernachmittag. Wir haben jetzt Anfang Juli. Denken Sie sich zurück in einen Tag Mitte August vor vier Jahren. Es ist ein Donnerstag, etwa gegen 18 Uhr. Die Sonne steht noch hoch am Himmel. Seit rund drei Wochen hat es nicht geregnet. Erde und Pflanzen sind trocken. Die Hitze dauert seit Tagen an. Selbst um 18 Uhr ist es noch um die 26°C. All diese Umstände sind erwiesen, im Übrigen aber auch unstreitig. Maxim Wendel, seit einigen Monaten mit einer äußerlich recht unscheinbaren und merkwürdigerweise dunkelhaarigen Kollegin des Phönix-Gymnasiums verheiratet und seitdem auch in seinen zweifelhaften Aktivitäten am Nordstadt-Gymnasium unauffälliger, wohnt nun im Stadtteil Lücklemberg. Er ist in das seiner Frau gehörende Reihenhaus eingezogen. Zu Wendels Gepflogenheiten gehört es, an trockenen Tagen zu joggen. Er läuft wie gewohnt an diesem warmen Tag etwa gegen 17 Uhr von seinem Haus aus los. Der Weg führt ihn auch an diesem Tag über die stets gleiche Strecke: Er folgt einer bestimmten steigungsreichen Route durch die Bittermark, läuft dann wieder ins Tal, joggt am Olpkebach entlang, gelangt so zum Haupteingang des Zoos und belohnt sich bei gutem Wetter in der dortigen Gastronomie mit einem Glas Apfelschorle. Er sitzt, wie stets an solchen Tagen, im Außenbereich des Cafés, welches er um etwa 17.45 Uhr erreicht. Gewöhnlich hält er sich dort zehn bis 15 Minuten auf. Die Apfelschorle bezahlt er, sobald sie gebracht wird. Anschließend leert er sein Glas gewöhnlich in zwei oder drei Zügen, läuft dann noch eine Runde durch den Rombergpark, am alten Torhaus vorbei und schließlich von dort auf direktem Weg zurück nach Haus.

Am Tattag ist der Ablauf im letzten Akt ein anderer: Maxim Wendel kehrt – wie üblich – gegen 17.45 Uhr in das Lokal ein, sitzt im Außenbereich, bestellt wie immer die Apfelschorle und bezahlt sie, als sie gebracht wird. Etwa fünf Minuten später passiert diese Stelle die damals 25-jährige Studentin Michelle Crouchford. Crouchford stammt gebürtig aus Leipzig und wohnt zu diesem Zeitpunkt schon etwa drei Jahre in Dortmund. Sie studiert im fünften Semester Osteuropawissenschaften. In ihrer Freizeit ist sie – wie Wendel – begeisterte Joggerin. Auf der von ihr gewöhnlich benutzten Route, die am Eingang des Rombergparks in der Nähe der dortigen U-Bahn-Station endet, passiert sie auch regelmäßig das bewusste Café am Zoo. An jenem Tag stürzt sie in Höhe des Cafés, nachdem sie zunächst über einen weggeworfenen Gegenstand, vermutlich ein nasses, jedenfalls glitschiges Papier von einem Tüteneis aus einem nahen Automaten, ausgerutscht war. Michelle Crouchford ist eine attraktive Blondine. Ihr Körper ist athletisch, trotzdem hat sie auffallende weibliche Rundungen, die durch ihr enges T-Shirt betont werden. Wie die Ermittlungen der Polizei später ergeben, hat Frau Crouchford auch schon vor dem fraglichen Tag häufiger das Café vor dem Zoo beim Joggen passiert. Ob dies jeweils zu Zeiten war, als sich auch Wendel dort gerade befand, konnte nicht geklärt werden. An jenem Donnerstag jedenfalls passiert sie just zu der Zeit, als sich

Wendel im Café aufhält, diese Stelle. Nach dem Sturz rappelt sie sich mühsam wieder auf. Frau Crouchford, die sich bei dem Sturz die Knie blutig geschürft hat, setzt sich dann eine Weile auf eine nahe dem Café gelegene Bank, um sich zu erholen. Sie versucht dort, mit einem von einem Gast des Lokals angebotenen Papiertaschentuch die Wunden zu reinigen und das Blut abzutupfen. Danach steht sie langsam auf, um zu ihrem Auto zurückzukehren. Wegen der Verletzung joggt sie jedoch nicht mehr, sondern kann sich nur noch humpelnd fortbewegen. Nur Sekunden später verlässt auch Maxim Wendel das Café. Er folgt Michelle Crouchford, die – wie gesagt – auf kürzestem Weg zu ihrem Auto am Ende des Parks will. Wendel wird später behaupten, dass ihn Michelle Crouchford gelockt und ihn aufgefordert habe, sie zum Auto zu begleiten. Doch es gibt niemanden, der das bestätigen könnte. Obwohl der Sturz der attraktiven Blondine und ihr anschließendes Sitzen auf der Bank beobachtet werden, kann niemand bekunden, dass sie Maxim Wendel in irgendeiner Weise aufgefordert hätte, ihr zu folgen. Wohlgemerkt: Frau Crouchford macht sich bereits auf den Weg, als Wendel noch im Café sitzt. Wendel hat später behauptet, sie habe ihm von einer, für die anderen uneinsehbaren Stelle, zugewunken, als er das Café verließ. Doch das passt nicht zu dem weiteren Geschehen, wie Sie gleich sehen werden, Herr Knobel. Aus heutiger Sicht ist es einfach so, dass mit Michelle Crouchford die klassische Beutefrau Wendels Weg kreuzt, nämlich eine vollbusige und schlanke Blondine, nach der sich Männer gern umsehen, erst recht Maxim Wendel, der dann nicht von ihr ablassen kann. Wendel folgt – besser: begleitet – Michelle Crouchford durch den Rombergpark. Sie gehen nicht den geteerten Hauptweg durch die Parkwiesen, sondern den nicht asphaltierten Nebenweg entlang des Waldsaums. Wendel behauptet später, Michelle habe ihn zielgerichtet über diesen Weg gelockt. Tatsächlich aber ist dieser Weg von dem Ort der Knieverletzung bis zum Parkausgang sogar etwas kürzer. Es ist der Weg, den Frau Crouchford naheliegenderweise nehmen musste, weil sie – wie sie sagt – wegen ihrer schmerzenden Verletzung auf direktem Weg zu ihrem Auto wollte.

Kurz vor dem Parkausgang passiert der Weg eine kleine Wiese, die ihrerseits recht uneinsehbar von dichtem Gebüsch umschlossen ist. Hier nun geht Maxim Wendel aufs Ganze. Er zerrt Michelle Crouchford auf die Wiese. Hinter einer Hecke versucht er, sie zu vergewaltigen. Dabei kommt es zu einem Kampf zwischen Wendel und Crouchford, in deren Folge das Glas der Armbanduhr, die die Crouchford am rechten Handgelenk trägt, zerschlagen wird. Die Uhr bleibt, wie später festgestellt wird, auf 18.05 Uhr stehen. Frau Crouchford sagt später aus, Maxim Wendel habe sie in das Gebüsch gezerrt, weil sie – wie er sich ausgedrückt habe – nach dem Sturz auf die Knie nun mal richtig aufs Kreuz gelegt werden solle. Wendel hat behauptet, man sei den Weg nicht langsam gegangen, sondern sei nebeneinander hergelaufen. Frau Crouchford habe an der betreffenden Stelle Wendel hinter das Gebüsch gezogen und ihn lüstern gefragt, ob sie nicht richtig nach Schweiß und Sex rieche, wobei sie ihn animiert habe, ihr das T-Shirt vom Oberkörper zu reißen. Der nachfolgende Kampf sei ein von ihr provoziertes Spiel gewesen. Er könne sich erinnern, dass man sich im Gras gedreht und umschlungen habe. An die Zerstörung der Armbanduhr könne er sich nicht erinnern. Irgendwann sei Michelles Oberkörper entblößt gewesen und sie habe ihn mit kraftvollen Bewegungen und lauten Worten aufgefordert, sie ganz zu entkleiden und sie endlich zu nehmen.

Diese Darstellung, lieber Kollege Knobel, kann aber nicht stimmen. Denn just zu diesem Zeitpunkt kommt das spätere Opfer ins Spiel. Es ist der Rentner Rudolf Gossmann, der auf einer Anhöhe hinter dieser kleinen Wiese und von dort nicht sichtbar seinem Hobby, nämlich der Malerei, nachgeht. Er sitzt vor seiner Staffelei und malt sehr detailgetreu das Torhaus, das am Eingang des Rombergparks steht. Gossmann war ein entfernter Nachbar von Wendel, als dieser noch im Stadtteil Eving wohnte. Man kennt sich nicht gut, aber doch vom Ansehen und auch namentlich. Gossmann erkennt Wendel, der offensichtlich Frau Crouchford vergewaltigen will. Mehrfach schreit er, von Zeugen bestätigt: ›Herr Wendel, was machen Sie da? Lassen Sie das! – Das sind Sie doch, Herr Wendel! Herr Wendel!‹ Diese Worte wiederholt er so oder so ähnlich mehrfach. Gehört wird er dabei von einem älteren Ehepaar, das einen abendlichen Spaziergang durch den Park unternimmt und diesen Vorgang bestätigen kann. Im Prozess sagt dieses Ehepaar aus, dass Gossmanns Rufe von der Stelle kommen, wo später seine Staffelei und auch seine Leiche gefunden werden. Wendel, darüber erschreckt, dass man ihn erkannt hat, lässt von Michelle Crouchford ab, die bereits um Hilfe schreit. Er sucht, wie Frau Crouchford später aussagt, irritiert die Stimme, die ihn immer wieder anruft. Verstört und panisch rennt er die Anhöhe hinauf, von der die Stimme kommt. Dabei wird er auch von dem bewussten Ehepaar gesehen, das Wendel hinter dem Busch hervorkommen sieht, wo er über Michelle Crouchford hergefallen ist. Während sich die Zeugen erschrocken um das Opfer Crouchford kümmern, das sich erschöpft und noch immer um Hilfe flehend auf den Gehweg schleppt, stößt Wendel oben auf der Anhöhe auf Gossmann, der neben seiner Staffelei sitzt. Wendel erkennt in Gossmann seinen früheren Nachbarn. Er begreift, dass er entdeckt worden ist und dass Gossmann später möglicherweise als Zeuge in einem Vergewaltigungsprozess gegen Wendel aussagen würde. Um das zu verhindern, stößt er mit der scharfen Kante einer am Boden abgebrochenen Weinflasche gegen den Hals des Rentners und trifft seine Schlagader. Gefunden hat er die Flasche auf einem aus Abbruchsteinen errichteten illegalen Grillplatz in unmittelbarer Nähe des Opfers zwischen benutzten Getränkedosen und sonstigem Abfall. Es mag sein, dass der Griff zur Flasche, auf der später zweifelsfrei Wendels Fingerabdrücke festgestellt werden, und der Stoß in den Hals des Rentners aus einem gewissen Affekt heraus erfolgen. Doch das entlastet Wendel nicht. Obwohl Wendel wegen der enormen Blutung seines Opfers erkennen muss, dass Gossmann, der vermutlich durch den gleichzeitig erlittenen Schock nicht zur Gegenwehr und auch nicht zu Hilferufen fähig ist, in akuter Lebensgefahr schwebt, verlässt Wendel diesen Ort und flüchtet. Gossmann verblutet an Ort und Stelle. Die Tötung selbst können die Zeugen Crouchford und das ältere Ehepaar von ihren jeweiligen Standorten nicht sehen. Doch die Beweislage ist eindeutig. Art und Ausführung des Schlages sind nach Feststellung eines Sachverständigen von vornherein geeignet gewesen, einen Menschen zu töten. Somit ist es eine mindestens bedingt vorsätzliche Tötung des Rentners durch Wendel, denn der Sachverständige führte auch aus, dass jemand, der einen solchen Schlag gegen die Halsschlagader des Opfers ausführe, mit dessen Tod rechnen müsse. Ihnen als Jurist muss ich nicht sagen, dass die Tötung Gossmanns aus dem Grund erfolgte, um die andere Straftat, nämlich die zumindest versuchte Vergewaltigung der Michelle Crouchford, zu verdecken. Das ist nach unserer Rechtsordnung nicht nur ein Totschlag, sondern eben zwingend ein Mord. Zur Abrundung: Nachdem die völlig verstörte Michelle Crouchford wieder den Weg erreicht hat, helfen ihr dort über das erwähnte ältere Ehepaar hinaus noch andere Passanten, die auch die Polizei verständigen. Das von Wendel von ihrem Oberkörper heruntergerissene T-Shirt streift sie im Beisein der Zeugen wieder über. Ein vorbeikommender Jogger hilft der Studentin, indem er mit Wasser aus der von ihm mitgeführten Flasche eine erste Reinigung ihrer Kniewunden vornimmt. – Soweit das Tatgeschehen«, schloss Dr. Trost und nahm einen Schluck Saft, bevor er sich auf den Kern des Falles konzentrierte:

»Die einander widersprechenden Aussagen von Frau Crouchford und des Angeklagten Wendel drehen sich schlicht um die Frage, ob Wendel in die Rolle des Vergewaltigers der Frau Crouchford, an deren Hose im Übrigen Faserreste der Kleidung des Maxim Wendel gefunden wurden, gelockt wurde oder nicht«, fasste er zusammen. »Abgesehen davon, dass es keine Spuren oder gar Beweise gibt, die die Version des Herrn Wendel bestätigen, bleibt eine zentrale Frage: Warum tötet Wendel den Rentner Gossmann, einen an der Sache ansonsten Unbeteiligten, wenn nicht für Wendel zu befürchten steht, dass Gossmann zum Nachteil Wendels das bezeugen könnte, was er gesehen hat, nämlich den sexuellen Übergriff Wendels auf Frau Crouchford? Sie können es drehen und wenden, wie Sie wollen, Herr Knobel: Sie kommen um diese Frage und die sich daraus ableitenden Schlussfolgerungen nicht herum. Insbesondere können Sie nicht die Tatsache widerlegen, dass Wendel das Tatwerkzeug, nämlich diese Flasche, in der Hand hatte, die neben dem Opfer gefunden wurde. Dem gegenüber steht Wendels blasse und im Prozess stoisch wiederholte Behauptung, er habe die Flasche nicht in der Hand gehabt und sei auch nicht bis zu der Stelle auf der Anhöhe gelaufen, an der man Gossmann gefunden hat. Wendel sagt, er sei aufgestanden, nachdem er jemanden seinen Namen habe rufen hören. Er habe sich gewundert, dass jemand in der Nähe sei, der ihn kenne, und sich umgeschaut. Tatsächlich sei er etwas herumgelaufen, auch die Anhöhe hinauf, aber eben nicht weit hinauf. Unterdessen sei Frau Crouchford aufgestanden und eigentümlich humpelnd davongelaufen. Sie habe um Hilfe und zwischendurch immer wieder ›Was hat der Kerl gemacht?‹ geschrien, was ihn irritiert und er nicht verstanden habe. Er sei dann erst umgekehrt und habe ihr nachgerufen, dass sie doch bleiben solle, aber sie habe sich nicht beirren lassen und sei auf die Spaziergänger zugelaufen, wo sie sich das T-Shirt wieder übergestreift habe. Da sei er sehr unsicher geworden, habe sich erst versteckt und dann über Nebenwege entfernt. Er sei verwirrt nach Hause gelaufen. Den Rest kennen Sie ja. Wendel wurde wegen Mordes zu lebenslanger Haft verurteilt, und das Land Nordrhein-Westfalen hat ihn aus dem Beamtenverhältnis entlassen. Seine Frau hat sich von ihm scheiden lassen. Persönlich und finanziell ist er am Ende. Kurz und knapp: Das war's für Maxim Wendel!«

Trost endete und nickte abschließend.

»Das ist jetzt Ihr Fall, Herr Knobel! Die Akten liegen auf dem Schreibtisch in meinem Büro und warten darauf, mitgenommen zu werden. Ich bin gespannt, ob Sie etwas Neues finden. Bitte informieren Sie mich über alles! Ich betrachte mich noch immer als Lernenden. Die halbe Welt hält mich für arrogant. Aber ich halte den anderen nur ihren Spiegel vor. Jeder kann nur gut sein, wenn er die Schwächen des anderen erkennt und sie zu nutzen weiß. Und das heißt, sich immer wieder an die eigene Nase fassen zu müssen. Ich wünsche Ihnen viel Glück, Kollege Knobel!«

Gereon Trost drückte Stephan herzlich die Hand.

3

Stephan transportierte das mehrbändige Aktenmaterial in einem großen stabilen Karton in sein Mansardenbüro im noblen Kanzleigebäude an der Prinz-Friedrich-Karl-Straße am östlichen Rand der Innenstadt. In dem kleinen unter dem Dach gelegenen Raum staute sich die Hitze des Tages. Stephan öffnete die Dachlukenfenster. Von unten drang die Stimme von Hubert Löffke nach oben. Löffke diktierte – im Garten des Kanzleigebäudes sitzend – mit lauter Stimme einen Schriftsatz in einer Familiensache ab, in der Löffke wieder einmal aufs Ganze ging. Stephan vernahm laut und deutlich Löffkes wortgewaltige Salven, mit denen er auf den Prozessgegner einschlug und dabei auch vor kraftvollen Beleidigungen nicht zurückschreckte. Die Auflösung der Sozietät mit Löffke war ein richtiger Schritt gewesen. Die Entscheidung, das kleine schlichte Büro unter dem Dach anzumieten, um als Einzelanwalt, der Stephan nun war, Kosten einzusparen, erschien ihm nicht nur wegen der noch in seinen Ohren klingenden Worte Trosts inzwischen fragwürdig. Der bullige Löffke, der auch bei der jetzt herrschenden heißen Witterung stets im Anzug herumlief, dessen Jacke sich über den immer dickeren Bauch zwängte, dominierte nicht nur durch seine körperliche Präsenz. Man traf sich in dem Haus häufiger, als Stephan lieb war, und er wusste, dass Löffke, der aus seinem Büro heraus den Eingangsbereich der Kanzlei im Blick hatte, Stephan gern abpasste, um die wie zufällig wirkenden Treffen für spitze Bemerkungen zu nutzen, mit denen er Stephans berufliches Dasein höhnisch kommentierte. Stephans Neubeginn als Einzelanwalt gestaltete sich in der Tat schwierig. Die Mandate sprudelten nicht wie erhofft, und der nach der Trennung von Löffke erhoffte Synergieeffekt, in gewisser Weise doch noch an der nun ebenfalls schwindenden Popularität der unteren Kanzlei partizipieren zu können, erwies sich als Trugschluss. Löffke kämpfte mit zwei angestellten Anwälten seit einiger Zeit selbst darum, seine Kanzlei halten zu können. Die Zeiten, in denen eine Anwaltskanzlei irgendwie von selbst lief, waren längst vorbei. Immer mehr potenzielle Mandanten nutzten die Informationsangebote des Internets und schlichteten ihre Streite lieber kostengünstiger durch Mediation. Löffke war die Mediation fremd wie dem Teufel das Gebet. Er verstand sich als nach wie vor unerbittlicher Kämpfer seiner Klientel, der jedoch langsam erkennen musste, dass ihm immer weniger Kämpfe angetragen wurden. Alles sprach dafür, in den wirtschaftlich engeren Zeiten miteinander zu kooperieren, und in der Sache Wendel hätte Löffke, der in der Vergangenheit häufiger als Strafverteidiger tätig gewesen war, vielleicht noch weiterführende Tipps geben können, doch es gelang nicht, sich auf einer rein sachlichen Ebene zu begegnen. Warum also sollte Stephan in diesem Mansardenbüro bleiben? Trost hatte die entscheidende Frage auf den Punkt gebracht.

Aus dem Garten drang ein dröhnendes Rülpsen nach

oben. Löffke trank, wie er es an heißen Tagen gern tat, literweise kohlensäurehaltigen Sprudel und steigerte sich mit zunehmender Lautstärke in seinen Schriftsatz hinein. Stephan schloss die Fenster.

Als er sich umwandte, stand Marie im Zimmer, auf dem Arm ihre kleine Tochter Elisa, die während der Zeit, in der Marie mit reduzierter Stundenzahl ihrer Tätigkeit als Lehrerin nachging, von einer Tagesmutter und ansonsten hauptsächlich von Marie betreut wurde. Marie hatte in der Stadt eingekauft, stellte ihre Einkaufstasche ab und verschwand kurz, um sich zu waschen, bevor sie auf einer zum Wickeltisch umfunktionierten Aktenablage Elisa versorgte. Stephan berichtete währenddessen von seinem Besuch bei Trost.

»Das heißt, dass deine Tätigkeit für Maxim Wendel vergeblich sein könnte. Wenn an der Sache nichts dran ist, verdienen wir keinen Euro«, schloss sie.

Stephan lächelte still. Marie schloss sich in der Wortwahl bei seiner Anwaltstätigkeit häufig mit ein. Sie sprach nicht zufällig von *wir*, was zum einen ihr Engagement als Detektivin signalisierte, das immer wieder zum Erfolg in seinen Fällen beigetragen hatte. Zum anderen und im Besonderen motivierte sie Stephan, weil die finanziell häufig magere Bilanz seiner Tätigkeit immer häufiger die weitere Ausübung seines Berufs infrage stellte. Das immer wieder diskutierte Problem, ob und in welcher Form Stephan weiterarbeiten sollte, wurde nur deshalb nicht dringlich, weil Maries Gehalt als Lehrerin einen gewissen Grundstock für die Familie bot und sie darüber hinaus Stephan immer wieder motivierte, sich auf seine unzweifelhaften Erfolge zu besinnen und darauf zu setzen, dass seine Arbeit irgendwann Früchte tragen werde. Auch jetzt war das Risiko, im

Fall Wendel finanziell leer auszugehen, keine Empfehlung, das Mandat besser abzulehnen, sondern nur die nüchterne Feststellung, dass er – einmal mehr – mit einem wirtschaftlichen Totalausfall rechnen müsse.

»Sind die rechtlichen Hürden wirklich so hoch?«, fragte sie, während sie gekonnt der Tochter ein Plastiklätzchen umband und sie mit Früchtebrei zu füttern begann.

»Das Gesetz ist knapp und eindeutig«, antwortete Stephan. »Wenn überhaupt, kommen nur zwei Varianten in Betracht.« Er ging zu seinem Schreibtisch, schlug die Strafprozessordnung auf und las auszugsweise aus deren Paragraf 359 vor:

»Die Wiederaufnahme eines durch rechtskräftiges Urteil abgeschlossenen Verfahrens zugunsten des Verurteilten ist zulässig, ... wenn der Zeuge ... sich einer vorsätzlichen oder fahrlässigen Verletzung der Eidespflicht oder einer vorsätzlichen falschen uneidlichen Aussage schuldig gemacht hat ... oder wenn neue Tatsachen oder Beweismittel beigebracht sind, die allein oder in Verbindung mit den früher erhobenen Beweisen die Freisprechung des Angeklagten zu begründen geeignet sind.«

Stephan schlug das Gesetz zu und legte es auf den Tisch.

»Also hätte Wendel nur eine Chance, wenn die Zeugen gelogen haben«, resümierte Marie.

»Nein«, widersprach Stephan. »Das würde im Ergebnis nicht reichen. Der Knackpunkt ist, dass Wendels Fingerabdrücke auf der Flasche sind, mit der Gossmann nachweislich durch einen gezielten Schlag gegen die Halsschlagader getötet wurde. Dass es zu einem Angriff auf Wendels früheren Nachbarn Gossmann gekommen ist, macht in der Tat nur Sinn, wenn die Aussagen stimmen. Also müssen wir ganz neue Beweise finden.«

»Diese Studentin mit dem Namen Michelle Crouchford wirkt ein wenig schillernd«, meinte Marie.

»Sie ist, wie der Kollege Dr. Trost sagt, ein Opfer, das perfekt in Wendels Beuteschema passt.«

»Von anzüglichen Bemerkungen über zweifelhafte Berührungen von Schülerinnen bis zur Vergewaltigung ist es noch ein Schritt«, überlegte Marie.

»Oder nur das Ergebnis der konsequenten Weiterentwicklung Wendels«, hielt Stephan dagegen. »Vielleicht war er so etwas wie ein schlafender Vulkan, der unter dem Eindruck seiner Ehefrau vorübergehend zur Ruhe kam.«

»Was ist mit den älteren Eheleuten, die die Rufe Gossmanns gehört und gesehen haben, als die Studentin auf den Weg floh?«, fragte Marie. »Sie scheinen mit der ganzen Sache nichts zu tun zu haben und sind deshalb vielleicht die wertvollsten Zeugen.«

Stephan schnaufte entmutigt.

»All diese Personen werden vom Gericht eingehend befragt worden sein«, vermutete er. »Ein Mordprozess ist keine Kleinigkeit. Da herrscht eine andere Sorgfalt als in irgendeinem Bagatellfall. Es wäre naiv, unbedarft von außen zu kommen und so zu tun, als seien unsere Ideen Geistesblitze, die noch keiner vor uns hatte. Dr. Trost hat es mir klar vor Augen geführt: Es ist eine sehr dichte und in der Beweislage für Wendel sehr erdrückende Geschichte. Ich werde jedenfalls mit ihm in Kontakt bleiben. Es macht keinen Sinn, Hypothesen zu entwickeln, die sich nach intensiver Recherche als falsch erweisen.«

»Was weißt du über Gossmann?«, fragte Marie, während sie das Breiglas abstellte und Elisa über den Mund wischte.

»Bislang nichts«, bekannte Stephan. »Gossmann war ein

Rentner, der in der Nähe von Wendels früherer Adresse wohnte.«

Er klopfte auf den Aktenstapel, den er von Trost mitgenommen hatte.

»Ich werde mich durch die Akten arbeiten.«

Kaum, dass Stephan diese Worte ausgesprochen hatte, stand Hubert Löffke mit knallrotem Kopf im Türrahmen. Seinen Gepflogenheiten folgend hatte er nicht angeklopft, sondern war ohne Aufforderung eingetreten, was er bei früherer Gelegenheit damit erklärt hatte, dass man in einem Kanzleigebäude keine Geheimnisse voreinander haben dürfe.

Jetzt war er offensichtlich durch den im Hausflur stehenden Kinderwagen aufmerksam geworden und nutzte die Gelegenheit, in der ihm eigenen Art einzudringen und zu stören. Sofort sah er die von Trost überlassenen Akten, die in großer Schrift den Namenszug des Kollegen trugen, runzelte die Stirn und hakte nach:

»Sie machen jetzt Strafrecht, Kollege Knobel?«, säuselte er mit gehobener Stimme.

Stephan antwortete nicht.

»Ein Ihnen unbekanntes Gebiet«, schnarrte Löffke weiter. »Aber Trost als der anerkannte Papst des Strafrechts dürfte eine Nummer zu hoch für Sie sein.«

»Wie steht es mit ›Klug vererben – ruhig sterben‹?«, fragte Stephan gereizt zurück.

»Woher wissen Sie das?«, fragte Löffke irritiert.

»Wenn ich Sie um eines bitten dürfte, Herr Löffke«, mischte sich Marie ein. »Bitte seien Sie so freundlich und nehmen dies mit!« Sie drückte ihm eine Plastiktüte in die Hand.

»Was ist das?«

»Eine volle Windel, Herr Löffke. Scheiße stinkt und muss entsorgt werden. Das wissen Sie doch.«

Mit diesen Worten schob sie ihn hinaus.

»Du lässt dich immer wieder von ihm provozieren, Stephan«, sagte sie. »Dreh' den Spieß doch endlich um!«

4

Stephan hatte am nächsten Morgen kaum sein Büro betreten, als Trost ihn über Handy anrief.

»Haben Sie schon meine Akten sichten können?«, forschte er.

»Ich habe sie doch erst gestern Abend in Empfang genommen«, wehrte Stephan verwundert ab, während ihm schlagartig ins Bewusstsein stach, dass Trost in Fachkreisen als Aktenfresser bekannt war, der vornehmlich die ruhigen Nachtstunden dazu nutzte, sich vertieft in umfangreiche Schriftstücke einzuarbeiten. Es blieb ein Rätsel, wann Trost Gelegenheit fand, zu entspannen, selbst wenn die Arbeit, wie er betonte, seine Leidenschaft war.

»Ich habe gerade unsere Tochter zur Tagesmutter gebracht«, ergänzte Stephan entschuldigend.

»Haben Sie sich schon um einen Platz in einer Kindertagesstätte bemüht?«, hakte Trost nach.

»Wissen Sie, wie viele Plätze dem tatsächlichen Bedarf gegenüberstehen?«, fragte Stephan zurück. »Wir stehen weit hinten auf der Liste.«

»Es ist viel im Argen in unserer Gesellschaft«, kommentierte Trost. »Ein jeder muss sehen, wo er bleibt. Kein

Vergleich zu früher. Alles wird enger. Die Menschen verlassen sich nicht mehr auf die altbekannten Strukturen. Überall sind die Signale sichtbar: Nehmen Sie die erhebliche Zunahme von Glücksspiel, die Sucht nach Wahrsagung, die Hinwendung zu Sekten oder Parallelgesellschaften. Jeder merkt intuitiv, dass sich unsere Gesellschaft auf Dauer nicht mehr wird tragen können. Der Mangel wird spürbar – und folglich die Neigung, sich von überflüssigem Ballast zu befreien!«

Stephan staunte über die Leidenschaft, die Trost aus dem Augenblick heraus für dieses Thema entwickelte und sich daran wie in einem vorbereiteten Referat abarbeitete.

»Man will keine Solidarität mehr mit denen, die nur nehmen und nichts geben«, ereiferte er sich weiter. »Sei es auf politischer oder nur zwischenmenschlicher Ebene: Allein die Leistung zählt, kein Schmarotzertum! – Denken Sie daran, was Sie und Ihre Freundin in diese Gesellschaft eingebracht haben. Kann der Dank darin bestehen, dass Sie keinen Kindertagesstättenplatz finden werden, Herr Knobel? Das hat nichts mit Gerechtigkeit zu tun. Gerade Sie als Anwalt werden doch so denken müssen. Sie und Ihre Freundin sind Leister, keine Nehmer. Ich kann mich über solche Ungerechtigkeiten nur aufregen, Herr Knobel! – Verzeihen Sie!« Er atmete seufzend aus. »Wenn ich so etwas höre, kann ich die Klappe nicht halten«, entschuldigte er. »Sie haben die Akte also noch nicht gelesen«, stellte er fest. »Gut. Genauigkeit geht stets vor Schnelligkeit. Herr Wendel steht ja auch nicht unter Zeitdruck, oder?«

»Warum haben Sie ihn damals verteidigt?«, fragte Stephan.

»Obwohl ich wusste, dass er ein Fummler ist, meinen Sie?«, vergewisserte sich Trost. »Weil es zu meinen Grundüberzeugungen gehört, dass jeder Straftäter Anspruch auf eine rechtsstaatliche Verteidigung hat. Natürlich wusste ich aus meiner Tätigkeit als Schulpflegschaftsvorsitzender weit mehr über Wendel, als selbst im Mordprozess auf den Tisch kam. Vielleicht war mein Wissensvorsprung sogar gut für ihn, denn ein unbedarft an den Fall herangehender Kollege wäre vielleicht ins Trudeln geraten, wenn Stück für Stück Wendels merkwürdige Neigungen ans Licht gekommen wären. Sicher – genutzt hat es ihm im Ergebnis nicht. Lebenslang ist lebenslang. Aber er hat eine Verteidigung bekommen, in der ich alles versucht habe. Mehr geht nicht, und genau diese Leistung ist jene, auf die der Angeklagte ein Recht hat. Als Verteidiger heiße ich ja nicht die Taten meines Klienten gut – und ich mache mich erst recht nicht mit ihm gemein. Wir wissen doch alle, dass der Angeklagte kein Prozesssubjekt ist, auch wenn wir Juristen das immer anders darstellen. Er mag seine Rechte und auch das letzte Wort haben, aber in Wirklichkeit ist er doch Prozessobjekt. Mit ihm wird etwas gemacht, denn er wird in den Knast geschickt, wenn das Gericht keinen Zweifel an seiner Schuld hegt. Also leben die Rechte des Angeklagten und seine manchmal verschwindend kleinen Chancen nur durch mich, der sie geltend macht und taktisch klug in den Prozess einführt. Und deshalb ist das, wenn Sie so wollen, mein Spiel, das ich so gut wie möglich spiele, ohne dass ich der Leidtragende bin, wenn es schiefgeht. Es gehört also ein wenig Abstraktion dazu. Wenn man sich einzig auf die dem Verteidiger zugewiesene Verfahrensrolle beschränkt, dann verteidigt man beispielsweise einen Mörder nicht, um seinetwegen den Freispruch zu erreichen, sondern allein aus dem Grund, mit rechtsstaatlichen Mitteln ein Ergebnis zu erreichen, das dem Verteidiger selbst zur Ehre gereicht. Ich bin da ganz ehrlich und direkt, Herr Knobel! Gelingt mir das, habe ich Staatsanwaltschaft und Gericht besiegt. Es ist mein Sieg, mein Erfolg. Aber ich habe doch nicht eine wirkliche Freude daran, dass der, der mir möglicherweise anvertraut hat, der Täter zu sein, danach frei herumlaufen kann. Umgekehrt wird ein Schuh daraus: Wird jemand verurteilt, der auch wirklich der Täter ist, kann ich für mich in Anspruch nehmen, alle rechtlichen Möglichkeiten ausgeschöpft zu haben. Das ist ein Ergebnis, mit dem ich gut leben kann. Ob der Mörder lebenslang hinter Gitter geht oder nicht, ist für mich selbst ohne Belang. Deshalb gilt für den Fummler Wendel: Es hat nicht den Falschen getroffen, aber wenn es prozessuale Möglichkeiten gibt, die ihm die Tür nach draußen öffnen, dann soll es so sein. Ich sehe das ganz leidenschaftslos.«

Stephan hatte verstohlen auf seine Uhr geblickt. Trost schaffte es, aus dem Stand heraus geschliffene Monologe zu halten. Er mied das Gespräch, hielt lieber langatmige Plädoyers in eigener Sache.

»Haben Sie damals Wendel ihre Verteidigung angedient oder ist er auf Sie zugekommen?«, fragte Stephan.

»Es ging quasi von beiden Seiten aus«, antwortete Trost. »Dem Schulleiter war daran gelegen, dass ich die Verteidigung übernehme, um zu verhindern, dass das Aufsehen, welches dieser Fall ohnehin erregte, nicht noch durch eine tollpatschige Verteidigung vergrößert wird. Alles sollte in geordneten Bahnen verlaufen. Zugleich rief mich Wendel aus der Untersuchungshaft an und bat mich, ihn zu verteidigen. Er kannte mich aus der Schule und wusste um meinen Beruf. Es ist auch einleuchtend, warum er keine Probleme damit hatte, ausgerechnet mich zu beauftragen. Da Wendel ohnehin nicht einsah, sich in irgendeiner Weise in der Schule dienstlich falsch verhalten zu haben, war es für ihn auch völlig unproblematisch, einen Verteidiger auszuwählen, der sein Vorleben kannte, das aus Wendels eigener Sicht eben nicht kritikwürdig war. Wendel wusste, dass ich meinen Job professionell machen würde«, nahm Trost Stephans unausgesprochene Bedenken auf. »Ich stand nicht im Lager des Schulleiters, wenn Sie das befürchten sollten.«

»Hat Wendel Ihnen persönlich gegenüber jemals zugegeben, mit dem Tod Gossmanns etwas zu tun gehabt zu haben?«, fragte er weiter.

»Nein, das hat er nie. Er hat von Anfang an immer seine Unschuld beteuert. Aber das ist nichts Außergewöhnliches. Es gibt Angeklagte, die gestehen ihrem Anwalt gegenüber kein Sterbenswörtchen, weil sie befürchten, dann nicht mehr richtig verteidigt zu werden. Vielleicht trifft das ja auch in einzelnen Fällen zu. Es gibt Vertreter unserer Zunft, die müssen vom Gutsein ihres Mandanten überzeugt sein. Das sind unsere ritterlichen Kollegen, die sich der guten Sache, dem guten Menschen verpflichtet fühlen und für die deshalb das gute Recht auch nur das Recht der Guten ist. Ich bin da anders. Jeder Mensch kriegt von mir das, was rechtlich machbar ist. Schnörkellos.«

Stephan merkte, dass Trost Fragen dieser Art vertraut waren und überzeugend zu beantworten wusste. Er hatte sich mit den Themen Moral und Recht auseinandergesetzt und eine geschliffene Antwort für sich gefunden. Trost war aus den Gründen Strafverteidiger, wegen derer Stephan dies eben nicht sein konnte. Die Übernahme des Mandats Wendel lag tatsächlich nur darin begründet, dass Stephan allen Beweisen zum Trotz Wendel intuitiv Glauben schenkte und seine erfolgreiche Vertretung Geld in die Kanzleikasse spülen könnte. Wendel hatte Stephans Motivation durchschaut.

»Ich drehe mich im Fall Wendel immer wieder um eine Frage«, hob Stephan wieder an: »Warum behauptet Wendel, die Tatwaffe, also diese Flasche, nie in der Hand gehabt zu haben, wenn sich doch nachweislich seine Spuren darauf fanden?«

»Das ist eine der Merkwürdigkeiten des Prozesses gewesen«, gab Trost zu. »Ich kann mir nur erklären, dass Wendel das ganze Tatgeschehen komplett verdrängt hat, vielleicht also sogar gutgläubig meint, die Tat gar nicht begangen zu haben. Ich habe ihm in der letzten Prozessphase eindringlich geraten, die Benutzung der Flasche zuzugeben, weil wir angesichts der absehbar zu unserem Nachteil ausgehenden Beweislage keine vernünftige Darstellung geben konnten, wie die Spuren Wendels auf die Flasche gekommen sein konnten. Meine Überlegung war, Wendel dazu zu bringen, die Tötung Gossmanns zu gestehen, freilich als eine Spontantat, bei der er die Tötung des Rentners nicht einmal für möglich gehalten hat. Mein Ziel war es, in irgendeiner Weise zu einer Körperverletzung mit Todesfolge zu kommen. Ich musste ja den Vorsatz zur Tötung und letztlich den Mord zur Verdeckung einer anderen Straftat umschiffen. Aber all diese Überlegungen waren für die Katz. Wendel blieb steif und fest bei der Behauptung, diese Flasche nie angefasst zu haben. Das Gericht hat übrigens noch durch einen weiteren Sachverständigen klären lassen, ob Wendels Spuren auf die Flasche kommen konnten, ohne dass er sie angefasst hat. Das Ergebnis war eindeutig: Nein!«

Stephan blickte auf den Aktenstapel, den Trost ihm überlassen hatte. Er würde den ganzen Tag damit zubringen, alle Schriftstücke zu sichten, zu strukturieren, sich Notizen zu machen und weiterführende Fragen zu formulieren.

»Sie werden damals den Tatort besichtigt haben«, vergewisserte sich Stephan.

»Eine der wichtigsten Aufgaben zu Beginn der Verteidigung in einem Mordfall«, betonte Trost.

»Wären Sie so nett, mit mir die Besichtigung zu wiederholen? Vielleicht morgen Nachmittag, also am Freitag, so gegen 16 Uhr?«

»Freitag um 16 Uhr heißt übersetzt: Zu dieser Zeit ist nichts mehr zu tun«, lachte Trost und gab sofort nach. »Selbstverständlich gern, Herr Kollege! Ich sehe, Sie nehmen sich der Sache an. Gut so! Also morgen, 6. Juli, gegen 16 Uhr am Eingang zum Rombergpark, Höhe Torhaus.«

5

Stephan hatte sich bis zum nächsten Nachmittag durch Trosts Akten gearbeitet. Der Kollege hatte seine Unterlagen sauber und chronologisch geordnet. Über jedes Gespräch, welches er seinerzeit im Vorfeld des Prozesses mit seinem Mandanten Maxim Wendel, der Staatsanwaltschaft oder dem Gericht führte, gab es einen umfassenden Vermerk. Die Akte bildete einen kompletten Spiegel des seinerzeitigen Verfahrens und war für sich ein Lehrbeispiel für korrekte Unterlagenverwaltung. Stephan las selbstverständlich die Anklageschrift der Staatsanwaltschaft, mit der sie die Eröffnung des Hauptverfahrens gegen Wendel vor dem Dortmunder Schwurgericht beantragt hatte, und das ihr beigefügte wesentliche Ergebnis der Ermittlungen, in denen die Staatsanwaltschaft ihre Sicht der Dinge und Würdigung der bis dahin erhobenen Beweise und Spuren dargelegt hatte. Die Hauptverhandlung gegen Wendel hatte rund drei Monate nach der Tat begonnen und sich über zehn Sitzungstage von Anfang November bis zum 19. Dezember hingezogen. Das Gericht hatte Sachverständige und Zeugen gehört, unter Letzteren insbesondere Michelle Crouchford und das ältere Ehepaar, Frau Annemarie und Herrn Heinz Brandstätter, die zufällig die Stelle im Park passiert hatten, wo Wendel sich an der Studentin vergangen haben soll. Man hatte auch die Mitarbeiterin des Cafés vernommen, in dem Wendel vor der Tat gesessen und die ihm die Apfelschorle serviert hatte. Sie bestätigte, dass Wendel das Getränk sofort bezahlt hatte. Die Auswertung der Kassenbelege hatte ergeben, dass dies um 17.46 Uhr gewesen war. Mehr konnte die Frau nicht aussagen. Die Polizei hatte noch drei Gäste des Cafés ausfindig machen können, die zum fraglichen Zeitpunkt auf der Außenterrasse gesessen hatten. Sie bestätigten vor Gericht, dass Michelle Crouchford auf dem Spazierweg in der Nähe des Cafés beim Joggen gestolpert und dann gefallen sei. Einer der Gäste sei herbeigelaufen und habe ihr ein Taschentuch gereicht, mit dem sie ihre Schürfwunden betupft habe. Dann habe der Zeuge der Gestürzten wieder auf die Beine geholfen. Sie habe ihre beim Sturz verdrehte Bauchtasche wieder nach vorn geschoben und sich für einige Minuten auf eine in der Nähe gelegene Bank gesetzt. Danach sei sie langsam weiter gegangen. Ob und wann ihr Wendel gefolgt sei, wussten die Zeugen nicht zu sagen. Das Gericht hatte auch Zeugen gehört, die zu Maxim Wendels Vorleben etwas bekunden konnten. Besondere Aufmerksamkeit hatte das Gericht dem Schulleiter des Nordstadt-Gymnasiums und einer damaligen Oberstufenschülerin gewidmet, die Wendel bezichtigt hatte, sich ihr sexuell genähert zu haben. Das Gericht hatte auch Wendels Ehefrau Sarah als Zeugin geladen, nachdem sich Trost auf sie berufen hatte, doch sie hatte von ihrem Zeugnisverweigerungsrecht Gebrauch gemacht und nicht zur Sache ausgesagt.

Stephan sah, dass das Schwurgericht auch die Akte des Verwaltungsgerichts beigezogen hatte, die den von Stephan erfolgreich geführten Prozess gegen das Land Nordrhein-Westfalen enthielt, in der es um die Anfechtung des Wendel erteilten Verweises ging.

Trost hatte damals jeden Tag der Hauptverhandlung gut vorbereitet, im Vorfeld der jeweiligen Zeugenvernehmungen bereits die Fragen vorformuliert, die er den Zeugen stellen würde. Stephan entnahm den für die Zeugin Michelle Crouchford bestimmten Fragen, dass Trost ihr eingehend, geschickt und unter teilweiser Wiederholung oder Abwandlung zuvor gestellter Fragen auf den Zahn gefühlt hatte, ob sie Maxim Wendel durch ihre äußere Erscheinung provozieren und ihn hinter das Gebüsch locken wollte, wo es zu der versuchten Vergewaltigung gekommen sein soll. Auch hierzu hatte sich Trost im Vorfeld der Vernehmung der Zeugin eingehende und durchaus intime Fragen vorgemerkt, die erkennen ließen, dass Stephans Vorgänger in der Tat den Fall von allen Seiten betrachtet und geprüft und somit nichts unterlassen hatte, einen für Wendel günstigeren Prozessausgang zu erzielen.

In der Akte befanden sich Kopien eines vom Gericht eingeholten Gutachtens über die Schuldfähigkeit Wendels und zweier Analysen der Fingerabdrücke des Täters auf dem Tatwerkzeug sowie eine Reihe von Fotos, die im Wesentlichen die Asservate zeigten, die in dem Fall eine Rolle spielten. Das waren insbesondere die Tatwaffe, also die an ihrem Boden abgeschlagene Flasche, die Uhr des Opfers Michelle Crouchford, deren Ziffernblatt unter dem zerstörten Uhrglas die Zeit 18.05 Uhr festhielt und ein Bild, dass das letzte von Gossmann gemalte und fast fertig gestellte Bild zeigte und sich auf der Staffelei befand, die in unmittelbarer Nähe des Fundorts seiner Leiche stand. Weitere Fotos dokumentierten einen Ortstermin des Gerichts, auf dem unter anderem Stephan die Richter, den in Handschellen anwesenden Maxim Wendel, Oberstaatsanwalt Kreimeyer und einige andere Personen, mutmaßlich Kriminalbeamte, erkannte, die das Gericht im Prozess ebenfalls als Zeugen befragt hatte.

Das Urteil des Landgerichts Dortmund las sich wie ein Schulbeispiel richterlicher Würdigung des damaligen Falles. Auf knapp 65 Seiten hatte das Schwurgericht den Sachverhalt umfassend tatsächlich und rechtlich beleuchtet, lange Ausführung zur Glaubwürdigkeit der Zeugen und der Glaubhaftigkeit ihrer Aussagen gemacht und spiegelbildlich Maxim Wendels Einlassung als bloße Schutzbehauptung gewertet. Die belastende Vorgeschichte Wendels erklärte, warum er sich an der Studentin vergehen wollte. Das Gericht erkannte in Maxim Wendel einen Menschen, der anderen keinen Respekt zolle und rücksichtslos alles in Besitz nehme, was er haben wolle. Für eine krankhafte Störung sah das Gericht keine Anhaltspunkte. Im Urteil stand, dass Wendel lediglich einen besonders ausgeprägten Egoismus offenbare, was ein eingeholtes Sachverständigengutachten bestätigt und vom Gericht anfänglich in den Raum gestellte Zweifel an der Schuldfähigkeit Wendels beseitigt hatte.

Stephan und Marie erschienen kurz nach 16 Uhr am vereinbarten Treffpunkt, was Trost erst zu einem ungeduldigen Blick auf seine Armbanduhr und dann zu der knappen Bemerkung veranlasste, dass Pünktlichkeit eine unverzichtbare Voraussetzung seines beruflichen Erfolges sei. Marie entschuldigte sich, noch bevor sie sich Trost vorgestellt hatte, mit der Verspätung der Tagesmutter, die sie habe eigens habe herbestellen müssen, was Trost augenblicklich mit einem nachsichtigen Lächeln beantwortete.

»Ich sagte ja: Mit Kindern ist es in dieser Gesellschaft nicht einfach«, betonte er.

Stephan hatte aus dem umfassenden Aktenmaterial nur die Fotos von den Asservaten, die Anklageschrift der Staatsanwaltschaft und das Urteil des Landgerichts Dortmund zu dem Termin mit Trost mitgenommen.

Sie kletterten zu dritt die Anhöhe hinauf und blieben an der Stelle stehen, die Trost als diejenige bezeichnete, an der Rudolf Gossmann seinerzeit erschlagen aufgefunden worden war.

»Genau hier?«, fragte Stephan.

»Ziemlich genau hier«, nickte Trost, »aber legen Sie mich bitte nicht auf den Meter fest. Sie können die genauen Maße der Tatortskizze entnehmen. Ich erinnere mich daran, dass diese Eibe hier in unmittelbarer Nähe stand. Sie ist in den knapp vier Jahren natürlich größer geworden. – Sehen Sie doch einmal auf die Skizze, Herr Knobel!«

»Es liegen hier weit und breit keine Steine rum«, bemerkte Stephan, während er blätterte.

»Gut beobachtet!«, lobte Trost. »Aber das ist erklärlich. Vielleicht erinnern Sie sich noch daran, dass unten – in Nähe des Torhauses – das alte Hotel Rombergpark stand. Unmittelbar daneben befand sich die Hotelfachschule. Man hat diese schäbigen Gebäude vor Jahren abgerissen. Irgendjemand hat aus dem Bauschutt, der dort einige Zeit lag, Steine entnommen und sie hier auf die Anhöhe gebracht, um mit dem Abbruchmaterial eine illegale Feuerstelle zu errichten, die wohl als Grillplatz benutzt wurde. Wegen der recht versteckten Lage ist dies lange nicht entdeckt worden. Zum Tatzeitpunkt befanden sich etliche aus dem Abbruch stammende Gesteins- oder Schuttbrocken hier oben, die zu einem kleinen Haufen aufgeschichtet waren. Einige dieser Steine waren von dem darauf entfachten Feuer von Ruß und Asche geschwärzt, andere am Rand liegende waren weiß oder gelblich. Auf und zwischen diesen Steinen befanden sich Reste von Grillutensilien, leere Getränkedosen und eben die Flasche als spätere Tatwaffe. Einige Wochen nach der Tat hat man die Steine gänzlich entfernt, und so sehen Sie hier in der Tat nur noch grünen Rasen. Das ist die Erklärung. Es ist damals alles fotografiert worden. Sie werden die Bilder in der Akte finden.«

Stephan betrachtete das Foto von der asservierten Flasche. Dann schlug er die Tatortskizze auf und vollzog sie nach. Gemäß Skizze lag Gossmanns Leiche zweieinhalb Meter vom Stamm der Eibe entfernt. Neben ihr, also etwa drei Meter von der Eibe entfernt, stand die Staffelei, auf der sich das zu den Asservaten genommene fast fertige Ölgemälde von Gossmann befand, welches das unter Denkmalschutz stehende Torhaus des Rombergparks und nebenan den kleinen Teich zeigte. Stephan zückte den mitgebrachten Zollstock und legte ihn gemeinsam mit Marie auf dem Rasen aus. Dann standen sie auf der Position, die den Fundort der Leiche von Gossmann markierte.

Marie sah auf die Tatortskizze und blickte sich anschließend um.

»Wenn er hier oder hinter seiner Staffelei stand, konnte er in der Tat die Stelle sehen, an der die behauptete Vergewaltigung der Michelle Crouchford stattfand«, sagte sie und deutete nach links unten auf den Fuß der Anhöhe. Dort befand sich hinter einem ausladenden Gebüsch, das sich nach links fortsetzte und den Blick auf den Parkweg versperrte, jenes Stück Wiese, auf der es zu Wendels Übergriff auf die Zeugin gekommen sein soll.

»Es passt alles – leider«, kommentierte Trost. »Sie können auch die Position der Eheleute Brandstätter unten auf dem Weg einnehmen«, schlug er Marie vor. »Dann werden Sie feststellen, dass man von dort weder den Standort Gossmanns noch den seiner Staffelei noch den Ort der Vergewaltigung einsehen kann. Hingegen kann man von dort gut hören, wenn jemand von hier den Namen Wendel ruft, ohne dass man dabei schreien müsste. – Denken Sie sich in den Tattag hinein. Es war ein heißer Tag kurz nach 18 Uhr. Es liefen noch etliche Spaziergänger durch den Park, wegen der Hitze aber wohl weniger als sonst üblich. Viele waren zu Hause geblieben oder schon wieder dort. Den Lärm der Straße, die am Park vorbeiführt, hört man hier nicht. Soweit es also sonst keine störenden Nebengeräusche gab, konnten die Brandstätters alles so wahrgenommen haben, wie sie ausgesagt haben. Es waren im Übrigen gänzlich unbeteiligte Zeugen. Wie Sie wissen, besitzen deren Aussagen regelmäßig den höchsten Wert.«

Stephan nickte und blätterte weiter durch die Fotos.

»Wie ist denn die Uhr der Michelle Crouchford zerstört worden?«, fragte er. »Unten, wo sie mit Wendel gekämpft haben will, lagen ja wohl keine Steine, oder waren dort früher auch welche?« Er blickte auf die Wiese, auf der die versuchte Vergewaltigung stattgefunden haben soll.

»Keine Ahnung.« Trost hob ratlos die Schultern. »Ich habe das damals auch hinterfragt, aber es gab keine eindeutige Antwort. Möglicherweise drückte ein Knopf oder Ähnliches von Wendels Hose auf das Uhrglas, vielleicht war es auch nur das Körpergewicht oder sonst eine Einwirkung, die das Glas hat splittern lassen. Wie Sie sehen, hat die Uhr ein recht großes Ziffernblatt. Also ist auch das Uhrglas relativ groß und deshalb für eine Beschädigung oder Zerstörung anfälliger als ein kleines. Immerhin muss davon ausgegangen werden, dass 18.05 Uhr ziemlich genau der Zeitpunkt des sexuellen Übergriffs auf die Studentin war. Die Polizei wurde von den Zeugen, an die sich die Crouchford nach der Tat gewandt hatte, per Handy um 18.09 Uhr gerufen. Zeitlich passt also alles zueinander. – Wie auch immer: Diese Frage konnte nicht geklärt werden, aber ihre Beantwortung war letztlich auch nicht entscheidend für den Ausgang des Prozesses.«

Stephan betrachtete in seinem Aktenauszug nun das Foto, das das von Gossmann gefertigte Gemälde zeigte. Er sah abwechselnd auf das Gemälde, dann die Anhöhe hinab auf das weit hinten liegende Torhaus und schließlich auf den rechts gelegenen Teich, an dem Kinder gerade wild durcheinander schnatternde Enten fütterten. Stephan konzentrierte sich wieder auf das Foto und verglich erneut das Motiv des Bildes mit der Realität.

»Wenn die Staffelei so stand, wie in der Tatortskizze vermerkt«, überlegte er, »und wenn Gossmann folglich von dieser Position aus das Torhaus und den Teich gemalt hat, dann ragt immer die Eibe in das Motiv. Auf seinem Gemälde ist die Eibe aber nicht zu sehen.«

Trost blickte auf das Foto in der Akte und schaute auf das sich von dem angegebenen Staffeleistandort bietende

Motiv. Er runzelte die Stirn, trat einige Schritte nach links und verglich wieder Foto und Panorama.

»Von hier aus passt es«, meinte er. »Von hier sieht es genauso aus wie auf Gossmanns Bild.«

Marie und Stephan traten zu ihm. Trost hatte recht. Er stand nun etwa zehn bis zwölf Meter neben der Stelle, die nach Tatortskizze den Standort der Staffelei markierte.

Marie lief den Hügel hinab und nahm die Position ein, von der aus die Eheleute Brandstätter die Rufe Gossmanns gehört hatten. Trost blieb da stehen, wo er war.

»Von hier aus hätte man Gossmann und seine Staffelei gesehen«, rief sie von unten und ging dann den Weg auf und ab, soweit sie zwischen den hochgewachsenen Sträuchern hindurch auf die Anhöhe blicken konnte, während Stephan und Trost ihr zusahen.

»Von überall hätte man Gossmann und die Staffelei sehen können, wenn er sich an eurem Standort befunden hätte. Dagegen hätte man von unten von keiner Position aus die Stelle sehen können, an der er gefunden wurde. Und die Staffelei auch nicht. Die Sträucher verdecken alles«, sagte sie, als sie wieder zu den anderen gestoßen war.

»Warum soll Gossmann seine Staffelei so positioniert haben, dass er sein Motiv nicht in der Weise sehen konnte, wie er es tatsächlich gemalt hat?«, fragte Stephan. Er schlug achselzuckend seine Unterlagen zu. »Nichts wäre naheliegender, als sie dort aufzustellen, wo er sein Motiv ungehindert im Blick hatte. Die Eibe stört gewaltig den Blick auf das Torhaus.«

»Vielleicht wollte er ungestört sein«, überlegte Trost. »Sie wissen doch, wie neugierig vorbeilaufende Spaziergänger und ihre Kinder sein können. Möglicherweise hat er hier aus seinem Versteck heraus gemalt. Man sieht ja das

Motiv, nur die Eibe stört. Als Künstler konnte er so etwas mit Sicherheit ausblenden.«

»War er wirklich ein Künstler?«, fragte Marie.

»Ein künstlerisch sehr begabter pensionierter Finanzbeamter«, erwiderte Trost lächelnd. »Es gibt nicht viele Informationen über ihn, außer der wesentlichen, dass Wendel zufällig früher in seiner Nachbarschaft wohnte und sie sich wechselseitig vom Sehen und auch vom Namen her kannten. Rudolf Gossmann frönte bereits zu Dienstzeiten der Malerei und widmete sich nach seiner Pensionierung ganz diesem Hobby. Die lag zum Tatzeitpunkt etwa fünf Jahre zurück. Gossmann war bereits damals seit Jahren verwitwet. Das ist alles, was ich über ihn weiß«, sagte Trost.

»So ein Bild wie Gossmanns letztes Gemälde vom Torhaus malt man doch nicht an einem Tag«, vermutete Marie. »Er muss über mehrere Tage hier gesessen und gemalt haben. Ist das überprüft worden? Hat man Zeugen gefunden, die ihn vielleicht mit seiner Staffelei an der Stelle gesehen haben, die einen freien Blick auf sein Motiv gewährt?«

»Man ist dieser Frage nicht nachgegangen, weil man diesen Umstand nicht weiter problematisiert hat«, bekannte Trost. »Denn es hätte sich daraus keine andere Beurteilung des Sachverhaltes abgeleitet. Was hätte die Erkenntnis gebracht, dass Gossmann an den Tagen zuvor vielleicht wirklich an einer geringfügig anderen Position gesessen hätte? Denken Sie an die Flasche, die unzweifelhaft die Tatwaffe war und von Wendel in den Händen gehalten wurde.«

»Es ergeben sich erste Fragen, immerhin«, meinte Stephan.

»Sie lassen nicht locker. Das freut mich, und das bewundere ich«, meinte Trost anerkennend.

»Er ist ein bisschen wie Sie«, lächelte Marie, ohne dass Trost merkte, dass sie mit diesen Worten etwas über den Starverteidiger spöttelte, den ihr Stephan schon facettenreich beschrieben hatte.

»Sie nehmen jetzt wieder Ihr Kind in Empfang?«, erkundigte sich Trost zum Abschied.

»Erst wird eingekauft«, entschied Marie. »Jede freie Minute muss genutzt werden. Mit einem Kind kommt es auf das perfekte Zeitmanagement an.«

»Sie kennen das ja, Kollege Trost«, fiel Stephan ein. »Auch wenn die Kindertage Ihrer Tochter jetzt schon viele Jahre zurückliegen.«

»Nein, wir hatten es leicht«, widersprach Trost. »Ich habe damals schnell meine Kanzlei nach vorn gebracht. Dann war wirtschaftlich auch eine Kinderfrau drin. Nach dem frühen Tod meiner Frau wäre es ohne Kinderfrau nicht gegangen. Delia war damals erst zehn Jahre alt. Grausam für das Kind und grausam für mich. Das Leben schlägt manchmal bittere Kerben. Aber man muss immer wissen, wohin man will. Zielstrebigkeit ist das Wichtigste im Leben.«

Marie verstand. Trost hatte ihren versteckten Seitenhieb registriert und parierte mit Worten, die trotz ihrer Freundlichkeit ihre Schärfe nicht verbergen konnten. Sie ahnte, dass er vor Gericht ein gefährlicher Gegner sein konnte.

6

Stephans anfängliche Euphorie, mit dem zu hinterfragenden Standort von Gossmanns Staffelei einen Ansatz gefunden zu haben, der die seinerzeit von der Staatsanwaltschaft präsentierte Beweiskette erschüttern könnte, verflog, als er gemeinsam mit Marie die Sache nochmals durchdachte. Bei näherer Betrachtung tangierte der Standort der Staffelei tatsächlich nicht das eigentliche Tatgeschehen. Es schwand auch die Hoffnung, nach rund vier Jahren bisher unbekannte Zeugen zu finden, die zum Tatgeschehen etwas hätten aussagen können. Stephan entnahm den umfangreichen, säuberlich in Klarsichthüllen geordneten Anlagen zur eigentlichen Akte, dass zur Tatzeit ein von der Stadt bereits im Mai des Tatjahres angekündigter Malwettbewerb zum Thema ›Die Heimat in Öl‹ stattgefunden hatte und neben Gossmann, der offensichtlich an diesem Wettbewerb teilgenommen hatte, bevorzugt in den Grünanlagen und an anderen exponierten Stellen der Stadt viele Hobbymaler ihre Gerätschaften aufgestellt und die sich bietenden Motive gemalt hatten. Dies ergab sich aus einem damaligen Zeitungsartikel, der über den Mord an Gossmann berichtete und seine Malerei in diesen Zusammenhang stellte. Also war es unrealistisch, Zeugen zu finden, die sich jetzt noch ausgerechnet an Gossmann und seine Malerei im Rombergpark erinnern würden.

Auch die spontanen Nachforschungen zur Person des Rudolf Gossmann führten nicht weiter. Eine frühere Nachbarin des Rentners, eine alleinstehende ältere Dame um die 80 Jahre, die Marie und Stephan am folgenden Wochenende aufsuchten, wusste nur zu berichten, dass Rudolf Gossmann stets ein sehr zuverlässiger, geradezu pedantischer Mann gewesen sei, der seine einem Finanzbeamten dienlichen Charaktereigenschaften nach dem Eintritt in den Ruhestand augenscheinlich weiter ausgefeilt hatte. Gossmann achtete peinlich genau auf die Einhaltung der Hausordnung, rügte alle Verstöße sofort gegenüber der Vermieterin und achtete wie ein Luchs darauf, dass die hinter dem Haus gelegene Garagenanlage nicht durch Graffiti verunstaltet wurde. Rudolf Gossmann mochte spießig und kleinlich gewesen sein, urteilte die Nachbarin, aber nicht unangenehm, sondern stets hilfsbereit.

Wir, die wir hier wohnen, müssen zusammenhalten, hätte er immer gesagt. Die Nachbarin wusste auch von Gossmanns Leidenschaft für die Malerei. Er habe schon seit Jahren gemalt, erinnerte sie sich, bevorzugt Berglandschaften mit Seen und Wäldern. Die Bilder hätten immer etwas barock ausgesehen. Nach seinem Tod seien die Bilder an seine Tochter gegangen, die irgendwo nach Süddeutschland verzogen sei und nach ihrer Heirat einen Namen trage, den sie nicht kenne.

»Einziger Fehler des Herrn Gossmann war, an jenem Augusttag zur falschen Zeit am falschen Ort gewesen zu sein und Zeuge einer Tat dieses Schweins zu werden«, rekapitulierte sie ihr Zeitungswissen.

Die Nachbarin blitzte mit den Augen und Marie und Stephan verzichteten darauf, sich auf die anbahnende Diskussion einzulassen. Tatsächlich galt Maxim Wendel landläufig als Schwein. Die Zeitungsartikel, die sich während der Dauer des Strafprozesses regional und überregional in oft langen Artikeln mit dem Fall und seinen Hintergründen befassten, schlugen heftig auf Wendel ein. Es gab nichts, was für ihn sprach oder seine Tat verständlich gemacht hätte, außer seiner Angst, von Gossmann der versuchten Vergewaltigung überführt zu werden. Der arme Rentner und der perverse einschlägig bekannte Lehrer waren die zentralen Figuren, über die die Boulevardpresse mit markigen Worten berichtet hatte. Selten waren Opfer- und Täterrolle so klar verteilt. Demgegenüber waren die Artikel in Bezug auf Michelle Crouchford eigentümlich zurückhaltend. Sie galt – wie Gossmann – zweifellos als Opfer des triebhaften Maxim Wendel, doch hatte sie nach der Tat die Öffentlichkeit gescheut und sich den zahlreichen Interviewanfragen regelmäßig verweigert. Nur ausnahmsweise war es Reportern gelungen, sie für ein Gespräch zu gewinnen, wobei sie stets den Tathergang so schilderte, wie sie es gegenüber der Polizei und dem Gericht getan hatte. Zur Hauptverhandlung war Michelle Crouchford, wie ein Ausschnitt aus der Tagespresse belegte, mit zusammengeknotetem Haar, im Winterkostüm und mit Wollmantel erschienen, was es Maxim Wendel zusätzlich schwer gemacht haben dürfte, die sexuellen Lockungen der Zeugin, die aus seiner gebetsmühlenartig wiederholten Sicht die eigentliche Täterin war, glaubhaft zu machen.

7

Als Trost Stephan am kommenden Montagmorgen anrief und ihn aufgeregt bat, sofort in seine Praxis am Phoenix-See zu kommen, hoffte Stephan auf neue Hinweise in dem bis jetzt aussichtslos erscheinenden Fall des Maxim Wendel. Doch Trost wartete nicht mit Neuigkeiten auf, die seinem Mandanten hätten helfen können. Stattdessen führte er, nunmehr gelöst lächelnd, Stephan mit eiligen Schritten durch das Büro direkt auf die Terrasse und dann über eine seitwärts nach unten führende Treppe direkt auf die Uferpromenade, auf der sich schon etliche Spaziergänger versammelt hatten, die neugierig ein direkt am Ufer liegendes Segelboot betrachteten. Trost drängte Stephan durch die sich sammelnde Menge von Schaulustigen nach vorn, und dort erkannte Stephan endlich, wer sich auf dem Segelboot befand: Es war Hubert Löffke, der über seinem Anzug eine schwarze Anwaltsrobe trug, die seinen fülligen Körper wie einen Sack umhüllte. Vor dem mit dem Bug zum Ufer weisenden und dort festgezurrten Boot befand sich auf der Promenade ein Gerät, das sich als Luftgebläse entpuppte und nun angeworfen wurde. Ein drahtiger junger Mann, der ebenso wie ein Kameramann und ein mit einem Richtmikrofon ausstaffierter Assistent zu einer Werbeagentur gehörte, forderte mit sonorer Stimme Hubert Löffke auf, seinen einstudierten Text zu sagen. Mit dem aufkommenden Wind blähten sich schlagartig das Segel des Bootes und Löffkes Robe auf. Löffkes stets etwas fettige Haare drifteten nach hinten und entblößten die wachsenden Geheimratsecken. Hubert Löffke stemmte sich gegen den Wind und japste nach Luft. Dann schrie er in den vermeintlichen Sturm: »Vor Gericht und auf hoher See, so sagt man, bist du mit Gott allein. Drum lass einen Anwalt von Format deine Hilfe sein. – Ich berate Sie in allen Stürmen des Lebens – schnell und nie vergebens. Ihr Hubert Löffke, Kanzlei Löffke und Kollegen, Prinz-Friedrich-Karl-Straße in Dortmund.«

Der drahtige Mann mit der sonoren Stimme bedeutete dem nun an der Windmaschine stehenden Assistenten, das Gerät abzustellen. Der Sturm hörte augenblicklich auf, das Segel des Bootes fiel schlaff in sich zusammen und Löffkes Robe schmiegte sich wieder an seinen fettleibigen Körper. Trost fiel in ein wieherndes Lachen und klatschte höhnisch Beifall, in den die anderen einfielen, bevor er Stephan freundschaftlich an die Schulter fasste und ihn bat, ihm wieder auf die Terrasse zu folgen. Von oben betrachteten sie noch eine Weile das Treiben am Ufer und sahen, wie Löffke, der sowohl Trost als auch Stephan erkannt hatte, eilig und peinlich berührt davonstrebte.

»Ich muss mich nicht wiederholen«, sagte Trost, »Sie brauchen keinen Löffke. Dass diese fette Tonne mir nun auch noch die Freude macht, sich direkt vor meinem Fenster zum Clown zu machen, konnte ich natürlich nicht ahnen. Aber es ist unzweifelhaft ein ganz besonderer Spaß, für den ich dem lieben Löffke auch noch dankbar bin, denn seine Show macht es mir leicht, Ihnen etwas anzubieten, Herr Knobel.«

Trost hielt inne und sah Stephan verheißungsvoll ins Gesicht.

»Sie sollten überlegen, ob Sie mit mir in Zukunft zusammenarbeiten möchten, Herr Knobel. Zunächst nur auf kollegialer Basis mit wechselseitiger Vertretung, Mandatsvermittlung und so weiter. Später können wir uns, wenn wir uns wechselseitig erprobt haben, zu einer Sozietät zusammenschließen. Sie brauchen also im Moment nicht zu investieren. Sie bleiben räumlich noch dort, wo Sie gerade sind, und dann sehen wir weiter. Es geht Schritt für Schritt nach vorn. Ich brauche mittelfristig Verstärkung und in absehbarer Zeit einen Nachfolger. Ich bin zwar, wie man so sagt, ein Arbeitstier, aber sicherlich keiner jener Idioten unseres

Berufsstands, die bis zum Sarg weiter arbeiten. Irgendwann, in drei oder vier Jahren, höre ich mit Sicherheit auf. – Ich muss ja noch das Geld ausgeben, das ich verdient habe.« Er lachte. »Es ist schwer, an gute Juristen zu kommen. Bei Ihnen bin ich mir sicher, eine solche Perle gefunden zu haben. Also überdenken Sie mein Angebot. Sie müssen sich nicht jetzt entscheiden. – Und noch ein Weiteres«, fügte er nach einer Pause hinzu: »Ich bin Mitglied eines kleinen Netzwerks, in dem sich anständige Personen mit einer soliden sozialen Vita treffen. Wir haben uns vor einigen Jahren gegründet. Zunächst waren wir zu viert, dann sind nach und nach weitere Personen dazugekommen. Vor geraumer Zeit haben wir beschlossen, unsere Mitgliederzahl auf zehn zu begrenzen. Das ist eine Größenordnung, die einerseits klein genug ist, um persönliche Kontakte untereinander substanziell pflegen zu können und andererseits groß genug, um als Gruppe etwas bewegen zu können. Deshalb nennen wir uns schlicht ›Die Zehn‹. Derzeit sind wir erst neun. Mit anderen Worten: Ich kann mir vorstellen, dass Sie unseren Kreis vervollständigen. Kommen Sie zu unserem nächsten Treffen am kommenden Mittwoch, also übermorgen. Das ist der 11. Juli. Wir treffen uns dann bei unserem Mitglied Wolfgang Traunhof. Sie werden bestimmt schon einmal von ihm gehört haben. Er ist ein sehr profilierter Mediziner. – Stellen Sie sich ihm und den anderen vor, und schauen Sie, ob auch wir etwas für Sie wären. Sympathie muss auf Gegenseitigkeit beruhen, Herr Knobel. Das ist doch klar.«

Er nannte Stephan Traunhofs Adresse und suchte eine Regung in dessen Gesicht, aber Stephan konnte nur wortlos staunen.

»Das ist jetzt sicher etwas viel für Sie«, erkannte Trost. »Aber ich bin nun einmal, wie ich bin, Herr Knobel. Ich habe ein untrügliches Gespür dafür, Menschen zu erkennen, mit denen etwas anzufangen ist. Und bei Ihnen bin ich mir – so vermessen bin ich – sicher, dass Ihr persönliches und berufliches Profil zu den ›Zehn‹ passt. Mir gefällt sehr, wie Sie an die Sache Wendel herangehen. Ihre messerscharfen Beobachtungen zum Standort von Wendels Staffelei nötigen mir Respekt ab. Diese Herangehensweise zeichnet den wahren Spezialisten aus. – Also: Denken Sie über meine Angebote nach, Herr Knobel! Alles ist unverbindlich. Wenn Sie Nein sagen, ist das in Ordnung. Sie schulden mir keine Erklärung. Vertrauen Sie mir! Ich halte immer mein Wort.«

Er streckte Stephan die Hand entgegen, und Stephan, noch immer ungläubig erstaunt, schlug ein. Er war so überrascht, dass er die Frage, die ihm auf dem Weg zu Trost eingefallen war, erst beim Hinausgehen stellte:

»Wissen Sie, was aus Michelle Crouchford geworden ist und wo sie heute wohnt?«

Trost zuckte mit den Schultern.

»Nein, ich weiß nicht, wo sie abgeblieben ist. Sie stammte aus Leipzig. Die letzte bekannte Adresse müsste sich aus der Akte ergeben. Sie ist damals polizeilich vernommen worden. In dem Polizeiprotokoll wird die Adresse stehen. Im gerichtlichen Protokoll findet man die genaue Anschrift bekanntlich nicht. Wollen Sie sie sprechen?«

»Vielleicht«, überlegte Stephan. »Ich will mir zumindest ein Bild von ihr machen. Es werden sich auch noch Fragen ergeben, da bin ich mir sicher.«

»Vorsicht, blondes Gift!«, mahnte Trost lächelnd. »Eine wahrlich hübsche Frau. Ein Stück weit kann ich unseren Herrn Wendel verstehen. – Aber Sie werden dieser Gefahr nicht erliegen«, war er sich sicher. »Sie haben eine attraktive Partnerin. Sehr angenehm. Es gibt ja das Sprichwort:

Sage mir, mit wem du gehst, und ich sage dir, wer du bist. Da ist viel dran. Wenn ich etwas besitze, dann ist es Menschenkenntnis«, wiederholte Trost. Er zwinkerte Stephan zum Abschied aufmunternd zu.

8

Als Stephan sich danach ins Auto setzte, hätte er vor Stolz und Freude platzen können. Es war einer jener Momente im Leben, in denen sich alles zu fügen und das Glück mit Händen greifbar schien. Dass sich der schmierige Löffke mit seinem Werbespot der Lächerlichkeit preisgegeben hatte und frustriert Stephans zufällige Anwesenheit ertragen musste, rundete Stephans Euphorie nur ab. Viel wichtiger war, Trosts Gunst erworben zu haben, der mit seinem unerwartetem Angebot einen beruflichen Horizont eröffnete, der für Stephan zuvor unerreichbar schien. Trost galt nicht nur als der versierte und über alle Zweifel erhabene Strafrechtler schlechthin; er galt als unangefochtene Persönlichkeit. Wo er erschien, trat er im wörtlichen Sinne auf und beherrschte den Raum, jedoch nicht in unangenehmer, sondern in wohltuend bereichernder Weise. Stephan hatte den Lebenslauf des Kollegen Trost im Internet studiert. Studium und Referendariat folgten bald berufliche Glanzpunkte in einer verdienten Karriere. Gereon Trost hatte alles selbst geschafft. Er hatte, wie er in einem Interview mit der Tagespresse anlässlich seines 50. Geburtstages betonte, die von ihm so bezeichnete Ochsentour gemacht. ›Nach oben kommen heißt nicht nach oben kriechen‹, hatte die Zeitung getitelt. Stephan hatte den Artikel sorgfältig studiert, der sich ein wenig wie eine Arbeitsanleitung für jene las, die sich wie Stephan in der Selbstständigkeit abmühten und trotz guter juristischer Arbeit für den Mandanten nicht recht nach vorn kamen. Natürlich suchte Trost unverhohlen mit der Verteidigung von Angeklagten in aufsehenerregenden Fällen die Öffentlichkeit. All dies war bekannt, aber die entscheidende Frage war, wie er es geschafft hatte, überhaupt in die erste Riege vorzustoßen. Wann wurde aus dem bis dahin namenlosen Advokaten der Anwalt, dessen Name stets als Erstes gehandelt wurde, wenn es um Prozesse ging, die die Öffentlichkeit in Herz und Seele berührten? Trost war sich für nichts zu schade gewesen. Er diente sich zunächst für Pflichtverteidigungen an, hielt Vorträge zu Recht und Unrecht, Moral und dem Recht auf Unmoral, referierte mal vor der Industrie- und Handelskammer, mal vor Häftlingen in der Justizvollzugsanstalt, stiftete Gelder für die Gefängnisbibliotheken ebenso wie für Opferschutzvereinigungen, empfahl sich den Opfern als Nebenklagevertreter ebenso wie dem mehrfachen Mörder als Bollwerk der durch ihn garantierten Verfahrensrechte. Gemeinsame Schnittmenge war stets das Recht, das für alle galt und deshalb von Trost auch mit seiner Hilfe allen zuteil werden sollte. Was äußerlich wie ein beliebiger Rollenwechsel wirkte, der lediglich als Vehikel diente, Trosts Ansehen und seinen Reichtum zu mehren, war im Verständnis seines beruflichen Ethos immer nur das Recht, dem er sich verpflichtet fühlte wie ein Priester seinem Herrn. Trost verstand, wovor Stephan Knobel stets zurückscheute: Er konnte sich in den Dienst einer Sache stellen und sie so vertreten, als sei sie seine eigene und seine ausschließliche. Und er konnte bei nächster Gelegenheit eine ganz andere Sache vertreten, doch er tat es wiederum so, als sei sie seine eigene und ausschließliche. Trost war im positiven Sinne wandelbar.

Dagegen erkannte Stephan in sich selbst den Betrachter von außen, und er glaubte, dies vor den anderen nicht verbergen zu können. Sogar der fettleibige Löffke schien Stephan in dieser Hinsicht überlegen, wenn er sich unter Einsatz seiner körperlichen Präsenz vor Gericht lärmend in den Dienst seiner Klientel stellte. Der Unterschied war, dass Löffke seine Mandanten wie ein sich auf die Brust trommelnder Affe überzeugen wollte, während Trost sie elegant umgarnte und scheinbar spielend für sich gewann.

Der Zauber jenes Montagmorgens lag darin, dass Trost über Hubert Löffke hinweg, der zufällig und sinnbildlich als fast Schiffbrüchiger zur Kulisse geworden war, zu Stephan eine Brücke schlug, und Stephan spürte, dass jenseits des ganz unterschiedlichen Auftretens ihn mit Trost tatsächlich eines verband: Er setzte sich wie jener wirklich für die Sache ein.

Also war dieser Montagmorgen eine Zeit, in der alles stimmte: Stephans Hochgefühl spiegelte sich in der äußeren Leichtigkeit dieses Tages, in der milden Sommerluft, die angenehm über die Haut strich, dem wolkenlosen Himmel, der sich über die Stadt wölbte und in den Gesichtern aller Menschen, die Stephan aus dem Auto heraus wahrnahm und seine Freude still zu teilen schienen. Das Schöne dieses Tages ließ es zur Nebensache werden, dass von den Eheleuten Annemarie und Heinz Brandstätter, die – wie sich aus der Akte ergab – schon zum Zeitpunkt des Mordes an Rudolf Gossmann in einem Altersheim am Zoo wohnten, nur noch Annemarie lebte. Stephan, der dem Erna-David-

Zentrum an der Mergelteichstraße einen Besuch abstattete, erfuhr, dass Heinz Brandstätter bereits Anfang des letzten Jahres an einem Schlaganfall verstorben war und seine Ehefrau Annemarie, die seit Jahren an einer sich verstärkenden Demenz litt, wohl keine Erinnerung mehr an einen Vorfall haben dürfte, der im Verständnis des Krankheitsbildes der Demenz erst kurze Zeit zurücklag und aller Voraussicht nach vergessen war. Stephan erinnerte sich, dass die wesentliche und detailliertere Aussage im Mordprozess gegen Wendel von Heinz Brandstätter stammte, und er verzichtete darauf, mit seiner Witwe Annemarie sprechen zu wollen. Die Brandstätters waren in dem ganzen Fall die unauffälligsten Zeugen, und es war unzweifelhaft, dass sie mit ihrer Aussage wahrheitsgemäß bekundet hatten, was sie damals im Rombergpark gesehen und gehört hatten.

Stephan verließ unverrichteter Dinge das Altersheim, doch eigenartigerweise störte ihn dies nicht. Er wurde noch immer von seinem Glücksgefühl getragen, machte im Auto das Radio lauter, bis die Musik dröhnte und merkte, dass ihm das Schicksal des Maxim Wendel jetzt ziemlich egal war.

9

»Du fliegst ja förmlich auf diesen Trost«, wunderte sich Marie, nachdem Stephan ihr alles erzählt hatte. »Ich erinnere mich an die Zeit«, fuhr sie nach einer Weile nachdenklich fort, »als du dich mit allem Nachdruck nur gegen die

Vorstellung gewehrt hast, irgendwelchen Sport-, Musik- oder Taubenzuchtvereinen beizutreten, um Kontakte zu knüpfen, aus denen vielleicht einmal ein Mandat erwachsen könnte. – Und was tust du jetzt?«

»Die Kontakte und die Chancen, die Dr. Trost bietet, bewegen sich auf einem ganz anderen Niveau«, gab Stephan abgeklärt zurück. »Wo bin ich denn angelangt?«, fragte er rhetorisch und ließ seiner überschäumenden Frustration freien Lauf.

»Ich arbeite unwirtschaftlich, weil bei den meisten Fällen die Relation zwischen Aufwand und Ertrag nicht stimmt. Etliche Mandate stammen von vermeintlich guten Freunden. Es sind Menschen, die ich von irgendwoher kenne, sich aus heiterem Himmel bei mir melden und mir nach der ohnehin nicht ernst gemeinten Frage nach meinem eigenen Befinden ihr Rechtsproblem andienen, das sie selbstverständlich gratis gelöst wissen wollen. Geradezu süffisant wird dann noch unterstellt, dass mir die Lösung dieses Falles doch bestimmt Spaß mache, weil ich aus unerfindlichen Gründen diesen Beruf und somit die Probleme anderer Menschen lieben müsste. Es kommt gar keiner darauf, dass ich damit Geld verdienen will und muss. Beschäftige ich mich dann mit diesem Blödsinn, kann ich letztlich nur verlieren. Denn wenn ich diese tollen Freunde richtig berate, gilt die Leistung als selbstverständlich. Greife ich daneben, gelte ich als Trottel und kassiere zusätzlich jede Menge Negativwerbung. Das ist der Unsinn meines beruflichen Lebens, Marie!«

Marie schwieg. Es gab nichts zu relativieren oder zu beschönigen. Sie verachtete wie er jene Zweckfreunde, die sich aus bloßem Eigennutz andienten und sich nicht einmal sonderlich bemühten, ihre wahren Absichten zu kaschieren.

»Und bei dieser Gelegenheit«, holte Stephan weiter aus: »Es widert mich an, im Wesentlichen von deinem Geld leben zu müssen und meiner Familie nicht mehr geben zu können als einen unregelmäßigen Zuschuss zu deinem Gehalt, dessen Höhe ganz allein davon abhängt, inwieweit sich die Mandanten, die überhaupt zahlen, bequemen, ihren Verpflichtungen nachzukommen. Es hängt mir zum Hals raus!«

»Und bei Trost ist alles anders?«, fragte Marie weich. Sie wusste, wie sehr die angespannte wirtschaftliche Situation an seinem Selbstbewusstsein nagte.

»Heute geht es überall nur um soziale Netzwerke«, sagte Stephan. »Dr. Trost hat doch recht, wenn er sagt, dass sich die Gesellschaft verändert hat. Man muss wissen, wo man hingehört«, rekapitulierte er.

»Ein Taubenzuchtverein auf hohem Niveau?«, hakte Marie nach und hoffte, ihn mit dieser Provokation sensibilisieren zu können.

»Eine Gesellschaft in der Gesellschaft«, sagte Stephan fest. »Dr. Trost hat erkannt, dass man auf Dauer nur überleben kann, wenn man sich mit denen zusammenschließt, mit denen man auf Augenhöhe ist. Nur dann kann es ein Geben und Nehmen geben, wovon jeder profitiert. Mich kotzen diese Ausnutzverhältnisse an, diese sozialen Einbahnstraßen.«

»Vielleicht siehst du die Dinge im Moment zu einseitig«, meinte sie.

»Ich meine es sehr ernst«, bekräftigte Stephan. »Schau dich doch um! Überall sondern sich die, die was können und leisten wollen, von den anderen ab. Man muss sich nach oben und nicht nach unten orientieren. Unsere Gesellschaft schaut nach unten. Der kleinste gemeinsame Nenner kann nur unten sein, aber dort darf nicht unsere Basis sein.«

»… sagt dein Dr. Trost«, vollendete Marie.

»Nein, das sage ich«, beharrte Stephan. »Dr. Trost sagt lediglich das, was alle denken. Und meine eigene Erfahrung zeigt mir, dass er recht hat.«

»Ich glaube nicht, dass dies der richtige Weg ist«, hielt Marie dagegen. Sie wollte ihn nicht kränken, nicht laut gegen Trost rebellieren, der ihr suspekt und zu glatt war.

»Ich werde zu diesem Treffen gehen«, war Stephan entschlossen. »Es gibt nichts zu verlieren. Und Dr. Trosts Kanzleiangebot behalte ich natürlich im Auge. Heute haben sich zwei Chancen aufgetan, die zu ignorieren mehr als dumm wäre.«

»Warum tut Dr. Trost das?«, fragte sie weiter. »Warum macht er dir solche Angebote?«

»Es ist, wie es ist«, antwortete er, ohne zu antworten. Er wollte keine Gelegenheiten hinterfragen, die wie aus dem Nichts kommend plötzlich am Horizont leuchteten.

»Manchmal ergeben sich zufällig Kontakte, aus denen unerwartet etwas Großes wird«, erklärte er den Zufall. »Vielleicht ist es die Chemie zwischen uns, vielleicht hat er in mir auch nur jemanden entdeckt, der seiner Kanzlei nach seinem Ausscheiden eine Perspektive geben kann. Ich weiß es nicht. Vielleicht ist es einfach nur mein Glück, das jetzt bei mir anklopft.«

Er blickte beschämt zu Boden. Es ging tatsächlich nur darum, einmal berufliches Glück zu haben. Warum wollte Marie nicht verstehen, dass er es sich nicht erarbeiten konnte?

»Du hast nie Strafrecht machen wollen«, erinnerte Marie.

»Aber vielleicht ist diese Sichtweise falsch. Vielleicht lässt sich mit Strafrecht Geld verdienen. Letztlich bin ich doch nur deshalb zu Maxim Wendel nach Werl gefahren, weil ich hoffe, mit diesem Fall etwas verdienen zu können.«

Marie war aufgestanden und ordnete umständlich Lebensmittel aus einer Einkaufstüte in ein Regal ein.

»Du redest fremd«, meinte sie irritiert. »Du bist zu Wendel gefahren, weil dich seine dauernde Schreiberei letztlich doch berührt hat. Das war der eigentliche Funke! Es ging in erster Linie nicht darum, ob du mit Strafrecht etwas verdienst oder nicht. Wie redest du denn plötzlich?«

»Nein, in erster Linie hoffe ich auf einen Verdienst«, widersprach Stephan. »Mein Interesse steht an zweiter Stelle. Ich bin nicht in der komfortablen Situation, mir meine Fälle auszusuchen. Wendel hat mich durchschaut. Er weiß, warum ich hungrig auf seinen Fall sein muss. Vielleicht erkennst du nicht, dass ich mittlerweile wie eine ausgemergelte Hyäne hinter Fällen herlaufen muss, damit ich die Gebühren verdienen kann, die mich über Wasser halten. Bloßer Idealismus ist naiv und bringt kein Geld. – Ich gehe jedenfalls nächsten Mittwoch zu diesem Treffen«, wiederholte er trotzig und griff nach der auf dem Tisch stehenden Flasche Wein.

»Du wolltest die Eheleute Brandstätter besuchen«, sagte Marie.

»Frau Brandstätter ist dement, Herr Brandstätter inzwischen verstorben. Aber es wäre auch müßig gewesen, sie zu befragen«, befand Stephan, schenkte sich ein Glas Wein ein und leerte es in einem Zug.

»Irgendetwas ist heute mit dir passiert«, war sich Marie sicher und schüttelte den Kopf.

Stephan nickte. »Als ich den fetten Löffke im künstlichen Sturm sah, wusste ich, dass ich die Weichen anders stellen muss. Bevor es zu spät ist, verstehst du das nicht, Marie? Ich kann mit dieser Witzfigur nicht weiter zusammenarbeiten. Seine Albernheiten fallen auch auf mich zurück.«

»Wie wäre es mit einem Erfolg in der Sache Wendel?«,

fragte Marie scharf. »Er scheint dich nicht mehr sonderlich zu interessieren.«

»Maxim Wendel …« Stephan winkte ab.

»Ich werde mit dem Vorsitzenden Richter sprechen, der Wendel damals verurteilt hat«, sagte Marie. »Er heißt Froog, wie sich aus dem Urteil ergibt. Ich habe alles gelesen. Im Internet findest du auch ein Bild von ihm. Es gehört zu einem Zeitungsartikel, der über seine langjährige Tätigkeit als Vorsitzender des Richterrats am Dortmunder Landgericht berichtet. August Froog heißt der Mann. – Kennst du ihn?«

Stephan schüttelte den Kopf.

»Du willst nicht ernsthaft mit dem Richter sprechen«, ereiferte er sich. »Was willst du ihn denn fragen? – Haben Sie ein Fehlurteil gesprochen, Herr Froog? Sind Ihnen nicht Zweifel an der Täterschaft Wendels gekommen? Wie stellst du dir das denn vor?«

»Du solltest diese Fragen nicht so abtun.«

»Du wirst mich lächerlich machen«, prophezeite Stephan knapp.

»Lass mich tun, was ich tun will«, gab Marie verärgert zurück. »Ich treffe Froog am nächsten Mittwochmorgen. Und du wirst mich nicht daran hindern. Besauf' dich nur weiter und bemitleide dich! – Ich erkenne dich im Moment nicht wieder!«

»Es gibt mittlerweile auch Partnerschaftsagenturen, die nur die Besten untereinander verkuppeln«, höhnte Stephan. »Die Eliten wollen unter sich bleiben. Ich begreife jetzt, dass sie unter sich bleiben *müssen*.«

»Vielleicht wirst du irgendwann auf deine Eliten zurückgreifen müssen«, bellte Marie. »Wenn du erkannt hast, dass du von ihnen abhängig bist.«

Dann lief sie aus dem Zimmer und knallte die Tür zu.

Es gab Worte, die leichtfertig ausgesprochen und nur schwer zurückzunehmen waren. Stephan sah sich auf der Verliererstraße. Warum wollte Marie nicht erkennen, dass Trost eine Rettungsleine bot, an der er sich nach oben ziehen konnte?

10

Der Richter August Froog saß seit rund zwei Jahren nicht mehr dem Schwurgericht vor, sondern hatte nach dem neuen Geschäftsverteilungsplan des Landgerichts nun den Vorsitz der 17. Zivilkammer inne. Marie war mit ihrem Deutsch-Leistungskurs pünktlich am Mittwochmorgen um neun Uhr an der Pforte des Landgerichts erschienen, wo ein Justizwachtmeister die angemeldete Gruppe empfing und die eigenartig ehrfürchtig Schülerinnen und Schüler einzeln durch die Personenschleuse leitete, in der Metalldetektoren das Mitführen unerlaubter Gegenstände prüften. Marie wusste, dass sie sich um mangelnde Disziplin in ihrer Schulklasse keine Sorgen machen musste. Das Wissen, einer Gerichtsverhandlung beiwohnen zu dürfen, flößte Respekt ein. Die Schüler tuschelten verhalten untereinander, blieben ungewohnt wohlgeordnet nebeneinander und wirkten auf diese Weise unnatürlich kindlich. Marie schmunzelte darüber, wie einträchtig sie dem Justizwachtmeister in die zweite Etage folgten, der seinerseits wegen seines kurzärmeligen grünen Diensthemdes die deutliche Tätowierung auf seinem rechten Unterarm nicht verdecken konnte, die

die machtgeschwängerte Gerichtsaura ungewollt ein Stück weit entzauberte.

Vor dem Sitzungssaal mahnte der Justizwachtmeister dienstbeflissen seine Gefolgschaft mit auf die Lippen gelegtem Zeigefinger zur Ruhe. Als alle in Reih und Glied vor ihm standen, öffnete der Justizwachtmeister die Tür zum Sitzungssaal langsam und fast geheimnisvoll wie eine Pforte, die den Eintritt in eine andere Welt eröffnete, und bedeutete mit gewichtiger Geste, still einzutreten. Maries Schüler huschten förmlich in den Saal und verteilten sich lautlos auf die reichlich vorhandenen Zuhörerstühle im Saal. Zuletzt trat Marie ein, vergewisserte sich, dass alle einen Platz gefunden hatten und setzte sich selbst nahe der Tür hin.

Vorn saß August Froog, der sich gerade mitten in einer Verhandlung in einer Zivilsache befand. Marie musterte den Vorsitzenden, den sie auf Mitte 50 schätzte, und mit seinem korrekt gescheiteltem grauen Haar und seiner Brille mit den kreisrunden Gläsern, in denen sich die durch die Saalfenster scheinende Sonne blitzend spiegelte, eine gewollte Strenge und Unnahbarkeit verkörperte.

Maries Schüler lauschten aufmerksam den Wortwechseln zwischen dem Gericht und den Parteien und konnten inhaltlich doch nicht folgen. Laien konnten sich unter Gerichtsverhandlungen meist nur solche in Strafsachen vorstellen und verstanden nicht, was ein Zivilverfahren war. Marie selbst hatte ihr Grundwissen darüber von Stephan vermittelt bekommen, und nach einigen Minuten konzentrierten Zuhörens konnte sie einordnen, worum es ging: Die Klägerin, eine aus Sachsen stammende einfache Frau, von Beruf Reinigungsfachkraft, klagte gegen ihre Krankenversicherung, die den mit der Frau bestehenden Krankenversicherungsvertrag gekündigt hatte, weil die Frau bei Vertragsabschluss Vorerkrankungen verschwiegen haben soll, über die sie die Versicherung hätte aufklären müssen. August Froog, angesichts der zahlreichen Zuhörer in besonderer Weise motiviert, vertiefte sich weiter in den Fall und nahm die Klägerin ins Visier.

»Wenn Sie zum Zeitpunkt des Vertragsabschlusses mit der Krankenversicherung unter sexuellen Störungen im Verkehr mit Ihrem Mann litten, die nach Diagnose Ihres Arztes Folge einer Störung Ihres Nervensystems waren, hätten Sie im Antragsformular auf Abschluss des Krankenversicherungsvertrages darauf hinweisen müssen«, formulierte Froog scharf und lehnte sich zurück

Marie wunderte sich, welche Fragen hier öffentlich erörtert wurden.

»Aber ich wusste doch gar nichts«, verteidigte sich die Klägerin hilflos.

»Sie hätten wissen müssen«, belehrte August Froog, rollte mit den Augen und beugte sich wieder vor. »Waren Sie denn niemals vorher beim Arzt?«

»Doch!«, antwortete die Klägerin.

»Und? Geht man nur so zum Arzt?«, lautete die weitere Frage.

»Ich fühlte mich doch nur matt. Es war die berufliche Anspannung«, antwortete die Klägerin.

»Als Reinigungskraft?«, quiekte Froog und blickte überdrüssig an die Decke des Gerichtssaales.

Einige Schüler lachten auf. Marie schwieg.

»Ich stand unter extremer Belastung. Eine Putzstelle nach der anderen«, erklärte die Frau leise. Sie war unsicher.

»Und deshalb sind Sie zum Arzt gegangen?«, setzte August Froog pointiert nach. »Wenn ich zum Arzt gehe, habe ich ein Petitum«, erklärte er. »Man geht nicht zum

Arzt, weil man nur matt ist. In solchen Fällen trinkt man Kaffee. So wäre der normale Lauf der Dinge.«

Wieder lachten einige.

Die Klägerin blickte Hilfe suchend ihren Anwalt an.

»Ein Petitum ist eine Bitte, ein Verlangen, ein Wunsch, eine gezielte Frage«, half der Anwalt vernehmlich laut und warb mit einem Blick zu Froog um Verständnis.

»Nö«, sagte die Klägerin. »Es war nur, weil ich so schlapp war.«

»Nö, aha«, wiederholte Froog und gab zu Protokoll, was die Klägerin gesagt hatte. »Wir werden hier noch eine Menge aufzuklären haben«, schnaubte er. »Ich werde einen Auflagen- und Hinweisbeschluss verkünden«, sagte er, bevor er die Parteien und ihre Anwälte mit einer Handbewegung entließ und mit einem Augenaufschlag die Akte schloss.

Dann trat August Froog hinter der Richterbank hervor und ging auf Marie zu.

»Sie sind Frau Schwarz, nehme ich an«, sagte er einladend, reichte Marie die Hand und verneigte sich wie ein Kavalier der alten Schule. Er hatte die eine Bühne verlassen und die nächste betreten.

»Meine Geschäftsstelle hatte Ihr Kommen angekündigt.«

»Mein Leistungskurs beschäftigt sich gerade mit Berichterstattungen über Gerichtsfälle«, sagte Marie. »Da kam mir die Idee, mit meinen Schülern einen Blick in die Wirklichkeit zu werfen, wenngleich eine Verhandlung vor dem Zivilgericht für Außenstehende nicht so interessant sein dürfte, wie ich gerade feststelle. Ohne Zweifel wäre eine Verhandlung vor dem Schwurgericht interessanter.«

»Da war ich jahrelang Vorsitzender«, erläuterte Froog.

»Ich weiß«, antwortete Marie. »Sie waren damals auch Vorsitzender im Prozess gegen Maxim Wendel. Es wurde viel darüber in den Medien berichtet, auch von Ihrer – wie sagt man? – strengen, aber gerechten Verhandlungsführung. Deshalb habe ich mir eine Ihrer Sitzungen für unser Projekt ausgesucht. Ich vermute, dass die Schüler von Ihnen in besonderer Weise etwas darüber lernen können, wie unsere Justiz funktioniert.«

Froog sog Maries lobende Worte sichtlich ein. Er stand kerzengerade da und hielt seine Hände hinter dem Rücken verschränkt.

»Es ist ein komplexes System«, antwortete er nichtssagend und war gleichzeitig eigentümlich verzückt.

»Vielleicht erzählen Sie uns noch ein wenig über den damaligen Fall«, ermunterte ihn Marie. »Meine Schüler haben etliche der Artikel gelesen. Sie sind ganz gespannt darauf, mit Ihnen den Richter kennenzulernen, der Wendel damals hinter Gitter schickte. Ich muss gestehen, dass wir diesen interessanten Fall in der Schule vorbesprochen haben.«

»Das war ja nicht ich allein«, wiegelte Froog bescheiden ab. »Es war die gesamte Große Strafkammer, der ich allerdings vorsaß.«

»Sind Ihnen jemals Zweifel an Wendels Schuld gekommen?«, fragte Marie.

»Zweifel?«, wiederholte Froog ungläubig. »Nein, es war letztlich ein eindeutiger Fall. Historie des Täters, also seine Vorgeschichte, das zufällige Treffen auf diese Studentin, die seine schlummernden Triebe geweckt hat, dann die versuchte Vergewaltigung und der aus Wendels Sicht unglückliche Umstand, bei dieser Tat von einem Zeugen beobachtet zu werden, der ihn erkannt hatte. Als normaler Mensch denkt man bei so einem Triebling ja sofort an eine geistige Macke, die gegen seine Schuld sprechen könnte. Also haben wir pflichtgemäß zu dieser Frage ein Gutachten eingeholt. Aber

Wendel war nicht krank im Kopf, sondern nur in seinem Charakter. Er hatte keine Chance. Alles passte, die Beweislage war eindeutig.«

»Aber der Herr Wendel hat immer gesagt, dass er es nicht war«, meldete sich eine Schülerin aus der ersten Reihe, die gleichzeitig aufzeigte und nicht an sich halten konnte, bis sie aufgerufen wurde. Marie beobachtete sie lächelnd und dachte für Augenblicke daran, dass aus einigen Schülern ihrer Klasse in etlichen Jahren vielleicht Personen wie Froog und Trost geworden sein könnten.

»Da haben Sie recht«, bestätigte Froog, und seine Worte klangen wie diejenigen eines Vaters, der zufrieden die vom Kind gelernte Lektion abnimmt. »Er hat geleugnet. Aber es hat ihm nichts genutzt.«

»Bei meiner Vorbereitung auf den heutigen Tag habe ich mich immer wieder gefragt, warum ein Mensch hartnäckig eine Tat leugnet, derer er doch eigentlich überführt ist«, sagte Marie. »Irgendwann müsste so einer doch kapitulieren oder die Flucht nach vorn antreten.«

»Flucht nach vorn? Wie meinen Sie das?«, fragte Froog irritiert und blinzelte durch seine Brille.

»Wenn bewiesen war, dass er die Flasche in Händen hielt, mit der er den Rentner tötete, hätte er doch umschwenken und das Gericht zu überzeugen versuchen müssen, dass er den Tod des Rentners nicht gewollt habe.«

»So wäre in der Tat das normale Einlassungsverhalten«, nickte Froog und wippte auf den Zehenspitzen.

»Wie erklären Sie sich das?«, fragte Marie. »Auf der einen Seite eine glasklare Beweisführung, und auf der anderen Seite ein hartnäckiges Leugnen des Täters.«

»Sie stellen Fragen, Frau Schwarz«, wunderte sich Froog und lächelte erstmals. »Da müssen Sie seinen Verteidiger fragen. Maxim Wendel war damals erstklassig vertreten. Dr. Gereon Trost ist eine Institution in der Riege der Strafverteidiger. Jura am Hochreck, wie ich zu sagen pflege. – Vielleicht hatte Wendel einfach eine innere Blockade. Es gibt Menschen, die negieren Tatsachen, die für sie belastend sind. Das wäre die einfachste Erklärung. In der Tat habe ich mich über Wendels Verhalten gewundert. Ich hätte ihn fast angeschrien, endlich das zu gestehen, dessen er doch ohne Zweifel überführt war. Wenn einer in so einer Situation weiterhin leugnet, muss er schlicht verrückt sein. Doch statt meiner war er es, der schrie. So verkehrt war die Welt in diesem Prozess. Er brüllte, dass er es nicht gewesen sei, weil er diese Flasche nicht berührt habe. Das ist genauso abwegig, als wenn einhundert Personen ein Bild betrachten und einhellig sagen, dass es schwarz ist, während einer ständig schreit, dass es doch weiß sei. Man muss darüber nicht vertieft nachdenken. Für uns Richter war klar, dass Wendel die Wahrheit nicht akzeptieren konnte oder wollte. Die eingeholten Gutachten waren eindeutig. Er hatte diese Flasche angefasst. Wir hatten an dieser Stelle verstanden, dass Wendel sich seine Version der Dinge komplett ausgedacht haben muss. Denn wenn man ihn an dieser zentralen Stelle der Lüge überführen konnte, dann sagte das auch alles über den Wahrheitsgehalt seiner sonstigen Einlassung aus.«

»Herr Wendel strebt eine Wiederaufnahme des Prozesses an«, sagte Marie.

»Tatsächlich?«, Froog strich sich verwundert über sein Kinn und dachte einen Moment lang nach..

»Chancenlos!«, urteilte er dann. »Das Urteil war richtig. Ich wüsste nicht, welche neuen Fakten auf den Tisch kommen sollten, die die damalige Entscheidung infrage stellen könnten.«

»Könnte es nicht sein, dass er wirklich unschuldig ist? Vielleicht ist das die einfachste Erklärung?«, bohrte Marie weiter.

»Er kann nur ein Wirrkopf sein«, war sich Froog sicher. »Wer Beweise negiert, muss krank sein.«

Marie blickte auf ihren Kurs.

»Sie haben einige Fragen vorbereitet«, sagte sie. »Wer möchte die erste an Herrn Froog stellen?«

»Wie wird man Richter?«, fragte ein Schüler aus der zweiten Reihe.

»Das ist ein langer Weg, und nur die Besten kommen ans Ziel«, setzte Froog an und begann, noch immer in Robe gehüllt, vor den Schülern auf und ab zu schreiten.

Marie schweifte in Gedanken ab. Froog hatte ihr mehr gesagt, als ihm bewusst war.

11

Die Zusammenkunft der ›Zehn‹ fand mal bei dem einen und mal bei dem anderen Mitglied statt, doch stets nur bei denen, die über ausreichend Platz verfügten, um diese Gruppe an einem großen Tisch versammeln zu können. Stephan war mit innerer Anspannung zu der von Trost angegebenen Adresse im Dortmunder Süden gefahren. Das Haus des Allgemeinmediziners Wolfgang Traunhof lag in einer ruhigen Seitenstraße. Das Grundstück fiel gartenseitig ab und endete an einem kleinen Bach, dessen Plätschern bis zum Souterrain zu hören war, wo Trost in seiner Eigenschaft als alternierender Vorsitzender der ›Zehn‹ die Erschienenen mit galanter Plauderei empfing. Die große Fensterwand zum Garten war zur Seite geschoben worden. Der Duft des frisch gewässerten Kräutergartens erfüllte sanft den Raum. Man setzte sich an einen großen ovalen Esstisch mit edlen Mahagoniintarsien. Traunhof hatte auf allen Plätzen eingedeckt. Auf dem Tisch standen diverse Weine, deren Etiketten eine noble Herkunft verrieten, dazwischen Karaffen mit Wasser, kunstvolle niedrige Blumengebinde, die den Blick über den Tisch nicht beeinträchtigten. Stephan spürte, dass Marie recht behalten hatte. Sie hatte ihm vor seiner Abfahrt nicht nur über ihre Erlebnisse im Landgericht berichtet, sondern auch mit gespieltem Mitleid gespottet, dass Stephan am heutigen Abend – wie sie sagte – in einer anderen Liga mitspielen wolle. In der Tat scharten sich um den Tisch Frauen und Männer, die jedenfalls ein gewisser Reichtum verband. Wer hier saß und Mitglied war, gehörte zumindest nach eigenem Verständnis zur Oberschicht, und Stephan war sofort klar, dass ein Treffen der ›Zehn‹, wenn er denn jemals zu dieser Gruppe gehören würde, niemals daheim in seiner kleinen Mietwohnung im Vorort Asseln würde stattfinden dürfen. Trost hatte Stephan alle weiteren acht Mitglieder einzeln vorgestellt, doch in seiner Nervosität hatte Stephan schon wieder einige Namen vergessen, als er auf Trosts Bitte direkt zwischen ihm und dem Gastgeber Traunhof Platz nahm. Gereon Trost schien Stephans Gedanken erraten zu haben und fing ihn in seiner Ansprache fürsorglich auf, die er stehend und in der ihm eigenen gekonnten Rhetorik hielt.

»Heißen wir unseren Gast und meinen Kollegen, Herrn Rechtsanwalt Stephan Knobel, herzlich willkommen, der, obwohl ich ihn erst seit kurzer Zeit kenne, nach meiner festen Überzeugung unsere wesentlichen Ideale und Leitbilder mit flammendem Herzen teilt. – Wer, wie wir beide, Jurist ist, sich gar als Anwalt sozusagen stets im Kern unserer Gesellschaft bewegt, der kennt binnen kurzer Zeit die Schwächen unseres Gemeinwesens. Gleichmacherei ist ein wiederholt gescheitertes politisches Konzept, und es muss immer wieder scheitern, weil nicht alle Menschen in der Gesellschaft einander gleich sind. Es gibt Schwache und Starke, Dumme und Schlaue, Arme und Reiche und so fort. Es ist nicht verlogen oder verwerflich, sich der Gruppe zugehörig zu fühlen, der man auch tatsächlich angehört. Und deshalb ist es kein Makel, sich glasklar dazu zu bekennen, auf der goldenen Seite der Gesellschaft zu stehen. Ich sage nicht: Stehen zu dürfen, denn wir dürfen nicht nur das sein, was wir sind. Wir stehen da, wo wir sind, weil wir uns diesen Platz erarbeitet haben. Wenn sich also Menschen unseres Formats zusammenschließen, um einander die Hand zu reichen, sich wechselseitig geistig zu befruchten und auch wirtschaftlich zu stärken, dann ist das legitim und sinnvoll. – Ja, wir tun uns selbst gut«, resümierte er selbstzufrieden und registrierte feinsinnig die schweigende Zustimmung aus der Runde.

»Sie, lieber Herr Knobel, sollen heute erstmals in unsere Gruppe hineinschnuppern. Und umgekehrt wollen wir Sie beschnuppern!« Er lächelte Stephan aufmunternd an. »Noch ist alles ungewohnt für Sie, und viele für Sie unbekannte Gesichter, die sich ihrerseits untereinander bestens kennen, verunsichern natürlich. Ich bin überzeugt, dass Sie nicht mehr alle Namen im Kopf haben, aber Sie werden uns alle nach und nach kennen – und ich hoffe, auch schätzen lernen. Linker Hand von Ihnen sitzt Herr Traunhof, Arzt und Eigentümer dieses herrlichen Hauses, in dem wir schon so oft zu Gast sein durften, dann – ich gehe einfach im Uhrzeigersinn weiter – Christiane von Uebelronn, Professor Magnus Stellrain-Richter, Beatrice Harfmahler, Lutz Böhringer, Dr. Dennis Frockel, Marita Mantowiak und Johannes Malzerfeld. Damit sind wir wieder bei mir angelangt. Das also sind wir, lieber Herr Knobel. Alle Welt redet von Netzwerken. Aber entscheidend ist doch nicht, dass es irgendein Netz ist. Entscheidend ist, aus welchen Seilen das Netz geknüpft ist. Lassen Sie sich auf uns ein, Kollege Knobel, und genießen Sie mit uns einfach einen schönen Abend. Ich heiße Sie nochmals herzlich in unser aller Namen willkommen!«

Unter dem Beifall der anderen hob Trost sein Glas mit edlem Weißwein, blickte lächelnd in die Runde und sah dann Stephan an, der sein Glas hob. Nun stieß man allseits miteinander an.

Im Anschluss begann eigens für diesen Abend angestelltes Personal, die Vorspeise zu servieren. Gleichzeitig ging eine Namensliste herum, auf der sich die Teilnehmer eintrugen.

»So etwas diszipliniert und hat Protokollfunktion«, erläuterte Traunhof vertraulich. »Man kann noch nach Jahren nachvollziehen, wer kontinuierlich kommt und wer nicht.«

Stephan warf einen Blick auf die Liste. Hinter den Namen waren auch die Berufe der Mitglieder vermerkt. Alle waren in herausgehobenen Positionen eigenverantwortlich tätig. Angestellte gab es nicht. Soweit sie in der freien Wirtschaft tätig waren, fand sich ein Hinweis auf das jeweilige Unternehmen, das sich im Eigentum des betreffenden Mitglieds befand. Traunhof beobachtete, wie Stephan die Liste studierte und Namen und Person in Verbindung zu bringen suchte. Stephan sah auf, blickte auf den Tisch, betrachtete kurz die Blumenbouquets und wollte eine Frage stellen, aber Traunhof erlöste ihn und begann ein Gespräch mit ihm.

»Gereon hat mir schon viel von Ihnen erzählt. – Nein, eigentlich hat er alles erzählt«, korrigierte er schmunzelnd. »Es ist ein schöner Zufall, dass Sie sich über den Fall Wendel begegnet sind. Sie sollen ein Fuchs sein, meint Gereon. Und ich weiß, dass seine Einschätzung meistens richtig ist. Jetzt bin ich neugierig auf Sie, Herr Knobel. Erzählen Sie mir alles über sich, was ich noch nicht weiß.«

»Wahrscheinlich wissen Sie wirklich schon alles«, parierte Stephan. »Ich bin Vater einer kleinen Tochter und lebe mit meiner Freundin, einer Lehrerin, im Stadtbezirk Asseln.«

»Weiß ich schon«, nickte Traunhof.

»Meine Marie unterstützt mich bei der Lösung meiner Fälle. Sie ist quasi im Nebenberuf Detektivin.«

»Weiß ich auch schon!«

»Heute war Marie mit ihrer Schulklasse bei dem Richter, der damals Vorsitzender der Schwurgerichtskammer war, die Wendel zu lebenslänglicher Haft verurteilt hat.«

»Warum das?«, fragte Traunhof überrascht.

»Sie wollte wissen, ob der Richter nicht doch Zweifel an der Schuld Wendels hatte.«

»Und?«, fragte Traunhof und kostete die gereichte Suppe. »Hat er Zweifel?«

»Marie ist der Meinung, dass er seine Zweifel nicht zulässt. Der Fall ist nämlich zu glatt und Wendels beharrliches Leugnen angesichts dessen nicht erklärlich. Es sei denn, dass Wendel verrückt ist. Das ist die einzige Erklärung für den Richter. – Wenn Wendel aber nicht verrückt ist …«

»Herr Knobel, Sie glauben doch nicht etwa an Wendels Unschuld?« Traunhof verdrehte vergnügt die Augen. »Wir alle kennen hier den Wendel-Fall. Gereon hat uns alles erzählt.« Er wischte mit dem Handrücken über den Mund. »Schweigepflicht, ich weiß. Aber so etwas ist theoretisch. Außerdem stand ja fast alles in der Zeitung. – Wollen Sie denn nur mit dieser Hypothese das Verfahren führen, Herr Knobel?«

»Manchmal sucht man zunächst nur eine Motivation«, gestand Stephan. »Und ich empfinde immer mehr so, wie ich es bereits zu Anfang spontan getan habe: Ich glaube Wendel.«

»Der Glaube ist keine greifbare Kategorie«, befand Traunhof verwundert. »Ich wiederum glaube nicht, dass Sie mit dem bloßen Glauben Ihre Fälle lösen können. Jetzt steht Glauben gegen Glauben. – Was machen Sie jetzt?«

»Die Staffelei des Rentners stand am falschen Ort«, erwiderte Stephan, ohne Traunhofs Wortspiel zu bedienen. »Vielleicht ein erster Ansatzpunkt, der den so glatten Fall erschüttert. Dreh- und Angelpunkt scheint diese Michelle Crouchford zu sein.«

»Prima facie ein echtes Luder«, meinte Traunhof amüsiert.

»Wie bitte?«

»Prima facie, also nach dem ersten Augenschein. Sie sind doch Lateiner, Herr Knobel? – Solche Begriffe kennt man doch! – Aber keine Sorge«, setzte er nach und klopfte Stephan leutselig auf die Schulter, »das Latinum ist keine Aufnahmevoraussetzung der ›Zehn‹.«

12

Stephan war kurz vor Mitternacht heimgekehrt. Er hatte sich zuletzt dem beständigen Nachschenken des teuren Weines höflich verweigert, weil er nicht betrunken aus der Rolle und unangenehm auffallen wollte. Traunhof von links und Trost von rechts hatten es schließlich aufgegeben, Stephan dazu zu bewegen, sich wie sie auch noch dem Genuss der leckeren Brände hinzugeben, die nach dem Essen gereicht wurden. Als sich Stephan verabschiedete und ein Taxi rufen ließ, war für die anderen längst noch nicht Schluss, und Stephan hatte sich gewundert, dass die Gesellschaft trotz fortgeschrittener Stunde und bemerkenswertem Alkoholgenuss noch immer lebhaft über die deutsche Gesellschaft und ihre unglücklichen Auswirkungen diskutierte. Als sich Stephan der Tür zugewandt hatte, war Trost noch einmal auf ihn zugekommen und hatte ihm freundschaftlich den Arm um die Schulter gelegt.

»Sie haben sich heute prima gemacht«, hatte er gelobt. »Ich bin mir sicher, dass die anderen meine Einschätzung teilen werden. Vorbehaltlich unserer Beschlussfassung gehe ich davon aus, dass Sie in nächster Zeit eine Einladung zur Aufnahme in ›Die Zehn‹ erhalten«, hatte er erklärt. »Vorausgesetzt, Sie wollen überhaupt dazugehören. – Aber wenn das so ist, trennt uns nur noch die formale Aufnahme in unser kleines Netzwerk.«

»Was heißt das?«, hatte Stephan gefragt.

»Jeder von uns hat im Rahmen seiner Aufnahme einen kleinen Vortrag gehalten. 20 Minuten in freier Rede über ein Thema unserer Zeit, so wie wir übrigens auch heute noch immer wieder Vorträge halten. Also eine kleine Sache für Sie – und eine Leistung, mit der Sie sich empfehlen können. Wir stehen wechselseitig füreinander ein – und wir leisten auch stets etwas für unsere Gruppe. Parlieren und Partizipieren sage ich immer. Also, Herr Knobel! Ich denke, wir stehen am Anfang eines fruchtbaren gemeinsamen Weges. Und halten Sie mich bitte in der Sache Wendel auf dem Laufenden!«

Als Stephan ins Wohnzimmer trat, hielt Marie Elisa auf dem Arm. Das Kind konnte nicht schlafen, und es war stets Marie, die sich in dieser Situation um die kleine Tochter kümmerte, auch dann, wenn Stephan zu Hause war. Er setzte sich dazu, etwas schuldbewusst, weil Marie trotz ihrer beruflichen Tätigkeit die Lasten des täglichen Familienlebens mehr schulterte als er.

»Und?«, fragte Marie. »Gehörst du jetzt dazu? Oder bist du gar schon Sozius von deinem Dr. Trost?«

Stephan überging ihre Stichelei und erzählte.

»Habt ihr auch deutsche Lieder gesungen?«, fragte Marie ironisch, als er geendet hatte. Ohne seine Antwort abzuwarten, ergänzte sie: »Du hast übrigens einen Brief vom anderen Ende der Gesellschaft bekommen. Es ist ein Einschreiben von Maxim Wendel. Die Nachbarin hatte das Schreiben heute Morgen entgegengenommen und es mir heute Abend gegeben. Es liegt auf deinem Schreibtisch.«

Stephan nahm Wendels Schreiben erst am nächsten Morgen zur Kenntnis. Er hatte den Inhalt des Briefes erahnt und fühlte sich unangenehm berührt, als er die Zeilen überflog. Wendel machte seiner Wut und Enttäuschung Luft, nachdem er seit Stephans Besuch in der Justizvollzugsanstalt Werl nichts mehr von ihm gehört hatte. Wendel verzichtete darauf, zum wiederholten Mal seine Unschuld zu beteuern, wie er es in den vorigen Briefen getan hatte. Stattdessen schrieb er jetzt: ›Wenn man mich ließe, hätte ich mich schon umgebracht. Leider fehlen mir die Mittel, um das zu tun, was jeder vernünftige Mensch an meiner Stelle täte.‹

Stephan war sich sicher, dass Wendel nicht ernsthaft an Selbstmord dachte. Sein Mandant wollte ihn unter Druck setzen und an seinen Hunger erinnern.

Am Donnerstagmorgen setzte sich Stephan wieder an die Akte. Gegen Mittag rief er Wendel im Gefängnis an und informierte ihn darüber, was er entdeckt hatte. Doch Wendel empfand Stephans Hinweis auf den unklaren Standort der Staffelei offensichtlich längst nicht so interessant wie Stephan selbst.

»Ich habe Gossmann nicht einmal gesehen, Herr Knobel«, wiederholte er. »Was Sie mir erzählen, ist Schnickschnack. Kümmern Sie sich lieber um die zentralen Dinge!«

Am späten Nachmittag saß Stephan mit Marie in dem Café am Zoo, in das Maxim Wendel eingekehrt war. Stephan hatte den ersten Band von Trosts Handakten mitgenommen, und Marie bewachte den Kinderwagen. Erstmals wurde Stephan bewusst, wie skurril sie auf andere wirken mussten. Die mitgeführte Akte dominierte den kleinen runden Tisch, an dem sie saßen. Marie beugte sich immer wieder zu der kleinen Elisa in den Wagen hinab. Marie und Stephan verkörperten ein Paar mit typischer Rollenverteilung, gerade so, wie sie es in der Theorie nie gewollt hatten. Stephan hatte Kaffee und Kuchen sofort bezahlt. Ab 17.40 Uhr blickte er laufend auf seine Armbanduhr und um 17.46 Uhr gab er das Signal.

»Jetzt hat Wendel seine Apfelschorle bekommen und bezahlt. Nach Aktenlage, und so hat es auch Dr. Trost geschildert, passiert etwa fünf Minuten später Michelle Crouchford das Café und stürzt. Nehmen wir an, sie taucht tatsächlich fünf Minuten später hier auf. Dann ist es 17.51 Uhr.«

Marie blickte auf den vor der Außenterrasse vorbeiführenden Spazierweg. Etwas entfernt, aber von der Terrasse aus gut zu sehen, stand die Bank, auf die sich Michelle Crouchford nach dem Sturz gesetzt hatte.

»Für den Sturz und anschließendes Ausruhen würde ich etwa fünf Minuten geben«, taxierte Marie. »Es gibt keine Angaben darüber, wie lange sie tatsächlich dort gesessen hat. Im Prozess hat sie ausgesagt, dass sie sich nicht mehr genau erinnere. Also, ich denke, dass etwa fünf Minuten passen. Das ist alles ohnehin nur sehr vage.«

»Eigenartigerweise ja«, bestätigte Stephan.

»Also etwa 17.56 Uhr«, stellte er fest. »Eher später, denn wenn sich Michelle, wie eindeutig belegt ist, die Knie aufgeschlagen hat, wird sie im Zweifel sogar noch länger dort gesessen haben.«

»Bleiben neun Minuten bis zur versuchten Vergewaltigung«, sagte Marie, während sie die schreiende Elisa aus dem Wagen und auf den Arm nahm. Stephan erhob sich, rückte die Stühle zurecht, legte die Akte unten in den Kinderwagen, schob ihn von der Außenterrasse auf den Spazierweg und nahm Marie das Kind ab. An der Bank nahmen sie die Zeit und gingen zügig, aber nicht hastig, Richtung Parkausgang. Sie erreichten die Stelle, an der Wendel die Studentin belästigt haben sollte, exakt nach zehn Minuten.

»Wir waren nicht nur eine Minute langsamer«, meinte Stephan, »es müsste darüber hinaus noch Zeit für den behaupteten Vergewaltigungsversuch einkalkuliert werden. Mindestens zwei bis drei Minuten, eher mehr.«

»Also reduziert sich die Zeit, die Wendel und Michelle Crouchford für den Weg vom Café bis hierher aufgewandt haben, von neun Minuten auf sieben oder gar sechs Minuten. Wenn man so geht, wie wir es getan haben, ist das nicht zu schaffen.«

»Damit ist klar, dass die beiden wohl nicht, wie Michelle Crouchford behauptet hat, lediglich nebeneinander hergegangen sind«, folgerte Stephan. Alles spricht dafür, dass sie gelaufen oder zumindest hastig gegangen sind. Es fragt sich dann allerdings, wie Frau Crouchford das mit ihrer Verletzung schaffen konnte.«

»Ich wundere mich, dass das niemand nachgeprüft hat«, meinte Marie. »Es sind doch einfache Feststellungen.«

»Vielleicht fragst du mal den Herrn Froog«, schlug Stephan vor. »Frag' Froog – das hat doch was!«

Sie fuhren mit der U-Bahn nach Hause. Marie notierte, dass die Haltestelle Rombergpark nicht barrierefrei zu erreichen war. Sie würde dies gegenüber den Verkehrsbetrieben schriftlich rügen. Alle Wege mit dem Kinderwagen zurücklegen zu müssen, veränderte die Sichtweise und ließ erahnen, was Behinderte dauerhaft ertragen mussten. Plötzlich wurde sichtbar, wo die Gedankenlosigkeit der Planer Menschen in der Gesellschaft zurückließ, die sich nicht flink bewegen konnten. Stephan glaubte, ein Thema für seinen Vortrag vor den ›Zehn‹ gefunden zu haben.

Zu Hause vertiefte sich Stephan nochmals in die Akte. Michelle Crouchford war die Hauptbelastungszeugin gewesen. Im Urteil nahmen die Ausführungen zur Glaubwürdigkeit der Zeugin Crouchford und zur Glaubhaftigkeit ihrer Aussage breiten Raum ein. Es mochte sein, dass August Froog zu den Richtern gehörte, die allzu selbstsicher von der Richtigkeit dessen überzeugt waren, was sie im Namen des Volkes verkündeten. Dessen ungeachtet schien Froog ein Richter zu sein, der sich an die Grundsätze der Beweiswürdigung hielt, belastende und entlastende Momente gegeneinander abwog und nur das für bewiesen hielt, was aus der Sicht eines Dritten als so geschehen feststand und deshalb letzte Zweifel schweigen mussten, ohne sie gänzlich auszuschließen.

Stephan studierte anschließend nochmals Trosts Fragenkatalog, den er im Vorfeld der jeweiligen Zeugenvernehmungen angefertigt hatte und auch den Zeitungsartikel, der damals über den Auftritt der Zeugin Michelle Crouchford vor Gericht berichtete. Er las und prüfte. Dann stutzte er.

Gleich am nächsten Morgen rief Stephan den Kollegen Trost aus seiner Kanzlei heraus an.

»Sie wollen mir unbedingt Ihr Vortragsthema nennen«, scherzte Trost, der über Stephans frühen Anruf überrascht schien.

»Barrierefreiheit in der deutschen Wirklichkeit – Anspruch und Wirklichkeit im Lichte der Verpflichtung zur Achtung der Menschenwürde«, antwortete Stephan spontan.

»Deutschland hat doch keine Barrieren«, antwortete Trost nachsichtig. »Manchen fehlt nur schlicht das Potenzial, mit der Freiheit und den Möglichkeiten umzugehen.«

»Es geht eher um Behinderung«, erklärte Stephan.

»Behinderung?«, wiederholte Trost verwundert. »Ist das denn ein zentrales Thema? – Verstehen Sie mich nicht falsch. Ich möchte nur, dass Sie ein Thema wählen, das unsere Freunde vom Hocker reißt. Ein echter Kracher. Denken Sie noch mal darüber nach, lieber Knobel. Ein Thema könnte vielleicht sein: Klug und dumm – die deutsche Gesellschaft am Scheideweg.«

»Verstehe ich nicht«, gestand Stephan.

»Das Thema eilt ja nicht, Herr Knobel. Ich helfe Ihnen. Sie müssen eine Marke setzen, Knobel! Ein Weichspülthema, eingehüllt in sozialromantische Federwölkchen, hat kein Feuer. Sie müssen polarisieren, Knobel!«

»Eigentlich möchte ich Sie noch einmal in der Sache Wendel sprechen«, wechselte Stephan das Thema.

»Sie haben also neue Erkenntnisse«, nahm Trost vorweg.

»Ja und nein«, antwortete Stephan. »Es geht zunächst um die Zeit, die Wendel und Michelle Crouchford benötigt haben, um von dem Café bis zu der Stelle zu gelangen, wo der Vergewaltigungsversuch stattgefunden haben soll. Die Darstellung der Frau Crouchford ist unglaubhaft. Sie passt nicht, selbst wenn man zugunsten des von ihr geschilderten Geschehensablaufs zeitlich großzügig rechnet. Marie und ich sind uns sicher, dass die beiden nicht – wie sie es behauptet – langsamen oder normalen Schrittes gegangen sind. Sie müssen gelaufen oder zumindest sehr schnell gegangen sein.«

Stephan erklärte Trost, welche Berechnung er mit Marie angestellt hatte.

Trost schwieg zunächst.

»Würde das denn etwas ändern, Herr Knobel?«, fragte er schließlich.

»Wenn Wendels Schilderung der Wahrheit entspricht, dann ist es durchaus möglich, dass Michelle Crouchford nach der kurzen verletzungsbedingten Pause wieder gelaufen ist und eben doch verschwitzt war. Dann ist man nicht ruhig nebeneinander hergegangen. Und wenn sich die Geschichte bereits an dieser Stelle dreht, dann ist auch die gesamte bisherige Deutung des wesentlichen Geschehensablaufs infrage zu stellen.«

»Sind Sie wirklich davon überzeugt?«

»Ja«, bekräftigte Stephan. »Denn wenn Michelle Crouchford darüber getäuscht hat, wie man den Weg im Park zurückgelegt hat, dann macht diese Lüge nur Sinn, wenn sie auch darüber täuschen will, wer wen hinter dem Gebüsch verführt hat. Hat Wendel sie aber gar nicht zu vergewaltigen versucht, dann wäre ein Ruf des Rentners Gossmann völlig uninteressant für Wendel gewesen. Es hätte doch überhaupt keine Tat vorgelegen, deretwegen Wendel den Rentner hätte erschlagen müssen, um die vermeintliche Vergewaltigung zu vertuschen.«

»Das bleibt theoretisch«, gab Trost entschieden zurück. »Vielleicht sind die beiden tatsächlich gelaufen und Wendel fühlte sich vom Schweißgeruch der Zeugin animiert.«

»Was Frau Crouchford aber nicht aussagen konnte, weil diese Darstellung nicht dazu passt, dass sie wegen der Verletzung nicht laufen konnte«, hielt Stephan entgegen.

»Das überzeugt nicht«, sagte Trost.

»Weil ...«, provozierte Stephan.

»Weil Wendel die Flasche in der Hand gehabt hat«, erklärte Trost geduldig. »Das ist doch der Kern des Ganzen. Und damit steht im Rückschluss fest, dass der zeitliche Ablauf, den Sie rekonstruiert haben, fehlerhaft ist.«

»Als Verteidiger hätten Sie hier eine Chance gehabt«, war sich Stephan sicher.

»Die Flasche«, antwortete Trost trocken.

»Ist denn der Geschehensablauf nach dem zufälligen Zusammentreffen im oder vor dem Café nachvollzogen worden?«, wollte Stephan wissen.

»Ich gebe zu, dass das Urteil des Landgerichts in dieser Hinsicht etwas dünn ausgefallen ist. Das ist jedoch erklärlich, weil das Schwurgericht letztlich erkannt hat, dass es auf dieses Detail nicht entscheidend ankommt. Aber man hat in der Tat Wendels Einlassung auch unter diesem Aspekt eingehend überprüft. Und wie Sie hat die Staatsanwaltschaft den gemeinsamen Weg von Wendel und Michelle nachvollzogen und im Versuch nachgestellt. Faktum ist, dass Michelle Crouchford am linken Knie eine sehr große und am rechten Knie eine kleinere Schürfwunde erlitten hat, als sie vor dem Café stürzte. Sie ist aus dem Lauf heraus auf den Asphalt geschlagen. Nachdem Wendel von ihr abgelassen hatte und es ihr gelang, davonzulaufen, hat sie – wie die Zeugen bestätigt haben – zunächst nach ärztlicher Versorgung wegen ihrer Knie gebeten. In den Schürfwunden befanden sich Dreck und kleine Steinchen, wie sich auch auf dem asphaltierten Weg vor dem Café befinden. Es sind Steinchen, die von den Spaziergängern mitgetragen werden, die vom Park kommen, denn der Asphalt endet einige Meter hinter dem Café. Ab dort weist der Weg nur eine Schicht aus befestigtem Splitt auf, der offensichtlich in den Profilsohlen der von dort kommenden Parkbesucher klemmt und nach und nach auf dem Asphalt verloren geht. Solche Splittersteinchen hatte Michelle in ihren Wunden. Sie sind sogar fotografisch dokumentiert worden, nachdem man die Crouchford im Krankenhaus aufgenommen hatte. Die Studentin hatte sich zwar schon vorher mit dem Wasser aus der Flasche eines Joggers die Wunden gereinigt, aber diese Säuberung war naturgemäß oberflächlich. Wenn Sie einmal mit bloßen Knien in Splittersteinchen gefallen sind und sich derart die Knie aufschlagen, wissen Sie, wie weh das tut, Herr Knobel. Ich bin passionierter Bergwanderer. Verletzungen dieser Art sind mir nicht fremd. – Glauben Sie mir: Ganz sicher läuft man danach nicht wie ein junges Reh, und ganz sicher hat man in dieser Situation andere Gedanken als solche an Sex. So eine Wunde brennt und schmerzt gewaltig. Nachdem der behandelnde Arzt im Krankenhaus Frau Crouchford in Augenschein genommen und auch ein Foto von den Schürfwunden gemacht hatte, wurden seitens des Arztes die schmerzenden Wunden nochmals ausgewaschen und dann professionell versorgt. Erst danach hat man noch eine frauenärztliche Untersuchung vorgenommen. Es steht ohne Zweifel fest, dass Frau Crouchford schmerzende Wunden am Knie hatte. Also müssen Sie Ihre zeitliche Kalkulation korrigieren, Herr Knobel! Sparen Sie einige der Minuten ein, die Wendel noch im Café verbracht haben soll. Denkbar ist nur, dass die Crouchford nicht ganze fünf Minuten auf der Bank gesessen und Wendel sich sofort auf den Weg gemacht hat, nachdem sie aufgestanden war. Das passt schließlich auch besser zu dem triebhaften Maxim Wendel. Wenn seine Nase erregenden Schweiß gerochen haben sollte, dann mag das dem Umstand geschuldet sein, dass Michelle Crouchford zuvor längere Zeit gejoggt ist. Es spricht viel dafür, dass er sofort Witterung aufgenommen hat, nachdem er auf Michelle getroffen war und danach nur noch die passende Gelegenheit suchte. Jeder weiß, wie ungenau zeitliche Schätzungen von Zeugen sind.«

»Sie haben all diese Zusammenhänge im Prozess hinterfragt?«, vergewisserte sich Stephan.

»Es wäre stümperhaft gewesen, dies nicht zu tun, Herr Knobel. Es sind Fakten, die die Staatsanwaltschaft bereits von sich aus recherchiert hat. Es sind viele Minutenspiele angestellt worden. Je nachdem, wie Sie die Variablen ausfüllen, kommt die schlüssige Geschichte zusammen, die Grundlage der Anklage war. Hier geht niemand so ohne Weiteres in den Knast. Dafür ist dieser Fall ein Schulbeispiel.«

»Da ist noch etwas«, fuhr Stephan fort.

»Ja …?«

»Sie pflegen doch Ihre Fragen an Zeugen und Sachverständige bereits vor einer Hauptverhandlung schriftlich vorzuformulieren.«

»Gut vorbereitet zu sein ist Pflicht«, bestätigte Trost.

»In dem Zeitungsartikel, der über die Vernehmung von Frau Crouchford berichtet, steht, dass Sie eigentlich am Freitag, dem 6. November, vernommen werden sollte. Tatsächlich ist sie aber erst am Montag der folgenden Woche vernommen worden, also am 9. November, weil sie zu dem ersten Termin nicht erschienen war.«

»Und?«

»Ihr Vermerk, in dem Sie die Fragen aufgelistet haben, die Sie der Crouchford stellen wollten, datiert vom 8. November.«

»Was meinen Sie, Herr Knobel?«, fragte Trost geduldig.

»Hatten Sie denn keine Fragen an Frau Crouchford für den Termin vorbereitet, an dem sie ursprünglich vernommen werden sollte, also für die Sitzung am 6. November?«

»Ich denke, dass ich den Vermerk unter neuem Datum ausgedruckt habe, nachdem die Crouchford im ersten Termin nicht erschienen war«, erklärte Trost. »Jetzt werden Sie mal nicht zum Erbsenzähler! – Ja, ich meine, dass ich an dem vorhergehenden Tag, also am Sonntag, noch mal die Vernehmung der Crouchford vorbereitet und deshalb den Fragenkatalog erneut ausgedruckt habe.«

»Aber Sie hatten doch schon einen Vermerk gefertigt. Warum der neue Ausdruck?«

»Soweit ich mich erinnere, habe ich den ursprünglichen Katalog ergänzt und auch die Reihenfolge der beabsichtigten Fragen verändert.«

»Haben Sie denn an Michelle Crouchford alle Fragen gestellt, die in dem Vermerk aufgelistet sind?«

»Ich denke: Ja«, antwortete Trost nach kurzem Überlegen. »Manche Fragen erledigen sich natürlich, weil sie schon durch das Gericht gestellt oder von der Zeugin in anderem Zusammenhang beantwortet wurden. Der Sachverhalt ist aufgeklärt worden. So gut und so gewissenhaft, wie es eben möglich ist.«

»Ich möchte der Sache auf den Grund gehen«, beharrte Stephan.

»Sie müssen sich nicht entschuldigen«, erwiderte Trost. »Ich muss gestehen, dass Sie fast noch akribischer sind als ich. Intuitiv spüre ich, dass ich vielleicht noch mehr hätte tun können. Bleiben Sie dran! Geben Sie der Wahrheit die Ehre!«

Stephan wunderte sich, dass seine unverhohlene Kritik nicht zu stärkerem Protest herausforderte.

Ganz im Gegenteil überraschte Trost Stephan mit einer Einladung:

»Wir beide werden übernächsten Samstag, also am 21. Juli, nach Leipzig fahren.«

Stephan stutzte. »Warum sollten wir das tun?«

»Sie erinnern sich, dass Michelle Crouchford aus Leipzig stammt. Hier in Dortmund studiert sie schon seit rund vier Jahren nicht mehr. Wie es aussieht, hat sie ihr Studium auch nie richtig betrieben. Meine eigenen Nachforschungen haben ergeben, dass sie kaum Scheine absolviert hat. Sie hatte zur Studienzeit eine kleine Wohnung im Dortmunder Süden angemietet. Das war auch die Adresse, die sie bei ihrer Vernehmung bei der Polizei angegeben hat. Aber da ist sie nicht mehr. Einziger Ansatzpunkt bleibt Leipzig. Sie hatte ihre dortige frühere Adresse damals auf Nachfrage des Staatsanwalts angegeben. Daran erinnere ich mich jetzt. Kreimeyer hat sie mir dann genannt.«

»Sie findet sich aber nicht in Ihren Akten«, erwiderte Stephan.

Trost schnaufte gespielt.

»Wie Sie wissen, hat jeder Anwalt auch Aufzeichnungen neben der Akte. Es war eine Information, die damals nicht wichtig war und folgerichtig auch vom Gericht nicht weiter gewürdigt oder hinterfragt wurde. Ich hatte einen entsprechenden Hinweis von Oberstaatsanwalt Kreimeyer erhalten und diesen notiert. Als guter Anwalt ist man wie ein Schwamm. Man saugt alles auf. Also kurz und gut: Ich habe die frühere Adresse dieser Michelle Crouchford, und da sie sich in Dortmund nicht abgemeldet hat, sollten wir dieser Spur nachgehen. Wir beide gemeinsam, Herr Knobel!«

»Sie haben bereits das Einwohnermeldeamt befragt?«, staunte Stephan.

»Wir sind uns doch einig, dass Frau Crouchford der Schlüssel ist«, gab Trost zurück. »Sie hat sich nirgendwo angemeldet. Ich habe das überprüft. Es ist amtlich. – Also übernächsten Samstag?«, fragte er. »Abfahrt ab Hauptbahnhof um 12.28 Uhr.«

»Ich muss erst mit Marie sprechen.«

»Natürlich«, antwortete Trost nachsichtig.

13

»Leipzig?«, ereiferte sich Marie, als Stephan von seinem Gespräch mit Trost berichtet hatte.

»Nur von Samstag auf Sonntag«, verteidigte sich Stephan. »Ich werde am Sonntagnachmittag wieder zurück sein.«

»Samstags müssen Einkäufe erledigt werden, und die Wohnung sieht aus wie ein Saustall.«

»Die Einkäufe werden am Abend zuvor getätigt, geputzt wird an irgendeinem anderen Abend der Woche«, beschwichtigte Stephan. »Wir müssen einfach flexibler sein.«

»Flexibler?« Marie verdrehte die Augen.

»Selbstverständlich erledige ich diese Dinge«, vollendete Stephan vorauseilend, den Streit befürchtend, der sich stets einstellte, wenn er in gewohnter Weise Entscheidungen traf, die er zuvor nicht mit Marie abgestimmt hatte. Seit Elisa auf der Welt war, hatten sich sein Leben und auch das Verhältnis zu Marie verändert. Die Leichtigkeit früherer Tage hatte sich verloren, und dies schien nicht allein darin begründet, dass das Kind den Tagesablauf vorgab und ungeteilte Aufmerksamkeit einforderte.

»Der Weg nach Leipzig könnte sich für Maxim Wendel lohnen«, begründete er vage, um den drohenden Konflikt zu entschärfen. Doch Maries Zorn entlud sich trotz seiner beschwichtigenden Worte, wenn auch in eine andere Richtung, als von Stephan erwartet. Sie war aufgesprungen, nahm die Tageszeitung vom Küchentisch, blätterte ungeduldig darin und drückte sie Stephan in die Hand, als sie den gesuchten Artikel gefunden hatte.

»Das ist dein geliebter und verehrter Dr. Trost«, fuhr sie ihn an.

Stephan blickte auf die aufgeschlagene Lokalseite und suchte.

»Rechts unten«, sagte Marie harsch. »Die Platzierung ist genau richtig.«

Noch bevor Stephan die Überschrift erfasst hatte, platzte es aus Marie heraus: »Dein Dr. Trost verteidigt Neonazis, Stephan! Ich wundere mich schon die ganze Zeit über seine merkwürdigen Ansichten. Er denkt in simplen und genauso falschen Kategorien. Es geht doch immer um die vermeintlich Besten in der Gesellschaft, die Leistungsträger, die guten Gene.«

»Das hat er so nicht gesagt«, widersprach Stephan, während er parallel den Zeitungsartikel überflog.

»Was hat es denn mit den ›Zehn‹ auf sich, jener erlauchten Gruppe von Gutmenschen, die sich von den anderen abgrenzen? Ich hatte dich schon einmal gefragt, ob dort auch deutsche Lieder gesungen werden.«

»Du siehst Gespenster«, behauptete Stephan. »Gereon Trost hat ohne Zweifel ein elitäres Bewusstsein, aber ich kann nichts Nationalsozialistisches an ihm erkennen. Im Grunde hat er doch recht. In einer Gesellschaft, in der es sozial und wirtschaftlich immer enger wird, sind Verbindungen unter Gleichgesinnten von entscheidender Bedeutung. Dass Beziehungen nicht schaden, weiß jeder und ist auch nicht neu.«

»Willst du es nicht sehen, oder siehst du es wirklich nicht?« Marie schüttelte den Kopf und fuhr sich verständnislos durch die Haare.

»Dieser Mann verteidigt einen dieser Glatzköpfe, die in Springerstiefeln durch die Weststadt marschiert und ausländerfeindliche Hetzparolen gepöbelt haben. So etwas macht man nicht einfach so. Ich hoffe, du hättest ein solches Mandat abgelehnt, oder? – Mehr noch: Dich würden diese Nazis erst gar nicht aufsuchen, weil sie bereits ihre bewährten Kontaktadressen haben. Bitte sage mir nicht, dass dir so etwas nicht zu denken gibt, Stephan! Mir scheint, dass er dich schon längst gefangen hat, dieser grandiose Gereon Trost mit seiner edlen Gesinnung.«

»Ich werde ihn danach befragen«, versicherte Stephan, als er den Artikel gelesen hatte. Trost war es gelungen, zugunsten seines Mandanten noch eine zur Bewährung ausgesetzte Freiheitsstrafe herauszuschlagen.

»Wenn er selbst ein Nazi ist, wird er zu seiner Gesinnung stehen«, bekräftigte Stephan. »Und wenn das so ist, werde ich jede Zusammenarbeit mit ihm abbrechen. Ich verspreche es.«

»Und du wirst keinen Kontakt mehr zu dem elitären Club der ›Zehn‹ halten«, forderte Marie.

»Keinen Kontakt zu den ›Zehn‹«, bestätigte Stephan folgsam.

»Er kommt mir vor wie ein Wolf im Schafspelz. Mehr kann ich zu deinem Freund nicht sagen. Denk darüber nach, was ich gesagt habe!«

14

Trost und Stephan hatten sich am Samstagmittag, 21. Juli, um zwölf Uhr auf dem Bahnsteig verabredet. Marie war mit dem Kinderwagen bis in die Bahnhofsvorhalle mitgekommen. Auf den Bahnsteig konnte sie Stephan nicht folgen, weil es an dem nötigen Aufzug fehlte. Sie nutzte die Gelegenheit, sich die Örtlichkeiten genau einzuprägen, um in dem geplanten Beschwerdeschreiben an die Deutsche Bahn die Verhältnisse am Dortmunder Bahnhof präzise zu beschreiben. Stephan verabschiedete sich von ihr und der kleinen Elisa. Insgeheim war er froh, dass der fehlende Aufzug Marie daran hinderte, mit auf den Bahnsteig zu kommen, wo Maries auserkorener Gegner in Gestalt des Dr. Gereon Trost bereits am oberen Ende der Rolltreppe in legerer modischer Freizeitkleidung wartete. Marie erwiderte Trosts herzliches Winken nur mit einer knappen Handbewegung. Dann verschwand sie mit dem Kinderwagen in dem zum Ausgang führenden Fußgängertunnel.

»Ich reise einfach gern«, freute sich Trost und rieb sich die Hände.

»Wir beide werden gleich in den Speisewagen gehen und den Tag mit einem schönen Frühstück beginnen, auch wenn schon Mittag ist. In Leipzig werden wir unsere Aufgaben erledigen und ansonsten ein paar Stunden diese herrliche Stadt genießen. Ich habe für uns zwei Einzelzimmer im Seaside-Park-Hotel direkt am Bahnhof gebucht. Exzellentes Haus in bester Lage. Es wird Ihnen alles gefallen, Herr Knobel. Ich verspreche es!«

Stephan nickte und erinnerte sich daran, dass er in gleichem Tonfall Marie versprochen hatte, gegenüber Trost wachsam zu sein. Ohne Zweifel war der Starverteidiger ein Macher. Er lenkte und dirigierte, aber es war ebenso offenkundig, dass Trost Vergnügen an dem empfand, was er plante und offensiv anging.

Auf die kurze Leipzigreise schien er sich wie ein Kind zu freuen. Stephan dachte an Maries Bemerkung, dass es keinen Grund gebe, der zu der Hoffnung berechtigte, in Leipzig Erkenntnisse zu gewinnen, die man nicht in gleicher Weise auch von hier aus erzielen oder zumindest besser vorbereiten könnte. Denn außer der früheren Adresse von Michelle Crouchford wusste man nichts. Gemeldet war sie nirgends. Dass sie wieder unter ihrer früheren Anschrift in Leipzig wohnen würde, schien unwahrscheinlich.

Der Disput über die Sinnhaftigkeit der Leipzigreise zwischen Stephan und Marie hatte sein Ende gefunden, nachdem sie sich darauf verständigt hatten, dass Marie in der Zwischenzeit Maxim Wendels geschiedene Frau aufsuchen sollte, die nach Maries Auffassung weit mehr über dessen Glaubwürdigkeit sagen könnte, als dies aus bloßen Rückschlüssen der im Prozess vernommenen Zeugen möglich war. Marie hatte noch aufgetrumpft und Stephan vorgehalten, dass er sich bisher zu wenig mit Maxim Wendels Persönlichkeit befasst und seine Erkenntnisse im Wesentlichen nur von Gereon Trost bezogen habe. Ihre Gedanken mündeten schließlich darin, die Ergebnislosigkeit der Reise nach Leipzig zu prognostizieren: »Er will dich nur fangen, Stephan. Es geht um nichts anderes.«

Trost studierte den Wagenstandsanzeiger auf dem Bahnsteig, postierte sich mit Stephan im Bereich des erwarteten Haltes des Speisewagens und strebte nach Ankunft des Zuges energischen Schrittes in dessen Bistrobereich, wobei er einen älteren Reisenden unsanft zur Seite schob, den letzten freien Tisch eroberte und Stephan zu sich winkte. Die Einrichtung des Wagens ließ die wohnliche Atmosphäre der Speiseabteile der neueren ICE-Züge vermissen, und das längere Ausharren auf den Halbrundbänken um kleine runde Tische versprach kein entspanntes Sitzen. Doch für Gereon Trost schien sich just hier das ersehnte Reisegefühl zu verwirklichen. Großherzig lud er Stephan zum Frühstück ein, reichte ihm die Angebotskarte und ermahnte ihn freundschaftlich, nicht sparsam zu sein. Stephan folgte schließlich Trosts Bestellung und wählte das ›City-Frühstück‹, dazu noch einen Orangensaft und auf Trosts Einladung auch noch ein Glas Sekt. Trost lächelte vergnügt, als die Bedienung gekonnt Brotkorb, Teller, eine Platte mit Käse, Butterpäckchen, Marmeladenschälchen und eine Portion Honig, Kaffee, Sekt und Saft auf dem kleinen Tisch gruppierte.

»Ich wundere mich immer, wie man es schaffen kann, in dieser räumlichen Enge so etwas zu zaubern«, meinte er. Das Wort ›zaubern‹ empfand Stephan als übertrieben, doch Trost begeisterte sich weiter: »Auch wenn andere Restaurants ein größeres Angebot haben: Irgendwie schmeckt es hier ganz besonders, und das hat natürlich damit zu tun, dass man sich auf einer Fahrt befindet. In einer besonderen Atmosphäre schmeckt auch alles besonders. Denken Sie an Weinproben. Niemals schmeckt der Wein besser als in der urigen Atmosphäre des alten Gewölbes eines Weinkellers, voll mit alten Weinfässern, dazwischen ein paar rustikale Bänke und Tische und darauf frisches duftendes Brot und würziger Käse. Den Wein, den Sie dort kosten, werden Sie kaufen. Aber er schmeckt zu Hause niemals so wie in dem alten Keller. – Verstehen Sie, was ich meine?«

»Natürlich.«

Stephan biss in sein mit Frischkäse bestrichenes Croissant.

Trost sah flüchtig aus dem Fenster. Der Zug hatte mittlerweile Hamm verlassen.

»Ich reise so gern«, wiederholte Trost. »Es ist ein Privileg unseres Berufs, oft zu auswärtigen Terminen zu reisen. Es gibt Anwälte, die sich ärgern, wenn sie Hunderte von Kilometern zu einer Gerichtsverhandlung zurücklegen müssen. Ich hingegen freue mich darüber, verbinde den Termin mit einer gemütlichen Hin- und Rückreise und erkunde regelmäßig den Ort, an den es mich verschlagen hat. Und bezahlen tut es der Mandant.« Er lächelte vergnügt.

Dann hob Trost das Sektglas, spitzte genussvoll die Lippen und nahm einen kleinen Schluck.

»Nicht jeder Anwalt darf sich über solche Mandate freuen, die ihn durch die ganze Republik führen und dazu noch gut bezahlt werden«, setzte Stephan dagegen.

Trost hob die Augenbrauen und tat, als dächte er über Stephans Worte nach.

»Wissen Sie was?«, fragte er schließlich und verzog die Mundwinkel zu einem breiten Grinsen.

Stephan verneinte.

»Sie haben recht!«, rief Trost und nahm einen Schluck. »Nicht allen geht es gut – und es soll auch gar nicht allen gut gehen.« Jetzt lachte er laut.

Stephan rutschte unbehaglich auf der Sitzbank hin und her.

»Ich muss Sie etwas fragen«, setzte er an.

»Ja?«

»Verteidigen Sie Nazis?«

Stephan empfand die Frage als unbeholfen. Er wusste, dass es keinen geeigneten Zeitpunkt geben würde, diese Frage zu stellen, doch Stephan wollte endlich wissen, woran er war.

»Sie meinen den Loser, der lauthals Hetzparolen skandierte und mit zwölf so genannten Kameraden über die Rheinische Straße von der Innenstadt nach Dorstfeld gezogen ist?«, fragte Trost in einem Tonfall, als gelte es, sich zu vergewissern, einen banalen Sachverhalt richtig verstanden zu haben.

»Ist das der Fall, von dem in der Zeitung berichtet wurde?«, fragte Stephan.

»Ja«, bestätigte Trost ungerührt. »Hin und wieder nehme ich auch solche Typen unter meine Fittiche. Aber nur die dummen Mitläufer.«

»Fittiche«, wiederholte Stephan staunend.

»Wir haben uns darüber doch schon einmal unterhalten«, erinnerte Trost geduldig. »Es geht um die Prozessobjekte. Mich interessiert so ein Neonazi doch nicht wirklich. Das sind simpel gestrickte Menschen, die gedankenlos das rausgrölen, was man ihnen geimpft hat oder was sie in einem Anflug vermeintlicher Schläue als eigene Meinung kreiert zu haben glauben. Interessant ist doch nur, wie der Rechtsstaat mit diesen Typen umgeht. Unser System muss mit diesen Gestalten fertig werden, und mich reizt an diesen Fällen die häufige Voreingenommenheit der Gerichte und Staatsanwälte. Ich bilde das rechtsstaatliche Gegengewicht, wenn die Staatsgewalt die rechte Szene abarbeitet.«

»Aber das tut sie doch richtigerweise«, stellte Stephan fest.

»Sie verstehen mich nicht«, widersprach Trost. »Ich sympathisiere nicht mit diesem Abschaum. Aber ein jeder hat ein Recht auf Verteidigung. Hier geht es nur um diesen Grundsatz. Ich lebe ihn. Und ich weiß, dass Richter und Staatsanwälte von vornherein regelmäßig andere Maßstäbe bei diesen Angeklagten anlegen als beispielsweise bei einem notorischen Dieb. Jedem normalen und frei denkenden Menschen schwillt der Hals, wenn er diese vermeintlichen Kameraden sieht. Aber vor Gericht muss ein Gleichgewicht der Kräfte herrschen. Vielleicht – und das meine ich ehrlich – kann ich meinen Beitrag dazu leisten, einige dieser Wirrköpfe wieder auf den richtigen Weg zu bringen, wenn ich ihnen vermittelt habe, was wahres Recht und wirkliche Gerechtigkeit sind.«

Stephan schwieg. Trosts Philosophie wirkte lebensfremd – oder sie passte besonders gut zu seinem Bewusstsein, dass nicht alle Menschen einander gleich seien und sich die einen über die anderen erheben dürften.

»Ich provoziere, und ich genieße das«, erklärte Trost weiter. »Werbung sind diese Fälle für mich wahrscheinlich nicht. Aber ich bin in der luxuriösen Lage, keine Werbung nötig zu haben. Und gerade deshalb fliegen mir aus jeder Ecke der Gesellschaft die Kunden zu. Verstehen Sie das?«

»Es geht Ihnen nur darum, Staatsanwaltschaft und Gericht vorzuführen. Sie brauchen Ihre Bühne. Deshalb verteidigen Sie auch Angeklagte, mit denen kein normaler Anwalt etwas zu tun haben will. Ist es so, Herr Dr. Trost?«

»Man muss überall etwas Öl ins Feuer gießen. Wo nichts brennt, ist kein Licht. Man muss polarisieren, um zu konturieren. Ein einfaches Prinzip, Herr Knobel. So funktioniert das Leben.«

»Sie machen es wirklich nur für Ihr Ego? Sie haben nichts mit der rechten Szene zu tun?«

»Ich – ein Nazi?« Trost lachte wieder. »Im Leben nicht. Ich denke im besten Sinne national. Aber das ist kein Nationalismus in dem Sinne, wie Sie ihn verstehen wollen«, unterschied er feinsinnig.

»Ich ahne, was die ›Zehn‹ dazu meinen«, antwortete Stephan sibyllinisch.

»Die, die einander gleich sind, müssen sich zusammenschließen. Es ist ein schon von der Natur vorexerziertes und immer wieder erfolgreiches Prinzip. Wer mit anderen gleichgeschaltet wird, wird auf die Ebene des schwächsten Gliedes dieser künstlichen Gemeinschaft heruntergezogen. Man sollte nicht darauf bauen, dass die Starken den Schwachen und die Schwachen den Starken helfen. Regelmäßig funktioniert das nicht. Aber wenn man es offen ausspricht, riskiert man einen Spießrutenlauf.«

Trost lehnte sich zurück und richtete den Blick in die Weite der vor dem Fenster vorbeifliegenden Landschaft. Der Zug glitt durch das Land. Sich im Horizont verlierende Felder wechselten in loser Folge mit kleinen Laubwäldchen. Dazwischen standen vereinzelte Gehöfte und große Anwesen. Hier irgendwo, bereits etliche Kilometer in südwestlicher Richtung entfernt, lag Werl mit seiner Justizvollzugsanstalt, in der Maxim Wendel einsaß.

»Ihr Unbehagen hat einen Namen«, vermutete Trost nach einer Weile und fixierte Stephan.

»Wie meinen Sie das?«

»Ihre Freundin Marie«, antwortete Trost ruhig und lächelte. »Ich spüre, dass Ihre Fragen von Ihrer Marie stammen. Hält sie mich für einen Nazi?«

Stephan antwortete nicht.

»Herr Knobel, jetzt enttäuschen Sie mich bitte nicht! Wir haben doch Großes miteinander vor. Ihre Marie wird schon erkennen, dass sie auf dem Holzweg ist. Geben Sie ihr einfach Zeit. Vielleicht ist sie auch nur neidisch auf unsere kleine Leipzigtour. Sie ist noch nicht lange Mutter. Durch das Kind ist alles neu. Jeder Tag wird durch das Kind bestimmt. Beruf, Karriere und Familie: All das ist nicht unter einen Hut zu bringen. Ich weiß das. Vielleicht hätten wir Ihre Marie mitnehmen sollen«, meinte Trost.

»Ich glaube nicht, dass sie das gewollt hätte. Außerdem wird sie mit der Ehefrau von Wendel sprechen, um mehr über Maxim zu erfahren.«

»Wann? An diesem Wochenende?«

»Heute gegen sechs. Frau Wendel will sich mit ihr auf einen Kaffee in der Innenstadt auf dem Alten Markt treffen.«

»Was soll das Gespräch bringen?«

Stephan zuckte mit den Schultern. »Vielleicht müssen wir wirklich mehr über die Person Maxim Wendel erfahren. Alles, was wir bisher über ihn denken, ist schlicht ein Klischee.«

»Es ist nicht schlicht ein Klischee, es ist schlichtes Klischee«, verbesserte Trost und verzog die Mundwinkel. »Das Besondere an diesem Mann ist, dass er gleichermaßen perfide abartig und zugleich perfide verlässlich wie ein Automat ist. Er ist an dieser Stelle wirklich absolut kalkulierbar.«

»Ich weiß«, antwortete Stephan. »Aber vielleicht ist Wendels Schwäche instrumentalisiert worden.«

Trost blickte sich um und winkte die Bedienung herbei. »Wir erreichen gleich Bielefeld. Da bestelle ich gewöhnlich das erste Mal nach«, erklärte er schmunzelnd. »Sie nehmen auch noch einen Sekt, ja?«

Trost wartete nicht.

»Bitte noch zwei Sekt!«, rief er Richtung Tresen.

»Wie wollen Sie weiter vorgehen?«, fragte er Stephan. »Die Geschichte mit der Staffelei ist zu dünn, das wissen Sie.«

»Es gibt ein weiteres Detail, das wir beachten müssen und aus mir nicht nachvollziehbaren Gründen bislang keine Rolle spielte«, sagte Stephan.

»Nämlich?«, forschte Trost und widmete sich einer Brötchenhälfte, die er satt mit Konfitüre bestrich.

Die Bedienung stellte die georderten Sektgläser auf den kleinen Tisch und räumte das leere Geschirr ab.

»Einer der Gäste des Cafés am Zoo hat in der Gerichtsverhandlung ausgesagt, dass Michelle Crouchford eine kleine Bauchtasche trug. Sie hat sie nämlich wieder gerade gerückt, als sie nach dem Sturz aufgestanden war«, erklärte Stephan.

»Was nachvollziehbar ist«, kommentierte Trost. »Bekanntlich wollte sie zum Ausgang des Parks joggen, wo sie ihr Auto abgestellt hatte. Also hatte sie zwangsläufig mindestens ihren Autoschlüssel, die Fahrzeugpapiere und ihren Führerschein bei sich, denn sie wird diese Sachen nicht im Auto gelassen haben. Wahrscheinlich hatte sie auch noch ihren Wohnungsschlüssel und vielleicht auch noch Geld bei sich. Mehrere Gegenstände also, die sie nicht bequem mit sich tragen konnte, außer in jener bewussten kleinen Bauchtasche.«

»Stimmt«, gab Stephan zu. »Aber sie hätte in dieser kleinen Tasche auch noch mehr mit sich tragen können. Vielleicht hatte Michelle Crouchford ein Spray dabei. Ich meine ein Wundspray, wie es zum Beispiel Fußballspielern ganz schnell wieder auf die Beine hilft, wenn sie auf dem Platz eine Verletzung erleiden. Wir kennen die Wirkung dieser Sprays doch alle aus den Fernsehübertragungen von Fußballspielen. Ein Spieler stürzt und windet sich vor Schmerzen, weil ihm ein anderer mit voller Wucht vor das Schienbein getreten hat. Und nach kurzer Behandlung läuft der Verletzte weiter, als sei nichts gewesen. Etliche Jogger werden ein solches Spray bei sich führen, gerade zu dem Zweck, um nach einem Sturz eine Erstversorgung durchführen und weiterlaufen zu können.«

Trost blickte Stephan unverwandt an.

»Sie haben mir erzählt, dass der Krankenhausarzt die Kniewunden der Michelle Crouchford ausgewaschen und versorgt hat«, fuhr Stephan fort. »Wichtig ist zum einen, dass dies nicht die erste Reinigung der Wunden war. Denn Sie haben mir erzählt – und so steht es auch in der Akte –, dass sich die Crouchford erstmals noch im Park die Wunden mit dem Wasser aus der Trinkflasche eines Joggers reinigte. Wichtig ist zum anderen, dass den Krankenhausarzt diese von dem Sturz herrührenden Wunden überhaupt nicht interessiert haben dürften. Im Zentrum seines Interesses stand zwangsläufig die versuchte Vergewaltigung. Aus der Akte ergibt sich, dass der Arzt zu Protokoll gegeben hat, dass die Crouchford zwar über ihre Wunden am Knie gejammert, aber wegen des behaupteten sexuellen Übergriffs regelrecht aufgelöst gewesen sei. Immerhin hatte sie es geschafft, dem Arzt klarzumachen, dass die Wunden an den Knien überhaupt nichts mit Wendels Überfall zu tun hatten. Folgerichtig standen die Knie auch nicht im Fokus des Arztes. Er hat ihnen im Hinblick auf eine mögliche Straftat gar keine

Beachtung geschenkt. Also ist die Zeugin im Krankenhaus überhaupt nicht auf eventuelle Rückstände eines Sprays untersucht worden. Deshalb ist es denkbar, dass sie trotz der Verletzung mit Wendel gelaufen sein kann.«

Trost schwieg. Er nippte an seinem Sektglas.

»Reine Hypothese«, urteilte er schließlich.

»Ist Ihnen beim Studium des Polizeiberichts aufgefallen, dass die Zeugin Crouchford offensichtlich zu einem Zeitpunkt ins Krankenhaus gebracht wurde, als die um 18.09 Uhr alarmierte Polizei noch gar nicht die Leiche Gossmanns entdeckt hatte? Der Leichenfund erfolgte erst gegen 18.20 Uhr, als die Beamten die Gegend rund um den Schauplatz des behaupteten Vergewaltigungsversuchs absuchten. Der Arzt, der nichts von dem Leichenfund und der möglichen Verbindung der Crouchford zu dem Tötungsdelikt ahnte, hatte auch aus diesem Grund keinerlei Veranlassung, den Knien der Crouchford gesteigerte Aufmerksamkeit zu schenken und sie auf weitere Spuren zu untersuchen. Er hatte nur die mögliche Vergewaltigung im Blick, für die die Schürfwunden ohne jede Bedeutung waren. Also hat er die Wunden nur gereinigt und – bis auf die Anfertigung eines Fotos – nichts dokumentiert. – Warum ist all dies nicht hinterfragt worden?«, fragte Stephan.

»Ja, warum nicht?«, wiederholte Trost und schüttelte den Kopf. »Weil …« Er kratzte sich am Kopf. »Weil alle diese Annahmen voraussetzen, dass Michelle Crouchford nur ein Köder für Maxim Wendel war. Wenn das aber der Fall war, kann Michelle Crouchford auch nicht das Opfer einer versuchten Vergewaltigung durch Maxim Wendel gewesen sein. Und an dieser Stelle bricht die Kette, Herr Knobel. Warum soll Wendel dann den Rentner Gossmann mit einer Flasche getötet haben, die er nachweislich angefasst hat? – Wenn Wendel selbst davon überzeugt gewesen wäre, der Crouchford nichts angetan zu haben, hätte er den Rentner nicht einmal weiter beachtet. Denken Sie daran, dass für Wendel viel auf dem Spiel stand. Ein Lehrer, der bei dem Versuch eines Sexualdelikts ertappt wird, ist seinen Beruf los. Zumal dann, wenn er eine Vorgeschichte wie Wendel hat. So haben es auch Gericht und Staatsanwalt gesehen. Aber ich will keine Gegenrede zu Ihrer Argumentation halten, Herr Knobel! Der Lösungsweg kann nur über diese Flasche führen – und über Michelle Crouchford. Deshalb sitzen wir in diesem Zug.«

Trost suchte sein Handy.

»Ich will meiner Tochter ein paar Worte schreiben«, erklärte er. Er konzentrierte sich kurze Zeit auf sein Handy, dann blickte er wieder auf.

»Ich wünsche Ihnen, Ihrer Marie und Ihrem Kind, dass Ihnen unser Schicksal erspart bleibt«, sagte er leise. »Delia hat den Tod ihrer Mutter nie verwunden – und ich nie den Tod meiner Frau, auch wenn ihr Unfall nun schon so viele Jahre zurückliegt.«

Stephan schwieg teilnahmslos. Trost hatte feuchte Augen bekommen. Einige Zeit später, als der Zug Hannover verlassen hatte, wechselten sie in ein Großraumabteil und saßen fortan still nebeneinander. Trost saß am Fenster und ließ die Landschaft an sich vorbeiziehen. Irgendwann schlief er ein. Stephan vertiefte sich in ein Magazin, das im Zug ausgelegt war.

Gereon Trost hatte nicht zu viel versprochen. Das von ihm ausgewählte Seaside-Park-Hotel lag zentral gegenüber dem Bahnhof, direkt am Beginn der Nikolaistraße und war somit idealer Ausgangspunkt für alle, die Leipzig erkunden wollten oder in der Stadt Geschäfte zu erledigen hatten. Im Inneren offenbarten die langen, mit dunkelblauem Teppichboden belegten Flure eine von außen unvermutete Größe des Hotels, dessen Zimmer die Gäste auf gehobenem Niveau beherbergten und eine für Stadthotels seltene Wohnlichkeit vermittelten. Durch das geschlossene Fenster drang dumpf die quirlige Lebendigkeit dieses sommerlichen Samstagnachmittags in Stephans Zimmer. Er hatte die wichtigsten Dinge aus seiner Reisetasche genommen und im Zimmer platziert, die auf dem Fernsehschirm leuchtende Begrüßung ›Herzlich willkommen, Herr Knobel‹ weggeschaltet und kurz mit Marie telefoniert.

»Die Fahrt war gut, ich ziehe jetzt mit Trost los.«

Marie lachte. »Trost-los, das ist ein Wortspiel, das ihm nicht gefallen wird.«

»Er ist nicht so, wie du denkst«, entgegnete Stephan. »Er weiß übrigens, was du über ihn denkst.«

»Und deswegen ist er nicht so, wie ich denke?«, fragte Marie. »Er ist raffiniert.«

»Jedenfalls kein Nazi«, stellte Stephan fest. »Ich habe ihn mit der Sache konfrontiert. Er konnte alles gut erklären.«

»Das macht die Leitwölfe dieser Leute aus«, antwortete Marie ungerührt. »Ich kann dich nur warnen!«

»Ich habe bereits versprochen aufzupassen«, gab Stephan zurück. »Ich würde sagen, jeder geht jetzt seinen Aufgaben nach. Du triffst dich gleich mit Frau Wendel, und ich suche mit Trost die frühere Adresse von Michelle Crouchford auf.«

»Und dann?«

»Was und dann?«

»Was macht ihr, nachdem ihr den minimalen beruflichen Anlass der Reise erledigt habt?«

Stephan stöhnte gedehnt. »Wir werden uns in eine dunkle Ecke dieser Stadt zurückziehen und Trübsal blasen.«

»Ruf mich nachher bitte noch an, ja?«, bat Marie versöhnlich. »Vergiss nicht: Wir zwei hier lieben dich.«

Diese Worte hatte sie noch nie gesagt. Stephan legte mit einem Lächeln auf.

Gereon Trost erwies sich als ausgewiesener Kenner der Leipziger Innenstadt. Seit Jahren besuchte er die Jahresarbeitstagung der Verwaltungsjuristen, die stets Ende Januar eines jeden Jahres im Bundesverwaltungsgericht am Simsonplatz stattfand. Trost beschäftigte sich nur gelegentlich mit dieser Rechtsmaterie, aber er genoss die Gelegenheit, unter dem Mantel dieser Tagung alljährlich diese Stadt besuchen und genießen zu können. Das Bundesverwaltungsgericht, das seinen Sitz im früheren Reichsgericht hatte, galt als das wohl pompöseste Gerichtsgebäude Deutschlands, und Trost bedauerte, dass es wegen des Wochenendes nicht möglich sein würde, diesen Palast aus Marmor zu besichtigen.

»Wenn die Justiz Macht verkörpern will, dann ist es ihr mit diesem Prunkbau mit hohen Gewölben, mächtigen Säulen und dem kathedralartigen Plenarsaal gelungen«, meinte er und bewies einmal mehr eine von Stephan als wohltuend empfundene Distanz zu jedem Herrschaftsgebaren dieser Staatsgewalt. Trost gab sich in Leipzig so, wie er war: Neugierig und dem Leben zugewandt, eloquent und aufmerksam. Er verstand es, den Fußweg vom Hotel quer durch die Stadt, vorbei an der Nikolaikirche, dann über den Markt und mit einer kleinen Schleife über die Gassen rund um die Thomaskirche zu einem Streifzug durch die Geschichte und Kultur in Leipzig zu machen. Stephan nahm gern die Rolle des Zuhörers ein, dem Trost Bekanntes und Unbekanntes kurzweilig vermitteln konnte, und Stephan verstand, dass diesem Mann das Plädieren vor Gericht regelrecht Freude machen musste. Er kannte keinen Zweiten, der es wie Trost verstand, mit Worten und Gesten mit scheinbar spielerischer Leichtigkeit zu jonglieren. In der Tat: Trost konnte Menschen fangen, aber im Gegensatz zu Marie vermochte Stephan bei ihm keine verwerflichen Gesinnungen oder Absichten zu entdecken. Der Weg führte die beiden tatsächlich an dem majestätisch in der Nachmittagssonne thronenden Verwaltungsgericht vorbei, hinein in ein Viertel, in dem aufwendig renovierte Bürgerhäuser und Stadtvillen dem Betrachter ein luxuriöses und kultiviertes Leben vermittelten, das einer sozialen Schicht vorbehalten war, zu der Trost mühelos aufschließen konnte und die Stephan unerreichbar schien. Und hier, nur etwa einen knappen Kilometer vom Gerichtsgebäude entfernt, fand sich das Haus, das nach Angabe des Oberstaatsanwalts Kreimeyer die frühere Adresse von Michelle Crouchford gewesen war. Trost selbst war von der exklusiven Ausstrahlung dieser Villa überrascht, die – beschattet von hohen Buchen etwas von der Straße entfernt – mitten auf einem sehr großen Grundstück stand, das mit hohem gärtnerischem Sachverstand wie ein kleiner Park gestaltet und von einem fein ziselierten schmiedeeisernen Gitter umzäunt war. Unauffällig, aber trennscharf grenzte es diese noch reichere Welt von der übrigen ab. Trost zögerte, bevor er auf den einzigen sichtbaren Klingelknopf drückte, der in eine Säule des marmornen Portals eingelassen war, das die gepflasterte Zufahrt zum Haus überspannte und wie das gesamte Gebäude von unauffälligen Kameras erfasst wurde. Trost blickte unsicher in die eine und dann in die andere Kamera, durch die er offensichtlich beobachtet wurde, während er wiederholt klingelte.

Erst als er sich zu Stephan umgewandt hatte und vorschlagen wollte, beim Nachbarhaus zu schellen, öffnete sich die doppelflügelige Eingangstür und ein mit schwarzer Hose und engem schwarzem T-Shirt bekleideter bulliger junger Mann kam ihnen entgegen und blieb vor den nach wie vor geschlossenen schmiedeeisernen Torflügeln stehen. Stephan betrachtete die kraftstrotzende Gestalt mit ihrem muskulösen Oberkörper, über den sich das Shirt spannte, den glatt rasierten Kopf und die fleischigen Lippen des etwa 30-jährigen Mannes, der die Arme vor der Brust verschränkt hielt und wortlos wartete.

»Hier soll früher einmal eine Michelle Crouchford gewohnt haben«, begann Trost etwas zaghaft.

»Nicht bekannt«, erwiderte der andere knapp.

»Es ist etwa acht bis zehn Jahre her«, ergänzte Trost. »Die Adresse ist ganz bestimmt richtig. Ich habe mich vergewissert.«

»Ich sagte doch: Diese Dame war und ist hier nicht bekannt«, wiederholte der andere, im Gesicht unbewegt wie zuvor, doch in der Stimme etwas freundlicher. »Sie müssen sich irren, aber eine Dame namens Michelle sagt uns nichts.«

»Was soll das heißen?«, fragte Trost. »Wer ist *uns*? Können Sie nicht jemanden im Haus fragen?«

»Sie haben mich doch verstanden?«, sagte der andere, nun wieder in deutlich bestimmenderem Ton.

»Kann sie vielleicht einen anderen Namen getragen haben?«, fragte Stephan. »Gibt es noch andere Damen?«

Der Mann hinter dem Tor zuckte die Schultern.

Trost sah sich überrascht zu Stephan um, dann verstand er.

»Wir kommen auf Empfehlung«, wagte er sich vor.

»Ach ja?«, fragte der andere und wartete. Dann drückte er seine Brust durch.

»Kommen Sie wieder, wenn Sie Ihre Empfehlung benennen können, Herr …?«

»Dr. Gereon Trost«, parierte der andere, zückte seine Visitenkarte und reichte sie durch das Torgitter.

»Sie sind nicht gemeldet, Herr Trost. – Ich bedaure«, erwiderte der Mann, ohne die Visitenkarte zu nehmen. Er wandte sich um und ging ins Haus zurück. Trost hob ratlos die Schultern.

»Sie glauben, dass das ein Bordell ist, Herr Knobel?«

»Vielleicht«, meinte Stephan. »Sollte es so sein, ist es mit Sicherheit ein Edelbordell.«

»Eine merkwürdige fremde Welt!«

Trost betrachtete seltsam staunend die luxuriöse Villa in dem kleinen Park. »Wer betreibt so etwas, wie funktioniert das, wer sind die Kunden?«

»Die, die es angeht, wissen Bescheid«, war sich Stephan sicher.

»Die Nachbarn werden doch wissen, was hier los ist«, meinte Trost. Er blickte sich um. Die Häuser an dieser Straße standen zumeist – wie die Villa – etwas zurückversetzt. Ein direkter Zugang zu einem Haus ergab sich erst rund 200 Meter weiter. Trost eilte zur Haustür und kam kurze Zeit später kopfschüttelnd zu Stephan zurück.

»Alle kennen dieses Haus, aber niemand weiß, wem es gehört und was sich wirklich darin verbirgt. Immerhin scheinen tatsächlich einzelne Männer das Haus aufzusuchen, nachdem sie ihre meist luxuriösen und aus anderen Städten und Regionen kommenden Autos in den Nachbarstraßen abgestellt haben. Es wird ein Bordell sein. Ich bin mir sicher, dass Sie recht haben, Herr Knobel!«

»Man lebt hier nicht nur unter sich, sondern jeder auch für sich«, kommentierte Stephan. »Aber wir werden es herausfinden können. Zumindest wird Oberstaatsanwalt Kreimeyer, von dem Sie die Adresse haben, dies ermitteln können.«

»Ja«, antwortete Trost gedankenverloren. »Mittlerweile ist er allerdings pensioniert. Aber er hätte das doch schon damals von selbst ermitteln können. – Ermitteln müssen«, korrigierte er. »In diesem Haus wohnte niemals eine Michelle Crouchford, das ist sonnenklar!«

Stephan konnte Trost nur zustimmen.

15

Sarah Wendel war eine unscheinbare Frau. Sie hatte sich am Telefon beschrieben, als Marie mit ihr ein Treffen am frühen Samstagabend auf dem Alten Markt in der Innenstadt verabredet hatte.

»Ich denke, ich werde ein blaues Kleid tragen«, hatte Frau Wendel gesagt. »Dunkle Haare, Pagenkopf, schlank, mittelgroß«, hatte sie angefügt und dann unbeholfen gelacht. »Ich bin ein Dutzendtyp. Vielleicht nehme ich einen hellgrünen Stoffbeutel vom Bioladen mit. – Ja, ich werde es so machen. Das Wetter soll gut werden. Also werde ich draußen sitzen, wenn dort ein Platz frei ist. Sie erkennen mich an dem grünen Stoffbeutel.«

Als Marie kurz vor 18 Uhr mit dem Kinderwagen den Alten Markt erreichte, herrschte dort das an sonnigen Tagen übliche emsige Treiben, das dem von geschlossener Bebauung umrahmten Platz mit seinen Restaurants und Bars ein anziehendes Flair vermittelte. Nachdem man auf die Idee gekommen war, in der Innenstadt bei gutem Wetter einfache Klaviere an verschiedenen Stellen zu positionieren und für jedermann zum Spielen freizugeben, fanden sich zunehmend mehr Klavierbegeisterte, die ihr häufig beachtliches Können unter Beweis stellten und stets von Publikum umringt waren. Auch auf dem Alten Markt spielte jetzt jemand Klavier, und die Melodie von ›Yesterday‹ erfüllte unaufdringlich den Platz und verwandelte ihn in einen heiteren Konzertsaal. Marie schob den Kinderwagen zu dem verabredeten Lokal, wo sie Frau Wendel erst spät an einem der vorderen Tische erblickte. Zwar hatte Frau Wendel den angekündigten grünen Stoffbeutel bei sich, doch er fiel zunächst nicht auf, weil Frau Wendel einen mit drei roten Luftballonen und einer riesigen goldenen Schleife geschmückten großen gelben Haushaltsabfalleimer bei sich trug, der das Bild dominierte.

Marie stellte sich vor, parkte den Kinderwagen seitlich und arretierte ihn. Frau Wendel war aufgestanden, schaute pflichtschuldig und unsicher in den Kinderwagen, während sie ausschweifend und zugleich hektisch erzählte, dass sie den Abfalleimer bei einem Preisausschreiben eines Haushaltsgeschäftes gewonnen habe, nachdem sie die Produktfragen zu allen dort angebotenen Entsorgungsbehältnissen zielsicher richtig beantwortet hatte.

Dann setzte sie sich wieder und fragte Marie, was sie trinken wolle. Sie lächelte Marie an und blätterte in der Karte hin und her, bevor sie sich dann schnell für einen Eiskaffee entschied.

»Der schmeckt hier, ich kann ihn empfehlen. Immer, wenn ich hier bin, nehme ich diesen Eiskaffee. – Eigentlich muss ich gar nicht in die Karte schauen.«

Sie legte die Karte auf den Tisch zurück.

Marie hatte ihre Tasche mit den Babyutensilien unter dem Wagen verstaut, folgte Frau Wendels Empfehlung und nahm ihr gegenüber Platz.

»Es ist schön, dass Sie sich zu diesem Treffen bereitgefunden haben«, eröffnete Marie.

Frau Wendel blickte sie angespannt an. »Ich weiß nicht recht, was Sie wollen«, gestand sie. »wobei sie den Blick wieder von Marie abwandte und über den Alten Markt schweifen ließ, sich dann umschaute und einen Kellner herbeirief. »Es ist jetzt alles schon ein paar Jahre her«, fand sie wieder zum Gespräch zurück. »Die Sache ist eigentlich doch längst vorbei. Maxim will also prozessieren?«

Marie war sich nicht sicher, ob sie mit dieser *Sache* wirklich Maxim Wendels damalige Tat oder nicht vielleicht doch ihre gescheiterte Ehe meinte. Wie konnte der nie um einen lockeren Spruch verlegene, häufig in seinen Bemerkungen anzügliche Maxim und die in ihrer äußeren Erscheinung unauffällige, von Marie schon jetzt als anstrengend empfundene Sarah zum Ehepaar Wendel werden? Marie betrachtete unauffällig die ihr gegenüber sitzende Frau, die nun dem Kellner mit hastigen Worten die Bestellung aufgab.

»Manchmal dauert es hier draußen etwas zu lang«, sagte sie, als die Bedienung verschwunden war. »Aber man sitzt hier so gut. Wenn das Wetter schön ist, schließe ich meine Shoppingtour immer hier ab.«

»Der Eiskaffee ist gewissermaßen der Punkt auf dem i«, vermutete Marie trocken.

»Genau!«, freute sich Frau Wendel und wechselte ohne Übergang das Thema. »Maxim will also eine Wiederaufnahme des Verfahrens?«

»Er hat meinen Freund, einen Kollegen des damaligen Verteidigers Ihres Mannes, damit beauftragt«, nickte Marie.

»Hat Maxim eine Chance?«, fragte Frau Wendel.

»Würden Sie sich freuen, wenn er eine hätte?«, fragte Marie zurück.

»Natürlich, ja«, antwortete sie nach kurzem Überlegen. »Wenn Maxim wirklich nicht der Täter war, muss er auch nicht im Gefängnis sitzen. Es soll ja Gerechtigkeit herrschen.« Sie griff in den Stoffbeutel, um ein Taschentuch herauszukramen.

Ihre Antwort war eigenartig nüchtern und distanziert. Es klang, als redete sie nicht von ihrem früheren Mann, sondern davon, was aus Sicht eines Dritten sinnvoll und richtig erschien.

»Soweit ich weiß, haben Sie sich damals von Maxim scheiden lassen, weil er als Mörder verurteilt wurde«, wagte sich Marie weiter vor. »Wenn er nun nicht der Täter war …«

»Das glauben Sie doch nicht im Ernst«, unterbrach Frau Wendel. »Wenn Sie den ganzen früheren Prozess kennen, wissen Sie, dass er es gewesen ist.«

»Aber dann würden Sie nicht mit mir hier sitzen«, antwortete Marie weich.

Der Eiskaffee wurde serviert. Unglücklich in diesem Moment, in dem Marie eine Chance witterte, unverhofft schnell Sarah Wendel auf den Zahn fühlen zu können.

»Es ist etwas zu viel Sahne oben drauf«, rügte Frau Wendel spitz, nachdem der Kellner sich wieder entfernt hatte. »Immer gibt es so viel Sahne drauf, finden Sie nicht?«

Sie schöpfte mit dem Löffel den Sahnekegel ab.

»An den teuren Sachen wird gespart, und vom Billigen gibt es reichlich«, setzte sie nach.

»Ja, es ist viel Sahne drauf«, bestätigte Marie folgsam und setzte neu an:»Hätten Sie sich denn nicht scheiden lassen, wenn es nicht zu der Tat und der späteren Verurteilung gekommen wäre? – Sie wissen, warum ich das frage: Ihr Mann hatte ein sehr zweifelhaftes Verhältnis zu Frauen. Sie kennen natürlich die ganzen Geschichten aus der Schule. Die Schulleitung hatte zuletzt dafür gesorgt, dass Ihr Mann nicht mehr den Sportunterricht leiten und Klassenfahrten begleiten durfte. Die Gelegenheiten, sich an Mädchen oder Frauen heranzumachen, sollten so gut wie möglich beschränkt werden. All das belastet eine Ehe. Ich vermute eher, dass dies eine Ehe zerstört – oder sehen Sie das anders?«

Frau Wendel rieb sich die Augen und rührte in ihrem Eiskaffee.

»Nein«, sagte sie. »All das war natürlich von Anfang an eine Last auf unserer Ehe. Aber Maxim hatte begonnen, sich zu ändern. Wir kannten uns keine lange Zeit. Er hatte sich schnell zu sich bekannt. Ich wusste, was er für ein Typ war. Maxim ist in Wirklichkeit verklemmt und unsicher. Er spielt den Draufgänger. Aber er ist eigentlich nur ein bisschen verrückt. Sie müssen diesen Begriff wörtlich nehmen, Frau Schwarz! Verrückt ist, wer ein bisschen neben der Spur ist. Maxim nimmt die Realität nicht richtig wahr. Oder er war nur zu naiv, um zu erkennen, wie sehr er sich an der Schule mit seinem Verhalten ins Abseits manövrierte. Eigentlich wollte er sich interessant machen, witzig sein, mit seinen Schlüpfrigkeiten die erwachende Neugier der pubertierenden Kinder bedienen. Sie brauchen mir nicht zu sagen, wie dumm das war. Maxim war auch nie ein guter Lehrer. Der Beruf ging ihm nicht leicht von der Hand. Er blieb immer ein Außenseiter. Jeder würde vermutlich ungläubig staunen, wenn er hörte, dass Maxim begonnen hatte, an sich zu arbeiten. Doch das ist einfach erklärt. Maxim war in jeder Hinsicht in eine Sackgasse geraten. Er war beruflich und privat gescheitert, hatte Feindschaften auf sich gezogen und war in seiner Einsamkeit vor eine Wand gelaufen. Er musste etwas tun, um ins Leben zurückzukehren. Maxim war ein lieber und fürsorglicher Mann, dessen wahres Gesicht den anderen verborgen blieb. Jedenfalls glaubte ich daran, dass seine negativen Seiten die Fassade und das Gute in ihm der wahre Kern waren. Also genau anders als bei den meisten anderen Männern: Da ist das Gute die Fassade, und im Inneren lauert die bittere Wahrheit. – So seltsam es klingt: Nachdem Maxim und ich zusammenkamen, waren seine albernen Eskapaden an der Schule vorbei. Er war auf einem guten Weg. Maxim hatte begonnen, ein normales Leben zu führen. Jedenfalls glaubte ich das. Er gewann Selbstbewusstsein. Ich bin Maxims erste Frau gewesen, Frau Schwarz.«

Marie schüttelte ungläubig den Kopf.

»Ich möchte nicht indiskret sein, Frau Wendel. Was fanden Sie an Maxim?«

»Ich bin genauso verquer durchs Leben gegangen wie er«, offenbarte sie ungeschminkt. »Genauso einsam, genauso komplexbehaftet, nur nicht so ungeschickt im Auftritt.« Sie lächelte verstohlen. »Er machte immer auf sich aufmerksam, ich tauchte eher ab. Ich bin stets scheu gewesen, und ich bin es noch. Das eine ist so ungesund wie das andere.«

»Wo haben Sie sich kennengelernt?«, fragte Marie.

»In einer Selbsthilfegruppe, die unter Anleitung eines versierten Psychologen die Komplexe und Störungen ihrer Mitglieder aufarbeitete. Es war die Vorstufe einer Therapie«, antwortete Frau Wendel. »Maxim hätte mit Sicherheit die Schatten seiner Vergangenheit überwunden. Er stand erst ganz am Anfang und wollte sich weiter behandeln lassen.

Ich selbst habe auch Fortschritte gemacht. Die Therapie tut mir gut. Ich beginne, ganz anders auf das Leben zuzugehen. Ich werde offener.« Sie lächelte wieder. Jetzt war es ein einladendes offenes Lächeln. »Würden Sie mich für verschlossen, scheu oder verklemmt halten?«

Marie schwieg unsicher.

»Verstehen Sie mich bitte nicht falsch, Frau Schwarz! Ein Mensch, der sich öffnet, wird auch für den anderen fassbarer – und er ist eher in der Lage, sich hinzugeben. All das fehlte mir bisher«, meinte sie selbstkritisch.

»Ich begreife Ihre Ehe mit Maxim nicht«, gestand Marie. »Sie sind doch offensichtlich komplett unterschiedliche Menschen.«

»Ja, das sehen alle so, die uns kennen«, bestätigte Frau Wendel. »Und die Erklärung ist ganz einfach: Jenseits dessen, wie wir beide äußerlich wirken, sind wir uns in vielerlei Hinsicht sehr nahe gewesen. Von Maxim weiß man doch nur, dass er zweifelhafte Sprüche machte und manchmal in einer Art und Weise handelte, die andere gern als sexuelles Tun interpretierten. Maxims großes Problem war seine Unsicherheit, anderen Menschen unbefangen gegenübertreten zu können. Weil er das nicht schaffte, machte er sich selbst zu einer tragischen Witzfigur. Maxim ist doch bei Weitem nicht der Draufgänger, als den er sich selbst gern gesehen hat. Jedenfalls glaubte ich, ihn so kennengelernt zu haben. Die – nennen wir sie – Therapie, die wir damals gemacht hatten, führte dazu, dass alle, die daran teilgenommen hatten, sich in einem ersten Schritt ihrer eigentlichen Probleme bewusst wurden. Das war der erste Schritt. So ist es Maxim und mir ergangen. Zur eigentlichen Therapie konnte es bei ihm nicht mehr kommen. Da war er schon verhaftet.«

Marie überlegte. Worte und Taten des Maxim Wendel sprachen jenseits ihrer möglichen psychischen Ursachen eine andere Sprache.

»Sie ahnen gar nicht, wie bieder Maxim wirklich war. Seine vermeintlichen amourösen Abenteuer waren nur Hirngespinste. Er erfand mehr, als wirklich war. Ihr Freund hat Maxim doch einmal selbst vertreten. Also kennen Sie doch bestimmt die Geschichte. Es war gar nichts dran! Maxim war so blöd, wegen seiner Störungen den Draufgänger zu spielen. Und tatsächlich waren seine Bemerkungen häufig schlüpfrig. Ich weiß, dass er sich auch in der Schule immer wieder falsch verhalten hat. Er selbst hat durch seine eigenen Worte ein Zerrbild von sich gezeichnet. Doch wenn Sie der Sache auf den Grund gehen, werden Sie feststellen, dass meinem Mann nicht eine einzige Tat nachgewiesen werden konnte. Es wundert mich nicht, dass Ihr Freund damals diese Disziplinarangelegenheit gewinnen konnte. Das Ergebnis entsprach der Wahrheit. Aber wenn ein Mensch wie Maxim öffentlich so redet, wie er es getan hat, dann darf er sich nicht wundern, wenn jede seiner Handlungen genauso gedeutet wird wie jede seiner anzüglichen Bemerkungen. Alles, was man als harm- oder bedeutungslos werten würde, wenn es ein Dritter täte, ist bei Maxim Wendel nun einmal als sexuelle Handlung ausgelegt worden. Er war stigmatisiert. Wenn er also in die Mädchentoilette ging, weil dort geraucht wurde, wurde es so gewertet, als wollte er Mädchen beim Toilettengang beobachten. Wenn er in seine Hosentasche griff, um ein Taschentuch herauszuziehen, konnte es nur ein Griff an seine Genitalien sein. Wenn er beim Schulausflug in der Jugendherberge den Spint eines Mädchens durchsuchte, weil er dort Alkohol oder Ähnliches vermutete, dann tat er es angeblich, um in der Unterwäsche dieses Mädchens zu wühlen. Sie wissen doch, wie Mädchen und Jungen in diesen Altersstufen sind.«

»Die Hilfestellung am Reck?«, fragte Marie, die sich an die Begebenheit erinnerte, die ihr Stephan nach einem Gespräch mit Trost berichtet hatte.

»Das Mädchen hatte einen Krampf erlitten. Maxim, der stets schnell überfordert war, vergaß in diesem Moment schlicht, wie er am besten das Mädchen hätte greifen sollen. Er hat einfach schnell etwas getan, um ihren Körper zu entlasten.«

Sie hielt einen Augenblick inne, doch Marie reagierte nicht.

»Im Kollegium des Nordstadt-Gymnasiums wurden die Gerüchte gern aufgegriffen. Jeder weiß, wie schnell sich Gerüchte potenzieren. Wenn sie sich einmal verbreitet haben, besteht kaum eine Chance, mit Erfolg dagegen anzureden. Für Maxims Kolleginnen und Kollegen waren die Gerüchte ein gefundenes Fressen. Lehrer sind doch häufig pubertärer als ihre Schüler. Wie viele Menschen gibt es, die sich an Skandalen weiden und plötzlich etwas beizutragen wissen, obwohl sie selbst nichts gesehen oder gehört haben?«

»Aber Sie wollen nicht so weit gehen, Maxims Verhalten zu entschuldigen?«, fragte Marie.

Sarah Wendel schüttelte den Kopf.

»Bestimmt nicht! Sein Verhalten hat mich gekränkt. Und Maxim hätte noch mehr an sich arbeiten müssen. – So, wie ich an mir arbeiten muss. Wir hätten uns irgendwann auf einer gesunden Mitte getroffen, und unsere Defizite wären kein Thema mehr gewesen. Die beabsichtigte Therapie wäre ein erster Schritt gewesen. Das hat er ebenso gesehen.«

Marie überlegte. Man konnte wahrlich nicht behaupten, dass Sarah verschlossen war. Sie war sich nicht sicher, ob sich Frau Wendel ihre Ehe mit Maxim nicht irreal schönfärbte. Marie rekapitulierte im Zeitraffer, was sie aus ihrem eigenen Studium der Akten über Maxim Wendel erfahren oder was ihr Stephan über ihn sonst noch berichtet hatte, der seine Informationen natürlich nur von Trost bezogen hatte.

»Wenn es so ist, dass Ihr früherer Mann keinen einzigen sexuellen Übergriff gegen irgendeine Frau begangen hat, dann können Sie doch auch nicht glauben, dass er Michelle vergewaltigt hat. Ergo kann es auch keinen Grund geben, warum er den Rentner Rudolf Gossmann ermordet haben sollte.«

»Genauso ist es, Frau Schwarz! Wenn es allein danach ginge, was ich für mich glaube, so denke ich, dass er die Crouchford nicht vergewaltigt hat.«

Frau Wendel schlürfte den Rest des Eiskaffees aus ihrem Glas. Marie sah sie verblüfft an.

»Ich verstehe Sie nicht, Frau Wendel!«

Sarah Wendel hob fragend die Augenbrauen.

»Aus der Akte ergibt sich, dass Dr. Trost Sie als Zeugin im Prozess gegen Ihren Mann benannt hat. Aber als Sie als Zeugin vom Gericht befragt werden sollten, haben Sie die Aussage unter Berufung auf Ihr Zeugnisverweigerungsrecht abgelehnt. Sie hätten doch dem Gericht all das sagen können und müssen, was Sie mir gerade gesagt haben. So sieht es aus, als hätten Sie sich mit der Verweigerung der Aussage gegen Ihren Mann positioniert. Aus meiner Sicht haben Sie ihm eher geschadet.«

»Was ich glaube, ist irrelevant. Und es ist auch irrelevant, dass Maxim mit mir so etwas wie eine Therapie begonnen hat und nach seinen eigenen Worten auf dem Weg in die Normalität war. All das ist egal, weil er doch der Täter gewesen ist. Selbst Dr. Trost, der am Anfang fest davon überzeugt war, Maxims Unschuld beweisen zu können, musste schließlich eingestehen, dass er sich geirrt hatte. Ich habe mir nicht vorstellen können, dass ein exzellenter Anwalt wie Dr. Trost die Segel streichen musste. Was also hätte meine Aussage ändern können?«

»Soweit ich weiß, hat Trost Sie doch selbst als Zeugin benannt«, stutzte Marie.

»Das stimmt.«

»Warum haben Sie dann geschwiegen? Zu welchem Thema hat Trost Sie überhaupt als Zeugin benannt?«

»Ich sollte dazu vernommen werden, welche sexuellen Vorlieben Maxim hat, also eigentlich zu der Frage aussagen, was es mit Maxims angeblichen sexuellen Übergriffen auf andere Frauen in Wirklichkeit auf sich haben könnte.«

»Also genau das Thema, über das wir uns gerade unterhalten«, bemerkte Marie und schüttelte den Kopf.

»Ich habe alles vorher mit Dr. Trost so besprochen«, wandte Sarah Wendel ein. »Dr. Trost hatte mich ja extra als Zeugin benannt, damit ich Maxim entlasten konnte. Und er hat mit mir vorher die Fragen besprochen, die er mir in der Hauptverhandlung stellen wollte.«

»Nämlich?«, forschte Marie.

»Zum Beispiel wollte er fragen, ob Maxim und ich häufig miteinander sexuell verkehren«, antwortete sie. »Oder ob es wirklich stimme, dass er sich auf der Straße gern nach blonden jungen Frauen umschaue. Außerdem wollte er fragen, ob Maxim mir manchmal gegenüber Geschichten präsentierte, die sich im Nachhinein als unwahr herausgestellt haben.«

Frau Wendel überlegte einen Augenblick, dann fiel ihr ein: »Er wollte auch fragen, ob ich in Maxims Sachen einmal Pornohefte oder Ähnliches gefunden hätte. Dr. Trost sagte, dass er dem Gericht mit diesen Fragen, also natürlich mit meinen Antworten, klarmachen wollte, dass Maxim ein ganz normaler Mann sei. Er sagte, dass ich mich darauf einrichten müsse, dass das Gericht und auch die Staatsanwaltschaft hier wohl sehr ins Detail gehen würden und dass ich unbedingt die Wahrheit sagen müsste. Ich sei zwar die Ehefrau und hätte als solche ein Aussageverweigerungsrecht, aber wenn ich aussagen würde, müsste es die volle Wahrheit sein. Er fragte mich, ob ich Kraft genug hätte, eine solche Befragung durchzustehen, zumal ja viele Zuhörer und die Presse mit im Saal seien.«

»Hätten Sie die Kraft gehabt?«, fragte Marie und blickte irritiert auf den Kinderwagen, aus dem sich die kleine Elisa meldete. Marie schob den Wagen mit der linken Hand etwas hin und her, während sie sich wieder ganz auf Sarah Wendel konzentrierte.

»Natürlich hätte ich die Kraft gehabt«, erwiderte Frau Wendel. »Ich wollte Maxim ja helfen.«

»Und was hätten Sie auf die Fragen geantwortet?«, wollte Marie wissen.

»Ich hätte gesagt, dass wir miteinander verkehrten. Durchaus regelmäßig sogar. – Es wäre auch nicht gelogen gewesen«, setzte sie hinzu. »Und natürlich stimmt es, dass sich Maxim immer nach blonden Frauen umschaute«, fuhr sie fort. »Ich überlegte ja schon, ob ich meinen Typ hätte verändern sollen. Er steht nun mal auf Blond. Aber mit dem Umschauen war es dann auch getan. Mehr war nicht. Maxim war ein Redner und Blender. Da kam nichts nach.«

»Und die Antworten auf die anderen Fragen, die Sie gerade aufgezählt haben?«, fragte Marie weiter.

»Ich kenne keine Geschichten Maxims, die sich im Nachhinein als unwahr herausgestellt haben«, berichtete sie weiter. »Er wird mir nie alles erzählt haben, aber ich erinnere mich nicht, dass er mich einmal wirklich angelogen hat. Ich habe auch nie in unserem Haushalt Pornohefte oder so etwas gefunden. Wie gesagt: Maxim war immer ein Redner vor dem Herrn, aber er war völlig harmlos. Er hatte in dieser Hinsicht schlicht eine Störung. – Dr. Trost wollte auch fragen, wie unser Alltag gewöhnlich ablief.«

»Warum haben Sie das nicht vor Gericht ausgesagt?«, fragte Marie wieder.

»Dr. Trost hat letztlich davon abgeraten. Kurz vor dem Verhandlungstag, an dem ich als Zeugin vernommen werden sollte, hat er mir erklärt, dass die Beweislage gegen meinen Mann erdrückend sei und meine Aussage letztlich nur noch als der ebenso hilflose wie verzweifelte Versuch gewertet werden könne, Maxim zu helfen. Ich würde ihm damit mehr schaden als nützen, denn man würde mir keinen Glauben schenken. Da man meine Aussage als Gefälligkeit für Maxim abtun würde, geriete ich sogar selber in schlechtes Licht. Er versicherte mir, dass er mich aussagen ließe, wenn nur eine kleine Chance bestünde, Maxim wirklich helfen zu können. Aber diese Chance sah er nicht. Deshalb haben wir kurz vor meiner Vernehmung vereinbart, dass ich die Aussage unter Berufung auf mein Zeugnisverweigerungsrecht ablehne.«

»Immer wieder Dr. Trost …«, sinnierte Marie.

»Man kommt nicht daran vorbei, dass Maxim dieser Crouchford nachgegangen ist«, sagte Frau Wendel. »Damit war klar, dass mich mein Glaube an Maxim wohl getäuscht hatte.«

»Sie meinen, dass Maxim entgegen seinen bisherigen Gewohnheiten nun erstmals doch aktiv geworden war. – Wenn er aber von der Zeugin in eine Falle gelockt wurde?«

»Wie naiv sind Sie denn?«, fragte Frau Wendel überlegen.

»Ob Maxim die Crouchford oder sie ihn verführt hat, ist doch völlig egal. Entscheidend ist, dass Maxim diese Frau mindestens für einen Moment gewollt hat. Am Ende kam es sowieso nicht darauf an, was ich über Maxim dachte und ob ich ihm nun noch helfen sollte oder wollte. Das einzig Wichtige und allein Entscheidende war doch, dass Maxim diese Flasche in der Hand gehabt hat, mit der er den Rentner getötet hat. Und es gab keine vernünftige Erklärung, wie man um diesen Umstand herumkommen sollte.«

»Sie haben das nicht selbst aufklären wollen, Frau Wendel?«, wunderte sich Marie. »Sie haben Ihren Mann nicht ein einziges Mal im Gefängnis besucht, sondern nur noch die Scheidung betrieben. Also haben Sie ihn nicht einmal persönlich befragt. Ich mag das kaum glauben.«

»Was er im Prozess behauptet hat, weiß ich«, antwortete Frau Wendel kühl. »Aber ich weiß, was im Urteil steht. Ein Oberstaatsanwalt, ein Schwurgericht und selbst der eigene Verteidiger: Alle haben es als bewiesen angesehen, dass es Maxim gewesen ist. Es gibt leider keinen vernünftigen Zweifel an seiner Schuld.«

»Das hört sich sehr akademisch an«, meinte Marie. »Wenn ich Sie richtig verstehe, haben Sie nicht ausgesagt, weil alle schon fest davon überzeugt waren, dass Maxim der Täter war. Dass Sie mit Ihrem Mann kein Wort mehr gesprochen haben, lag daran, dass er die Crouchford begehrt hatte. Das war Ihnen natürlich nicht egal. Deshalb ist das, was Sie in den Scheidungsantrag schreiben ließen, wohl nicht ganz ehrlich. Nicht der vermeintliche Mord brachte bei Ihnen das Fass zum Überlaufen. Es war die Lust Ihres Mannes auf die Crouchford gewesen, die Sie zutiefst gekränkt und verletzt hat. Er war schwach geworden und hatte damit das schöne Bild zerstört, das Sie gerade von ihm gezeichnet haben. Sie bewegen sich auf unterschiedlichen Ebenen, Frau Wendel!«

»Wie gesagt«, wiederholte Frau Wendel. »Es kommt nicht darauf an. Ich hätte Maxim ohnehin nicht helfen können.«

»Wusste Trost davon, dass Sie mit Maxim in einer Art Therapie waren oder eine solche machen wollten?«, fragte Marie.

»Von mir nicht«, antwortete Frau Wendel. »In diese Tiefen drang unser Gespräch erst gar nicht vor. Alles drehte sich um Maxims bekanntes Verhalten an der Schule, die Begegnung Maxims mit der Crouchford, die Faserspuren seiner Kleidung, die man an ihr gefunden hatte, und im Besonderen ging es immer um die Flasche, die Maxims Fingerabdrücke trug.«

Das Geschrei aus dem Kinderwagen war lauter geworden. Elisa forderte ihr Recht ein. Frau Wendel blickte gestresst in den Kinderwagen.

»Aus heutiger Sicht bin ich froh, mit Maxim keine Kinder zu haben«, meinte sie.

Marie stand auf und schob der kleinen Tochter den Schnuller in der Hoffnung in den Mund, Elisa noch für eine Weile beruhigen zu können.

»Ich sehe es anders als Trost«, sagte Marie und setzte sich wieder. »Wundert es Sie nicht, dass Maxim eine Wiederaufnahme anstrebt?«, fragte sie.

»Er wird verzweifelt sein«, antwortete Frau Wendel. »Dr. Trost sagt, nahezu jeder, der zu lebenslanger Haft verurteilt worden sei, versuche so etwas.«

»Wann hat Trost zuletzt mit Ihnen gesprochen?«

Sarah Wendel überlegte.

»Unser letztes Gespräch ist einige Zeit her, vielleicht ein

Jahr oder sogar länger. Maxim wollte ja von Anfang an diese Wiederaufnahme.«

»Und die letzte Frage, die Trost stellen wollte«, insistierte Marie. »Die Frage, wie Ihr gewöhnlicher Alltag in der Ehe ablief. Wie hätten Sie diese Frage beantwortet?«

»So normal und geregelt, wie man es sich kaum vorstellen mag«, antwortete Sarah Wendel und lächelte gelöst. »Maxim und ich waren aus der Sicht anderer bestimmt die Langweiler schlechthin. Alles war geregelt, fast sogar wie nach einem Fahrplan gestaltet. Verlässlichkeit war unser Grundprinzip. Jede Ehe funktioniert nach ihrem eigenen Plan. So war das auch bei uns. Bis auf Maxims merkwürdigen Tick. – Erklären Sie mal, dass ein Mann, der sich selbst gern als Lebemann und Draufgänger präsentiert, zu Hause der Spießer schlechthin ist«, sagte Frau Wendel. »Ein Mann, dessen Tagesablauf ausschließlich durch Rituale bestimmt ist, angefangen mit dem, was er wann zum Frühstück isst, wo genau er sein Auto an der Haltestelle abstellt, um mit der stets gleichen Bahn zur Schule zu fahren. Dass er in der Bahn ausschließlich seinen Sitzplatz in Fahrtrichtung auf der linken Seite wählt, was keinen Grund hat, sondern nur Marotte ist. Dass er in der Schule das von zu Hause mitgebrachte Obst – stets zwei Äpfel, jeweils sauber geviertelt – ausschließlich in der ersten Schulpause isst. Dass er nach der Rückkehr aus der Schule exakt 20 Minuten schläft, bevor er den Unterricht nach- oder vorbereitet. Ein Mann, der stets zur selben Zeit über dieselbe Strecke joggt, der täglich pünktlich zur Tagesschau auf dem Sofa sitzt, um fernzusehen. Aber ich kritisiere das nicht, Frau Schwarz. Ich bin in gleicher Weise festgefahren. Aber das ist nichts Schlechtes. Rituale tun gut. Unser ganzes Jahr war durchstrukturiert. Zu Ostern stets nach Sylt, im Sommer stets nach Kärnten, in den Herbstferien gab es einwöchige Städtereisen. Mal Rom, mal Wien, mal München. Die großen europäischen Metropolen, nicht irgendeine Stadt in Übersee. So etwas gefiel uns nicht. Gemütlich sollte es sein, heimelig. Haben Sie mal an einem lauen Herbstabend in Grinzing den Heurigen probiert? – Oder im weichen Abendlicht auf einer der Piazzen in Rom gesessen? – Was einem guttut, soll man wiederholen, Frau Schwarz. Maxim und ich fühlten uns gut. Man muss nicht immer auf Überraschungen aus sein.«

»Sie haben sich aber gerade überraschen lassen«, meinte Marie und deutete auf den Abfalleimer mit Präsentschleife und Luftballonen.

»Gewinnspiele sind schön«, fand Frau Wendel. »Maxim und ich haben bei fast jedem Spiel mitgemacht. Wir haben auch immer Lotto gespielt, aber da gewinnt man fast nie etwas. Es ist besser, bei Preisausschreiben von Firmen und Ähnlichem mitzumachen. Die Chance, dort etwas zu gewinnen, ist gar nicht so gering. Man kommt manchmal ganz schnell an wertvolle Preise. Wir hatten in unserer kurzen Ehe eine Reise nach Griechenland beim Preisausschreiben eines Supermarktes und im Gartencenter ›FlorOrbi‹ mit einem Glückslos anlässlich des zehnjährigen Firmenjubiläums einmal einen bereits gut herangewachsenen Birnbaum für unseren Garten gewonnen.«

»Was ist die Bilanz?«, fragte Marie. »Die Bilanz Ihrer Ehe?«

»Nach den Beweisen, die gegen Maxim sprechen, muss ich mich in ihm geirrt haben«, antwortete sie. »Ich glaube, dass wir uns tatsächlich noch nicht genau genug kannten.«

Marie stand auf.

»Ich gehe kurz in das Lokal, um zu sehen, ob ich die Kleine im Toilettenraum wickeln kann. Seien Sie doch bitte so freundlich und setzen Sie sich auf meinen Platz, Frau Wendel! Bitte lassen Sie das Kind nicht aus den Augen!«

»Ihre Tochter, natürlich!«

Frau Wendel sprang förmlich auf. Jetzt, wo sie etwas Alltägliches, ja Banales, tun sollte, wirkte sie wieder so hastig wie zu Beginn des Gesprächs. Marie vergewisserte sich, dass Frau Wendel Elisas Kinderwagen festhielt. Dann eilte sie in das Lokal.

Der Mann vom Nebentisch, der mit dem Rücken zu Marie gesessen hatte, stand auf, drehte sich um, trat näher und beugte sich über den Kinderwagen.

»Ein niedliches Kind haben Sie«, sagte er verzückt und berührte mit der rechten Hand Elisas Wange.

»Es ist nicht mein Kind«, sagte Frau Wendel irritiert und zog den Wagen näher zu sich heran.

»Aber es sieht Ihnen ähnlich«, meinte der Mann. »Ein schlankes Gesichtchen, so wie Sie«, sagte er und streichelte über Elisas Stirn. »Dunkle Haare, so wie Sie.«

»Bitte nicht!«, bat Frau Wendel. »Ich glaube nicht, dass das der Mutter recht wäre.«

»Jeder Mutter ist es recht, wenn das eigene Kind gemocht wird«, sagte der Mann und rückte seine große Sonnenbrille zurecht. »Schauen Sie nur in dieses sanfte Gesicht. Babys sind wie kleine Engel. Wenn wir Menschen nur so unschuldig blieben, wie die Babys sind.«

Er beugte sich tiefer in den Kinderwagen.

»Nicht!«, rief Frau Wendel. Sie blickte sich hektisch nach Marie um, die gerade aus dem Lokal kam und zu laufen begann.

»Was machen Sie denn da?«, schrie sie und zog den Mann vom Kinderwagen weg. »Ich will nicht, dass Sie mein Kind anfassen.«

Der Mann wich zurück und hob lächelnd seine Hände. Das Sonnenlicht spiegelte sich auf den Gläsern seiner Brille. »Das Glück ist flüchtig. Man sollte es genießen, so lange es einem treu bleibt.«

»Was soll das? Ich verstehe Sie nicht«, erwiderte Marie schroff und beugte sich über ihr Kind.

»Mea culpa«, antwortete der Mann und verneigte sich etwas. »Entschuldigen Sie! Es war eine unglückliche Begegnung.«

Er wandte sich um und entfernte sich eilig. Marie sah ihm nach, wie er über den Alten Markt davonstrebte.

»Er war auf einmal da, gerade, als Sie gegangen waren«, stammelte Frau Wendel. »Wenn ich mich nicht täusche, saß er die ganze Zeit am Nebentisch hinter Ihnen. Ich habe ihn allerdings auch nur von hinten gesehen.«

»Der Typ ist unheimlich. Was wollte er von Elisa, Frau Wendel?«

»Nichts. Er hat nur das Baby bewundert. Es war sonst nichts.«

»Warum kommt er ausgerechnet, als ich fortgegangen war?«, fragte Marie gereizt.

»Ich weiß es nicht!« Frau Wendel stiegen Tränen in die Augen. »Ich habe es falsch gemacht. Ich hätte ihn nicht an den Wagen lassen sollen.«

»Ist schon gut«, beruhigte Marie. Sie blickte über den Platz. Der Mann war verschwunden.

16

»Ein Tisch für vier Personen bitte«, antwortete Trost auf Nachfrage des Kellners.

»Erwarten wir noch jemanden?«, staunte Stephan.

Trost schwieg vielsagend und folgte dem Kellner. Sie wurden an einen Ecktisch gebeten und nahmen Platz. Trost ließ den Blick durch das Gewölbe schweifen.

»Wir sind in Auerbachs Keller, lieber Kollege Knobel. Sie wissen, was man über Jahrhunderte zu sagen pflegte?«

»Nein. Was sagte man?«

»Wer nach Leipzig zur Messe gereist, ohne auf Auerbachs Hof zu gehen, der schweige still, denn das beweist: Er hat Leipzig nicht gesehen.« Trost schmunzelte. »Aber Ihnen sagt dieses Lokal schon etwas, Herr Knobel?«

»Seit dem Deutschunterricht in der Schule«, nickte Stephan. »1765 hat Goethe sein Studium in Leipzig begonnen. Seine Besuche in Auerbachs Keller und besonders die beiden alten Faust-Bilder inspirierten ihn zu seiner Faustdichtung.«

»Donnerwetter!«, staunte Trost und verzog anerkennend seine Mundwinkel.

»Allgemeinwissen«, kommentierte Stephan gelassen und verschwieg, dass er dies gerade in einer Außenvitrine des Restaurants gelesen hatte, als Trost vor dem Lokal noch ein kurzes Handytelefonat mit seiner Tochter Delia geführt hatte.

Trost orderte die Speisen- und Getränkekarte und bedeutete Stephan, sich eingeladen zu fühlen.

»Mögen Sie Faust?«, fragte Trost, ohne von der Karte aufzublicken.

»Ich mochte Faust zu Schulzeiten sehr, aber dann habe ich den Kontakt dazu verloren. Wahrscheinlich geht es vielen so.«

»Eine geschmelzte Leipziger Kartoffelsuppe vorweg – und dann eine sächsische Bauernpfanne«, entschied Trost. »Was nehmen Sie? Ich kann die sächsischen Spezialitäten nur empfehlen. Allerdings nehme ich dazu kein Bier, sondern bleibe auch hier lieber beim Wein. Zu deftig soll es denn auch nicht sein. Ich schlage einen Grauburgunder vor.«

»Gern«, antwortete Stephan. »Ich folge auch beim Essen Ihrer Empfehlung.«

Trost winkte den Kellner herbei und gab die Bestellung auf.

»Es folgen noch zwei Herrschaften nach?«, fragte er dienstbeflissen.

»Die beiden werden nicht essen, sondern nur etwas trinken«, antwortete Trost verschmitzt. »Stellen Sie auf die beiden Plätze noch Weingläser«, bat er.

Der Kellner nickte und räumte die Gedecke auf den beiden leeren Plätzen ab.

»Denken Sie sich zwei Personen in unserer kleinen Runde hinzu«, antwortete Trost auf Stephans fragenden Blick. »Wir hätten keinen treffenderen Platz finden können als dieses uralte Lokal. – Nehmen wir an, ich wäre Fausts Mephisto, lieber Herr Knobel. Wer sollte dann als mein Gegenpart noch an diesen Tisch?«

Stephan stutzte.

»Sie wollen nicht ernsthaft so etwas wie ›Dinner for one‹ spielen?«

»Sie müssen mitspielen, wenn Sie wissender werden wollen«, antwortete Trost. »Also zieren Sie sich nicht!«

»Gretchen, vielleicht«, überlegte Stephan.

»Natürlich Gretchen«, sagte Trost mit Nachdruck. »Haben Sie Gretchen noch in Erinnerung? Gretchen verkörpert die Reinheit, die absolute Liebe, glaubt an Gott und lebt ihre Ideale. Wer fällt Ihnen als passendes Gretchen ein?«

Stephan fiel niemand ein. Er wollte kein Spiel.

»Ich denke da an Ihre Marie«, sagte Trost und nahm Stephan auffallend ernst ins Visier.

»Ein hinkender Vergleich«, meinte Stephan. »Marie ist weder die Verkörperung des Reinen noch ist sie gottesfürchtig. Ich glaube, sie ist eher Atheistin.«

»Seien Sie gelassener«, beschwichtigte Trost. »Mir jedenfalls gefällt das Gegensatzpaar Mephisto und Gretchen, und ich finde, dass ich die Rolle des Teufels ebenso gut einnehmen kann wie Ihre Marie diejenige meines Gegenparts.«

Der Grauburgunder wurde gereicht. Trost bat, auch auf die beiden leeren Plätze jeweils ein gefülltes Glas zu stellen.

»Ihre Marie sitzt gedanklich mit am Tisch«, sagte Trost, nachdem der Kellner wieder gegangen war. »Gönnen Sie mir doch die Freude, Marie mit der Gretchenrolle zu besetzen.«

»Und der vierte Platz?«, fragte Stephan.

»Kommen wir erst zu Ihnen«, unterbrach Trost. »Sie sind in gewisser Weise Faust. Sie sind neugierig, wohlwollend und manchmal nur so etwas wie ein Gast.«

»Gast?«, fragte Stephan verwundert.

»Sie halten sich zurück, Herr Knobel. Es fällt mir immer wieder auf. Sie stehen nicht gern im ersten Glied. Fast hätte ich darauf wetten können, dass Sie das gleiche Essen auswählen wie ich. Sie setzen sichtbar kaum eigene Akzente. Aber Sie sind ein schlauer Fuchs. Sie forschen und erforschen. Das gefällt mir sehr. Ich habe es bereits mehrfach gesagt.«

»Die Rolle des Teufels passt nicht zu Ihnen, Dr. Trost«, meinte Stephan.

»Vielleicht werden Sie einmal anders darüber denken. Aber Sie wissen, dass der Mephisto häufig nur das Gute schafft. Und das ist doch wirklich sehr versöhnlich.«

Trost hob das Glas, betrachtete einen Augenblick versonnen den goldglänzenden Wein, stieß mit Stephan an und nahm einen Schluck.

»Haben Sie schon mit Ihrer Marie telefoniert?«

»Ja, nach unserer Ankunft im Hotel«, antwortete Stephan.

»Nein, ich meine, nach unserem Besuch vor dem geheimnisvollen Haus. Ihre Marie wird all dies hinterfragen.« Er stellte das Weinglas ab. »Sie wird nämlich nicht glauben, dass mir dieses Haus unbekannt war. Denken Sie daran: Alljährlich Ende Januar besuche ich eine Tagung im Bundesverwaltungsgericht. Also liegt es nahe, dass ich bei einer dieser Gelegenheiten mal einen knappen Kilometer weiter gegangen bin, um mir dieses Haus anzuschauen, dessen Adresse mir Oberstaatsanwalt Kreimeyer mitgeteilt hatte. – Klipp und klar: Ich kannte das Haus nicht, Herr Knobel. Ich schwöre es.« Er sah Stephan abschätzend an. »Natürlich weiß ich auch, dass Ihre Marie mich hinterfragt. Sie mag mich nicht. Ich spüre es. Alle kritischen Fragen stammen von Ihrer Marie.«

»Sie haben einmal gesagt, sie zu mögen, Herr Dr. Trost.«

»Nein«, widersprach Trost. »Ich habe gesagt, sie sei sehr attraktiv. Und ich habe – freilich aus meiner Sicht schmeichelnd – gesagt, dass sie sehr angenehm sei. Das ist etwas anderes.«

Stephan mied, Trost ins Gesicht zu sehen.

»Es ist doch völlig in Ordnung, dass diese Fragen gestellt werden, Herr Knobel. Seien Sie froh, dass Ihre Marie so ist, wie sie ist. Sie ist ein kritischer Geist.«

»Also doch kein Gretchen«, warf Stephan ein.

»Aber ein Mensch voller Ideale«, korrigierte Trost. »Nur darum geht es. Belassen Sie Marie in der Gretchenrolle. Ich möchte nur ein paar Kategorien schaffen. Sie wissen, dass ich eigenen Idealen folge und in mancher Hinsicht ganz feste Vorstellungen habe. Ich bin mir sicher, dass ich früher Ihrer Marie charakterlich ganz ähnlich war. Viele Menschen fangen einmal ganz rein an. Aber mit der Zeit verändern sich Einstellungen und Ideale. Die gemachten Erfahrungen rücken den Menschen und seine eigenen Bilder zurecht. Das ist der Lauf der Dinge, und es ist nicht unwahrscheinlich, dass Ihre Marie – oder auch Sie, Herr Knobel – mit zunehmendem Alter einmal anders denken und vieles anders beurteilen werden. Sie erinnern sich, dass ich Sie auf einen Eintritt in meine Praxis angesprochen habe. Ich erwarte jetzt noch keine Antwort, doch gleichzeitig gehe ich schon einen Schritt weiter. Sie können meine Praxis ohne jeden finanziellen Ausgleich übernehmen, wenn ich ausscheide. Es ist nur eine Bedingung daran geknüpft.«

Trost machte eine bedeutungsvolle Pause.

»Nehmen Sie meine Tochter Delia mit ins Boot«, forderte er. »Sie ist mit dem frühen Tod ihrer Mutter nie zurechtgekommen. Abgesehen von der irrigen Annahme, ihr die Mutter ersetzen zu können, habe ich Delia nach dem Schulabschluss in das Jurastudium gedrängt. Viele Väter machen den Fehler, ihre Kinder in die eigenen Fußstapfen drängen zu wollen. Heute weiß ich, dass dies ein Fehler war, denn ich habe nicht darauf geschaut, ob dieses Studium oder die daraus folgenden Berufe überhaupt Delias Neigungen entsprechen. Delia ist ihrer Mutter sehr ähnlich. Sie ist sensibel, eher künstlerisch veranlagt, häufig träumend. Kurzum, sie ist ein Mensch, der mit dem, was unseren Beruf ausmacht, recht wenig anfangen kann. Delia steht kurz vor ihrem ersten Examen. Sie hat überlange studiert und zwei Repetitorien absolviert, aber es ist reine Illusion, ein besseres als ein ausreichendes Examen erwarten zu wollen. Juristerei ist nicht Delias Ding. Sie hat sich für dieses Studium allein mir zuliebe entschieden. Seit geraumer Zeit predige ich, sie solle das Studium aufgeben und lieber das machen, was ihr Freude bereitet, aber das tut sie nicht, weil sie nicht daran glaubt, dass ich das ernst meine. Sie denkt, dass ich ihr diesen Rat aus purer Enttäuschung über sie gebe.«

»Vielleicht sollten Sie nicht predigen«, meinte Stephan und dachte auch daran, dass sich Trost gern in Monologen erging.

»Ja, ich habe immer gepredigt«, bedauerte Trost, »und all das ist an meiner Tochter nicht spurlos vorbeigegangen. Sie leidet unter Magersucht, und die Psychologin ist sich sicher, dass der maßgebliche Grund dafür in dem Leistungsdruck liegt, den sich Delia selbst auferlegt. Sie befindet sich in einem Teufelskreis. Sie will gegen sich selbst anarbeiten, und je mehr sie das versucht, desto mehr stößt sie an ihre Grenzen. Sie wissen selbst, Herr Knobel, dass heutzutage das bloße Bestehen der juristischen Examina gar nichts bedeutet. Es gibt kaum einen Beruf, bei dem die Relation zwischen Dauer und Schwere der Ausbildung zum Ertrag so fragwürdig ist wie in unserer Zunft. Aber all das Jammern hilft jetzt nicht. Wenn also Delia weiterhin Juristin sein will, obwohl sie sich innerlich dagegen sperrt, wird sie keine erfolgversprechende Karriere machen können. Mehr noch: Sie wird überhaupt keine Stelle finden.«

Trost hob abwehrend die Hand, bevor Stephan den erwarteten Einwand anbringen konnte.

»Sie sollen nicht durch meine Tochter belastet sein«, erklärte er weiter. »Delia soll nur etwas arbeiten können, wenn sie es will. Sie soll eine Kanzleiadresse haben, unter der sie sich versuchen kann. Finanziell brauchen Sie sich nicht um Delia zu kümmern. Ich werde ein Konto einrichten und füllen, von dem sie bezahlt werden kann. Sie werden meine Tochter nicht beanspruchen oder mit Fällen betrauen müssen, denen sie nicht gewachsen ist. Sie soll nur eine Chance haben, sich in diesem Beruf zu versuchen, wenn sie ihn gegen meinen heutigen Rat ausüben will. Ich bin mir sicher, dass sie es nach wie vor nur mir zuliebe tut. Aber das ist ein großer Fehler. Ich bin kein Vorbild. – Sehen Sie, jetzt ich bin doch der Mephisto!«

»Hört sich eher so an, als regelten Sie Ihren Nachlass«, sagte Stephan und pustete vorsichtig in die dampfende geschmelzte Leipziger Kartoffelsuppe, die soeben serviert worden war.

»Ich habe zulange alles nur aus meiner Perspektive gesehen«, räumte Trost ein. »Heute muss ich erkennen, dass ich, obwohl ich das Beste wollte, meiner Tochter im Ergebnis nur geschadet habe. Also geht es darum, einen Weg zu finden, wie ich ihr helfen kann. Vielleicht wird sie sich aus der Juristerei lösen, wenn ich nicht mehr bin. Ich will Delia nur abgesichert sehen. Insofern ist es vielleicht wirklich eine Nachlassregelung, da haben Sie recht. Ich hoffe, Sie verstehen mich.«

»Ich muss darüber nachdenken«, sagte Stephan.

»Das müssen Sie in der Tat. Aber es dürfte für Sie ein gutes Geschäft sein. Denken Sie an die Werte, die ich in Ihre Hände lege. Sie bekommen eine Kanzlei mit Substanz. Kein faules Ei, in dem die angehäuften Fälle nur Scheinakten sind. Allerdings sollten Sie sich in das Strafrecht einarbeiten. Sie bekommen von mir den Einstieg. Ich bin ja noch da. Also werde ich Ihr Lehrer sein. Jeder muss wissen, wann der eigene Zenit überschritten ist. Bei mir ist es soweit. Ich spüre es. Der Fall Wendel zeigt mir, dass ich vielleicht falsch gelegen habe. Ein solches Gefühl kannte ich bisher nie. Wenn man dieses Gefühl bekommt, wird es Zeit für einen selbst. Ich bin da ganz leidenschaftslos, Herr Knobel.«

»Also sitzen außer uns noch Marie und Ihre Tochter am Tisch«, schloss Stephan.

»Genau!«

»Wenn Sie Mephisto, Marie das Gretchen und ich Faust bin: Welche Rolle hat dann Ihre Tochter?«

Trost lächelte weise.

»Sehen Sie, das ist typisch. Delia hat noch gar keine Rolle. Um im Bild zu bleiben, wäre sie am besten die gute Tochter des Teufels. Aber das geht ja nicht. Delia braucht ihren Platz im Leben. Und ich habe begriffen, dass ich sie nicht dirigieren darf. Sie muss gesund werden können. Sie muss befreit sein. Der Platz in der Kanzlei soll nur eine Option sein. Ich wäre mehr als glücklich, wenn sie etwas anderes machen würde. – Lassen Sie uns anstoßen, Herr Knobel, und zwar mit allen vier Gläsern, und in der Hoffnung, dass wir demnächst leibhaftig alle vier zusammen das Glas erheben können. Ihre Marie, meine Delia, Sie und ich.«

Er wischte sich eine Träne aus dem Auge.

»Leibhaftig – wieder so ein teuflischer Begriff!« Er lachte. »Ich biete Ihnen jetzt das Du an, lieber Knobel«, sagte er unvermittelt. »Mein Name ist Gereon. Dieser Moment kennzeichnet eine Wende. Du wirst ihn in Erinnerung behalten.«

»Stephan«, antwortete Knobel überrascht und nachdenklich.

Dann stießen sie an.

Sie tranken viel an diesem Abend. Stephan leerte stets noch das für Marie bestimmte Glas, Gereon Trost das seiner Tochter. Kurz vor Mitternacht verließen sie Auerbachs Keller, nachdem Trost die gesamte Zeche bezahlt und ein großzügiges Trinkgeld gegeben hatte.

»In kleinen Dingen muss man großzügig sein«, belehrte er, schwankte durch das Gewölbe des großen Kellers und tastete sich die Stufen nach oben. Stephan folgte ihm, trotz seiner Trunkenheit in den Gedanken eigentümlich klar und distanziert. Es war, als hätten ihn dieser launige Abend und Trosts Vorstoß auf das private Terrain vorsichtiger werden lassen. Er wusste nicht, ob dessen Spiel, Marie und Delia gedanklich mit am Tisch sitzen zu lassen, nicht kalkuliert dem Zweck diente, den Alkoholkonsum zu steigern und Stephan in weinseliger Stimmung die Zustimmung abzuringen, für Delias Zukunft zu sorgen.

Ungeachtet seines unsicheren Gangs blieb Trost in Wort und Tat auf Stil und Form bedacht. Am oberen Ende der Treppe angekommen, wandte er sich zu Stephan um, verneigte sich und bekannte: »Es bleibt etwas nachzutragen«, sagte er langsam und schmunzelte. »So, wie du dein scheinbar gekonnt repetiertes Wissen über Goethes Aufenthalt in Leipzig schlicht dieser Vitrine entnommen hast«, wobei er mit einem Kopfnicken auf den Schaukasten von Auerbachs Keller wies, »so habe ich meinen geistreichen Spruch über dieses Lokal natürlich ebenso abgekupfert. Er steht nämlich rechts oberhalb der Speisekarte.«

Er lachte wie ein kleines Kind und hielt sich den Bauch.

»Das war vor rund fünf Stunden, und da meinten wir noch, uns etwas vormachen zu müssen.« Er hielt inne und atmete tief durch. Der Alkoholgenuss belastete sein Herz.

»Jetzt sind wir Freunde und können die Masken fallen

lassen.« Er zog an seiner Nase, als würde er eine Folie von seinem Gesicht ziehen. »Der Mephisto ist jetzt zum guten Menschen geworden.«

Gereon Trost hob die rechte Hand wie zum Schwur, dann ließ er sie langsam sinken und reichte sie Stephan. Schweigend gingen sie nebeneinander ins Hotel zurück.

17

Maries Anruf weckte Stephan gegen zwei Uhr nachts aus seinem tiefen und dennoch unruhigen Schlaf.

»Hast du gerade auf unserem Festnetz angerufen?«, fragte sie, nachdem er sich träge gemeldet und ihrem knappen Satz entnommen hatte, dass sie böse auf ihn war, weil er sich bei ihr nicht mehr gemeldet hatte.

»Nein, ich habe nicht angerufen«, sagte er, so klar es ihm möglich war.

»Es hatte jemand kurz nach Mitternacht hier angerufen und vor rund zehn Minuten schon wieder«, sagte sie. »Immer, als ich mich meldete, hing der Anrufer ein. Elisa ist natürlich auch wach geworden und schreit. Es ist furchtbar.«

»Warum sollte ich mich nicht melden, wenn ich dich anrufe?«, fragte Stephan wie beiläufig. »Das macht doch keinen Sinn.«

»Ich weiß es nicht, vielleicht wegen einer technischen Störung.«

»Bei mir ist alles in Ordnung. Ich war noch mit Gereon unterwegs. Wir haben gut gegessen.«

»Und reichlich getrunken«, vermutete Marie.

Stephan antwortete nicht. Marie wusste, dass er gern und reichlich Wein trank, wenn sich die Gelegenheit bot.

»Gereon?«, vergewisserte sich Marie. »Seid ihr jetzt das Paar Gereon und Stephan?«

Er schwieg weiter.

»Dann hat er dich ja in Besitz genommen«, stellte Marie fest. »So einfach erschließt sich der Sinn der Reise.«

»Marie ...«, wandte er ein und verstummte wieder. Er würde ihr jetzt nicht erzählen können, dass Trost die dubiose Villa angeblich nicht kannte, dass er sich als Mephisto und Marie als Gretchen bezeichnet hatte. Erst recht würde er ihr jetzt nichts über Gereons Angebot und noch weniger über dessen Bedingung sagen können.

»Ich war jedenfalls nicht der Anrufer«, sagte er.

»Das ist merkwürdig«, sagte sie leise. »Als ich mich mit Sarah Wendel getroffen habe, interessierte sich ein Typ in auffälliger Weise für Elisa in ihrem Kinderwagen. Er war mir unheimlich.«

»Aber er hat ihr nichts getan?«, vergewisserte sich Stephan.

»Nein, aber er war sehr penetrant.«

»Woher soll er unsere Telefonnummer kennen? – Es wird einfach ein dummer Zufall sein. Manchmal baut sich die Angst ihre eigenen Geschichten zusammen.«

»Du kommst morgen bestimmt nach Hause?«

»Natürlich, der Zug fährt gegen halb zehn. Am frühen Nachmittag bin ich da. Mach dir keine Sorgen. Schau nach, dass alle Fenster und Türen verschlossen sind. Und nimm das Handy mit ans Bett! Ich lege meins auch direkt neben mich auf den Nachttisch.«

»Heute ist ein Brief von Maxim Wendel hier eingetroffen«, sagte Marie. »Ich habe ihn geöffnet. Er ist unzufrieden und beklagt sich, dass er nichts von dir hört. Und er fragt, ob du in regem Kontakt zu Trost stehst. Er will wissen, ob dich dein Gereon inzwischen davon überzeugt hat, aufzugeben. Was willst du ihm antworten?«

18

Auf der Rückfahrt von Leipzig hatte Trost vorgeschlagen, sich nun auf die Flasche zu konzentrieren, mit dem Maxim Wendel den Rentner erschlagen haben sollte. Die Flasche sei noch wichtiger als die mysteriöse Michelle Crouchford, befand er nach längerem Überlegen. Stephan griff Trosts engagierten Vorschlag dankbar auf. Außerdem kam er mit ihm überein, dass Trost ihn bei seinem nächsten Besuch Maxim Wendels in der Justizvollzugsanstalt in Werl begleiten solle. Die Fahrt nach Leipzig hatte also etwas Greifbares erbracht, was den Fall Maxim Wendel weiter nach vorn zu bringen versprach und seinem Mandanten Hoffnung machen konnte. Trosts Vorstoß half, Maries Bedenken zu relativieren, wonach Maxim Wendels früherer Verteidiger möglicherweise gegen dessen Interessen gehandelt haben könnte.

»Allein der Umstand, dass er jetzt mit mir nach vorn marschiert, zeigt, dass er seine Versäumnisse in diesem Fall korrigieren will«, erklärte Stephan nach seiner Rückkehr. »Warum sollte er das sonst tun? Denk daran, dass er zu Anfang einer Wiederaufnahme des Verfahrens skeptisch gegenüberstand. Es ist uns gelungen, seine Ansicht zu erschüttern. Er überprüft alles und ist zerknirscht, dass er auf manche Dinge nicht vornherein selbst gekommen ist. Jetzt erkennt er die sich aufdrängenden Fragen. Ich bin ganz sicher! Er marschiert mit uns, Marie!«

Sie lächelte süffisant.

»Ich bin mir nicht so sicher, wer hier mit wem marschiert …«

Marie berichtete Stephan von ihrem Treffen mit Sarah Wendel, von ihrer Art, sich zu geben, ihrer nach wie vor rätselhaften Beziehung zu Maxim und von den Umständen, unter denen sie sich kennengelernt hatten bis hin zur gemeinsamen Lust der Wendels an Preisausschreiben und zählte auf, wo sie welche Gewinne erzielt hatten.

»Sie lebten in einer sehr biederen Welt«, fasste sie zusammen, bevor sie den ihr wichtigsten Punkt hervorhob: »Staune bitte nicht darüber, dass dein Gereon letztlich Sarah Wendel davon abgehalten hat, für ihren Mann eine Aussage zu tätigen, die von besonderer Wichtigkeit gewesen sein dürfte«, sagte sie mit provokantem Unterton. »Diese Aussage hätte nämlich unter anderem dazu führen können, dem Schulleiter des Nordstadt-Gymnasiums genauer auf den Zahn zu fühlen. Vielleicht waren es eher Gerüchte als Fakten, wonach Wendel an der Schule den Mädchen nachgestellt haben soll.«

»Er war auf jeden Fall ein Anmacher, das steht fest«, winkte Stephan ab. »Aber ich glaube, dass der Schulleiter im Moment nicht wichtig ist. Es ist jetzt auch nicht wichtig, warum Maxim Wendel diesem Trieb nachging, überall wie ein Aufschneider und Frauenfänger auftreten zu müssen.

Diese Fragen in der einen oder anderen Weise beantworten zu können, führt nicht zum Kern der Sache.«

Marie wollte protestieren, doch Stephan unterbrach sie.

»Da ist etwas anderes, Marie. Wenn Frau Wendel sagt, dass sie und ihr Mann im Gartencenter ›FlorOrbi‹ einen Birnbaum gewonnen haben, dann gibt es vielleicht eine Querverbindung zur Gruppe der ›Zehn‹. Denn eines der Mitglieder ist ein Mann namens Böhringer. Ich weiß, dass auf der Namensliste, die an jenem Abend im Umlauf war, hinter diesem Namen das Gartencenter eingetragen war. Soweit ich mich erinnere, ist er Inhaber dieser Kette.«

»Bist du sicher?«, fragte Marie.

Stephan nickte.

»Ganz sicher. Ich weiß noch, dass ich fragen wollte, ob dieses Gartencenter für den üppigen Blumenschmuck gesorgt hatte, der sich auf dem Tisch befand, an dem wir saßen. Es war eine dieser Fragen, die man stellt, wenn man nicht weiß, was man fragen oder sagen soll, sich aber irgendwie beteiligen will. Ich kam auf diese Frage nur, weil ich den Namen des Gartencenters in der Liste gesehen hatte. Gestellt habe ich die Frage dann nicht, weil sich irgendwie ein Gespräch mit Traunhof ergab.«

»Das Gartencenter hat etwa zehn Filialen in der näheren und weiteren Umgebung. Fast jeder ist dort Kunde. Das muss nichts heißen«, meinte Marie.

»Dass du bei deinen Zweifeln ausgerechnet hier an einen Zufall glaubst, wundert mich.«

19

Am nächsten Montag begleitete Marie Stephan ins Büro, wie sie es während der Schulferien, die in der letzten Woche begonnen hatten, häufiger tat. Stephan konnte dann stundenweise auf Elisa aufpassen, wenn er keine anderen Verpflichtungen hatte. Marie nutzte diese Zeit für Besorgungen oder einfach zum Bummeln. Als sie an diesem Montagmorgen das Kanzleigebäude erreichten, begegnete ihnen Hubert Löffke, der mit rot angelaufenem Gesicht gerade aus Knobels Büro gekommen war.

»Ich suche Sie schon, Herr Knobel, wo stecken Sie denn?«

Noch bevor Stephan antworten konnte, strebte Löffke wieder nach oben und verharrte ungeduldig in Knobels Büro, bis ihm Marie und Stephan gefolgt waren. Dann schaltete er ungefragt Stephans Computer ein und wartete, bis Marie die Tragetasche, in der Elisa schlief, behutsam in einer schattigen Ecke des von der hellen Morgensonne durch die Dachfenster durchfluteten Büros abgestellt hatte. Jetzt platzte es aus ihm heraus:

»Sie erinnern sich an das Werbevideo, das ich vor einigen Tagen drehen ließ?«

Stephan wusste sofort, was Löffke meinte, doch er tat, als müsse er überlegen, bevor er nickte. »Sie meinen Ihren Kampf gegen die Unbilden der Natur?« Stephan musste ein Lachen unterdrücken.

»Machen Sie sich nicht darüber lustig, Knobel, es war eigentlich eine gute Idee.«

»Was heißt eigentlich?«, fragte Stephan süffisant.

»Es ist ein gewaltiger Fehler darin«, dröhnte Löffke. »Der

Gipfel ist, dass die Produktionsfirma für diesen Schrott auch noch Geld haben will. Der Geschäftsführer dieser Truppe sitzt unten in meinem Büro und will nicht eher gehen, bis er seine Kohle hat. Ich brauche Ihre Hilfe, Knobel. Gehen Sie die Sache nüchtern und juristisch an. Das können Sie doch! Reden Sie ihm das aus! Wenn ich mit dieser Gestalt weiter diskutieren soll, platzt mir der Kragen.«

»Worum geht es denn genau?«

»Geben Sie meinen Namen in den Computer ein«, forderte Löffke. »Jede Suchmaschine wird Sie sofort auf das Video leiten.«

Stephan tat, was der andere wünschte, und kurze Zeit später erschien Hubert Löffke mit der Fülle seines Körpers, eingehüllt in seine schwarze Anwaltsrobe, auf dem Bildschirm. Der Wind blies ihm ins Gesicht, das Segel des Bootes wölbte sich prall und Löffkes Haare wehten stramm nach hinten. Marie war hinter Stephan getreten, der sich vor den Computer gesetzt hatte, und amüsierte sich still.

Einige Sekunden später schrie Hubert Löffke gegen den Wind die einstudierten Worte: »Vor Gericht und auf hoher See, so sagt man, bist du mit Gott allein. Drum lass einen Anwalt von Format deine Hilfe sein …«

Am Ende der Szene hob Löffke die rechte Hand zum Victory-Zeichen, dann endete das Video.

Stephan biss sich auf die Lippen.

»Lachen Sie bloß, Knobel, das passt zu Ihnen! Dieser Mist soll 4.500 € kosten.«

»Das tut mir aufrichtig leid«, bedauerte Stephan und gluckste.

»Jetzt schauen Sie doch mal genauer hin, Knobel, es muss Ihnen doch auffallen, was ich meine. Soll ich Ihnen das Video nochmals vorspielen?«

»Das ist wirklich auf dem Phönix-See gedreht worden?«, fragte Marie.

»Ja. – Verdammt, Ihnen muss doch etwas auffallen!«

Löffke startete das Werbevideo erneut. Kurz nachdem Löffke seinen Spruch aufgesagt hatte, hielt Löffke das Video an. Das Standbild zeigte den mit verzerrtem Gesicht und zur Fratze erstarrten, sich gegen den Wind stemmenden Löffke. Das aufgeblähte weiße Segel und Löffkes schwarze Robe kontrastierten in interessanter Weise.

»Es muss heißen: Vor Gericht und auf kleinem See statt vor Gericht und auf hoher See«, feixte Stephan.

»Sie sind wie immer ein Arschloch, Herr Knobel, wenn Sie nur eine kleine Chance wittern, sich über andere lustig machen zu können.«

»Nur, weil Sie mir eine solche Gelegenheit bieten«, korrigierte Stephan. »Ernsthaft: Was meinen Sie denn?«

Hubert Löffke schüttelte verzweifelt den Kopf.

»Schauen Sie doch mal auf den Hintergrund! Sie sehen dort das andere Seeufer und darauf das Gebäude, in dessen Erdgeschoss sich das Lokal Fénix befindet. Es ist schon grauenhaft, überhaupt ein Gebäude im Hintergrund sehen zu müssen. Und was sehen Sie davor?«

Stephan schaute näher hin.

»Da sitzen Leute«, stellte er fest.

»Da sitzen Leute«, wiederholte Löffke gedehnt. »In der Tat: Dort sitzen Gäste des Lokals an Tischen und genießen Kaffee und Kuchen, Eis und Bier. – Und? – Meinen Sie, die könnten da sitzen, wenn ein Sturm herrscht? Das Ganze ist höchst albern. Eine Produktionsfirma muss doch auf solche Details achten!«

Stephan verdrehte die Augen.

»Geschenkt, Herr Knobel! Das ganze Video ist eine Katastrophe! Ich gebe es zu. Lachen Sie mich meinetwegen aus. Aber helfen Sie mir bitte, die Forderung dieser dilettantischen Agentur abzuwehren. Vielleicht hört dieser Typ da unten ja auf Sie. – Bitte, kommen Sie! – Auch Sie, Frau Schwarz! Tun Sie einfach so, als seien Sie eine Anwältin dieses Hauses.«

Löffke lief nach unten und bat dann über die Gegensprechanlage Marie und Stephan in sein Büro. Die kleine Elisa schlief in ihrer Tasche und fand in der Empfangssekretärin ihre vorübergehende Betreuung. Marie blieb in der geöffneten Bürotür stehen und hielt Blickkontakt zum Empfang. Löffke stellte Stephan als den Kollegen Prof. Dr. Knobel und Marie als Rechtsanwältin Dr. Schwarz, Fachanwältin für Medienrecht, vor.

Der smarte Geschäftsführer der Firma ›Successtainment‹, ein Herr Jean van Drahten, blieb unbeeindruckt. Ungerührt zückte er seine Visitenkarten aus der Reverstasche seines schwarzen Anzugs und überreichte sie Stephan und Marie. Stephan sah flüchtig auf die Karte, die Herrn van Drahten zusätzlich als *Manager* und *Director of Arts* auswies. Er nickte anerkennend. Löffke war an den Richtigen geraten.

»Meine Kollegen teilen meine Rechtsansicht«, schnarrte Löffke mit wichtiger Miene an und ermunterte Stephan mit einem Seitenblick, das Wort zu ergreifen und das Erwartete zu sagen.

»Es gibt in der Tat einschlägige Rechtsprechung«, erklärte Stephan ins Blaue hinein, »die die von Herrn Löffke vertretene Auffassung in vollem Umfang stützt. Die Judikatur stellt bei der Produktion der hier fraglichen Art stets darauf ab, ob der künstlerisch gestalterische Wert einer Produktion in einen glaubhaften Zusammenhang eingebettet ist. Die höchstrichterliche Rechtsprechung folgt dabei der sogenannten Kumulationstheorie.«

»Genau!«, bellte Löffke beglückt und wiederholte dröhnend Stephans Kunstschöpfung: »Kumulationstheorie!«

»Vor diesem Hintergrund kann ich Herrn Löffke nicht empfehlen, Ihre Rechnung zu begleichen. Die im Bildhintergrund sitzenden Café-Gäste passen nicht zum Sturm auf hoher See.«

»Kumulationstheorie, selbstverständlich«, wiederholte Marie aus dem Hintergrund. »Führst du nicht gerade ein einschlägiges Verfahren, Stephan?«

»Sogar mehrere«, parierte Stephan. »Ich bin zuversichtlich, dass uns das Oberlandesgericht in vollem Umfang folgen wird. Die Sachen sind wasserdicht.«

Herr van Drahten schwieg.

»Ich schlage vor, dass wir wechselseitig keine Ansprüche mehr erheben. Das Video können Sie aus dem Netz nehmen. Ich will nichts mehr – und Sie bekommen nichts mehr«, preschte Löffke vor. »Ihre Leistung ist ohne jeden Zweifel sub omni canone! Ich werde einen kurzen Vertrag aufsetzen, der das Wesentliche regelt.«

Herr van Drahten blickte sich unsicher um.

»Ich möchte nicht ohne vorherige rechtliche Beratung …«

»Ach was!«, donnerte Löffke dazwischen. »Sie sind doch Geschäftsmann! Sagen Sie nicht, dass Sie einen anderen fragen müssen. Sie sind doch der Macher, der Entscheider! Jetzt enttäuschen Sie mich aber!«

Löffke gewann die Oberhand. Er drängte den smarten Geschäftsführer in die noble Sitzecke seines Büros, während er eine Sekretärin hinzubat, Kaffee und Gebäck anforderte und Stephan und Marie mit einer flüchtigen Handbewegung entließ.

»Frau Kollegin Schwarz, Herr Prof. Knobel, ich denke, wir kommen allein klar. – Haben Sie vielen Dank!«

Stephan nahm die kleine Elisa in Empfang.

»Willst du jetzt gehen, Marie?«

»Einen Moment noch, Stephan.«

»Ja?«

»Es sind diese lateinischen Worte, die Löffke dem Filmfritzen an den Kopf geworfen hat.«

»Sie sollen heißen, dass die Leistung ungenügend war. Die Worte werden eigentlich bei der Benotung von Dissertationen verwandt, aber sie hörten sich auch in diesem Zusammenhang äußerst interessant und wirkungsvoll an.«

»Mag sein. – Aber mir ist gerade eingefallen, dass der Mann, der sich so auffallend für Elisa interessierte, als ich mich mit Frau Wendel am Samstagabend in der Stadt getroffen habe, ebenfalls lateinische Worte benutzt hat. Ich habe zwischenzeitlich nicht mehr daran gedacht, aber es klang komisch und irgendwie künstlich – so wie eben.«

»Was sagte er denn?«

»Er benutzte die Worte mea culpa. Man kennt diese Worte ja, aber es hörte sich gestelzt und in der Situation so unpassend an.«

»Wie sah der Mann aus?«, fragte Stephan.

»Ich kann ihn nicht genau beschreiben. Er beugte sich in den Kinderwagen, so dass ich sein Gesicht nicht sehen konnte. Außerdem trug er eine Sonnenbrille mit großen, fast schwarzen Gläsern. Ich war in diesem Augenblick völlig überrascht und konzentrierte mich nur darauf, dass er

Elisa nicht noch einmal berührte. Danach war er schnell weg, und ich sah ihn nur noch von hinten.«

»War er alt, jung, dick, dünn, lichtes oder volles, schwarzes oder blondes Haar?«

Marie zuckte die Schultern.

»Ich bin nicht sicher. Etwa 55 Jahre, vielleicht auch etwas älter, blondes kurzes Haar, glaube ich, etwa so groß wie du. Aber ich kann das nicht beschwören.«

»Schlank?«

»Ich glaube schon – ja. Denkst du an einen Bestimmten?«

Stephan dachte nach und versuchte sich zu erinnern. Wie oft wunderte er sich darüber, dass Zeugen bei ihrer Vernehmung im Gerichtssaal häufig nur unkonkrete Angaben über Personen oder Geschehensabläufe machen konnten, obwohl sie bestimmten Ereignissen längere Zeit beigewohnt hatten und eigentlich eine Fülle von Details parat haben müssten. Aber die Erinnerung ließ sie im Stich. Die Zeugen wussten nicht, dass ihre Beobachtungen einmal von Bedeutung sein würden. Und deshalb schenkten sie den Personen, den Situationen und den Begleitumständen keine Aufmerksamkeit. Stephan erging es ebenso.

»Ich denke an Wolfgang Traunhof«, sagte er, »Mitglied der ›Zehn‹. Bei ihm fand damals das Treffen statt. Er benutzt gern lateinische Begriffe.«

»Es tauchen ja merkwürdige Verbindungen zu den ›Zehn‹ auf«, meinte Marie.

»Aber warum sollte Traunhof so etwas machen?«, überlegte Stephan. »Wenn du sagst, dass der Typ bedrohlich wirkte, macht das nur Sinn, wenn er gezielt auf den Kinderwagen zugekommen wäre. Also hätte er wissen müssen, dass du gegen 18 Uhr am letzten Samstag mit Elisa auf dem Alten Markt warst. Und er hätte wissen müssen, wie du aussiehst. All das konnte er nicht wissen. Du bist Traunhof noch nie begegnet. Also muss es ein Zufall gewesen sein. Der Typ beim Kinderwagen wird irgendein Spinner gewesen sein, auch wenn er nach dieser ungefähren Beschreibung Traunhof ähnlich sehen könnte.«

»Denk an die nächtlichen Anrufe«, sagte Marie. »Es könnten Drohanrufe gewesen sein. Und vielleicht hat er die lateinischen Worte nur deshalb benutzt, damit wir gerade so denken, wie wir es tun.«

»Das halte ich nicht für wahrscheinlich.«

»Vielleicht hat er die Information von Trost«, sagte Marie.

»Das kann nicht sein.«

»Warum bist du dir so sicher?«, fragte Marie.

Stephan war sich nicht sicher. Er grübelte, erinnerte sich an Fetzen des Gesprächs mit Trost im Zug, das gemeinsame Frühstück im Bistrowagen, den Sekt. Er versetzte sich gedanklich zurück, begann vor seinem geistigen Auge die Reise mit Trost nach Leipzig erneut. Er hatte dem anderen davon erzählt, dass sich Marie mit Frau Wendel treffen wollte – und er hatte gesagt, wann und wo sie sich verabredet hatten. Ungefragt hatte er dies Trost erzählt, eher beiläufig, als der andere angemerkt hatte, dass man Marie auf diese Reise hätte mitnehmen sollen. Stephan erzählte Marie, woran er dachte.

»Aha! – Wann hast du ihm das erzählt?«

»Etwa in Bielefeld«, antwortete Stephan. »Ich weiß noch, dass Trost Sekt nachbestellen wollte, weil er dies gewöhnlich immer dann tue, bevor der Zug Bielefeld erreicht.«

»Super!« Marie nickte anerkennend.

»Und wann hat er Traunhof angerufen?«

»Er hat Traunhof nicht angerufen. Jedenfalls nicht in meiner Gegenwart. Mag sein, dass er Traunhof nach unserer Ankunft in Leipzig angerufen hat, als wir uns für eine Weile getrennt hatten und sich jeder auf seinem Zimmer frisch machte.«

»Wann war das?«

»Das kannst du selbst beantworten«, sagte Stephan. »Wir hatten um diese Zeit miteinander telefoniert. Schau auf dein Handy.«

»Es war kurz vor sechs«, erinnerte sich Marie. »Da war ich schon mit Elisa auf dem Weg zum Alten Markt. Wenn er in dieser Zeit mit Traunhof telefoniert und dieser erst zu diesem Zeitpunkt erfahren hat, wann und wo ich mich mit Sarah Wendel treffe, dürfte das zu kurzfristig gewesen sein. Also ist es wahrscheinlich, dass Traunhof die Information zu einem früheren Zeitpunkt erhalten hat.«

»Er hat im Zug nicht telefoniert«, war sich Stephan sicher. »Er ist nicht einmal zur Toilette gegangen. Wir waren die ganze Zeit beieinander. Die zweite Hälfte der Fahrt hat er nur aus dem Fenster geschaut und dann geschlafen. Ich hätte es mitbekommen, wenn er telefoniert hätte.«

»Keine SMS zwischendurch?«, fragte Marie.

»Nein! – Doch! – Eine an seine Tochter Delia.«

»Wann?«

»Zwischen Bielefeld und Hannover.«

»Und wenn die SMS nicht an Delia, sondern an Traunhof ging?«

»Es sind sehr vage Anhaltspunkte, Marie!«

Ihre Augen funkelten.

»Du musst nicht künstlich protestieren! Wir denken genau das Gleiche, Stephan. Zwischen Bielefeld und Hannover. Das lässt sich zeitlich gut einordnen. Und ob dein Gereon wirklich eine SMS an seine Tochter geschickt hat, werden wir herausfinden.«

20

Stephan nahm am Dienstagmorgen denselben Weg nach Werl, den er bereits bei seinem ersten Besuch Wendels in der Justizvollzugsanstalt gewählt hatte. Trost saß neben ihm auf dem Beifahrersitz und rutschte unbehaglich hin und her. Stephans altes Auto war nicht nur technisch anfällig geworden; es war und blieb unbequem, doch Trost sagte nichts.

Maxim Wendel war die Enttäuschung anzusehen, als er neben Stephan seinen früheren Verteidiger im Besucherraum erblickte.

»Es soll also keinen Sinn machen«, vermutete er lauernd und begehrte sofort wütend auf: »Ich werde das nicht akzeptieren!«

»Das sagt und meint keiner«, beschwichtigte Stephan.

»Nichts gegen Sie, Herr Dr. Trost«, sagte Wendel. »Aber ich habe mir lange genug eingeredet, dass es rechtlich sinnlos sein soll, sich mit einem Urteil abzufinden, das in der Sache falsch ist. Ich will und werde jetzt nach vorn gehen.«

»Darum sind wir hier«, erwiderte Stephan. »Ich versichere Ihnen, dass ich Sie weiterhin vertreten und jeden Ansatzpunkt nutzen werde, der auch nur die leiseste Chance auf Erfolg verspricht. Und ich darf sagen, dass Herr Dr. Trost mittlerweile seine Meinung geändert hat. Er ist hier, um Ihnen das zu sagen, und ich denke, dass dies für Ihre Moral und Ihre Psyche gut ist und Ihnen Kraft schenkt. Versprechen kann ich nichts. Das muss Ihnen klar sein.«

Maxim Wendel hob erstaunt die Augenbrauen.

»Es gibt etliche Unstimmigkeiten«, bestätigte Trost. »Ich muss gestehen, dass ich mir erst jetzt, nach – sagen wir, zweiter Betrachtung – Fragen stelle, die zumindest Zweifel an der bisher so eindeutig scheinenden Beweislage begründen.«

»Ach, ja?«, wunderte sich Wendel. »Hat sich das Rätsel der Flasche gelöst? – Sie haben mir doch immer wieder gesagt, dass letztlich alles auf diese verdammte Flasche hinausläuft, auf der meine Fingerabdrücke sein sollen, die ich aber nie angefasst habe.«

»Sie müssen Sie angefasst haben, Herr Wendel«, antwortete Trost ruhig. »Daran führt kein Weg vorbei. Aber vielleicht ist die Geschichte eine andere als bisher angenommen.«

»Was ich die ganze Zeit gesagt habe, Herr Rechtsanwalt«, schnaubte Wendel.

»Ob eine Sache als bewiesen gilt oder nicht, ist manchmal auch eine Frage der Beurteilung von Lebenswahrscheinlichkeiten«, erklärte Trost. »Sehen Sie es als Signal, dass ich mehr und mehr geneigt bin, den ganzen Fall neu zu durchdenken.«

»Manche Handlungsabläufe sind anders denkbar als vom Gericht angenommen«, übernahm Stephan, »und meine Hoffnung ist, dass ich bald weitere Bausteine finde, aus denen sich dann die Wahrheit ergibt. Wir wissen, dass der Standort der Staffelei Gossmanns nicht zu dem von ihm gemalten Motiv passt. Wir wissen im Weiteren, dass Ihre Darstellung der zeitlichen Abfolge ab dem Zeitpunkt, von dem an Sie Michelle Crouchford bis zu dem angeblichen sexuellen Übergriff begleitet haben, richtig sein kann. Denn es ist denkbar, dass Frau Crouchford ein Wundspray in einer kleinen Tasche mit sich führte. Überprüft wurde das leider nie. Wenn dies so war, hat Michelle Crouchford gelogen, und das wiederum macht nur Sinn, wenn sie Sie belasten wollte, was wiederum nur dann erklärbar ist, wenn sie die versuchte Vergewaltigung nur vortäuschte. Dann würde diese Täuschung jedoch auch dafür sprechen, dass Frau Crouchford – und nicht Sie, Herr Wendel – etwas mit Gossmanns Tod zu tun hat.«

»Das behaupte ich seit Jahren«, wiederholte Wendel kopfschüttelnd.

»Ich weiß, aber wir finden jetzt Anhaltspunkte, dass es so gewesen sein könnte. – Auffallend ist, dass Michelle Crouchford vom Erdboden verschwunden zu sein scheint. Sie ist polizeilich nirgends gemeldet. Die von ihr angegebene frühere Adresse in Leipzig scheint jedenfalls nie ihre Wohnadresse gewesen zu sein. Es handelt sich um eine feine luxuriöse Villa, die offensichtlich seit längerer Zeit als Bordell genutzt wird.«

»Die Crouchford als Nutte, das kann doch sein!«, rief Wendel erregt. »Wer weiß, für was man sie alles kaufen kann.«

»Wie gesagt: Es sind erste Anhaltspunkte. Es gibt noch viel zu tun. Wir sind noch lange nicht am Ziel. Ich möchte mit Ihnen noch über eine andere Sache sprechen.«

»Ja?« Wendel blinzelte Stephan unsicher an.

»Sie haben sich selbst als Filou bezeichnet, kokettieren in gewisser Weise mit Ihrer Neigung, ständig Frauen eines bestimmten Typs anzusprechen. Ich möchte von Ihnen eine ehrliche und klare Antwort auf die folgende Frage: Gab es jemals Ihrerseits auch nur ein einziges Mal irgendeine Handlung gegenüber einem Mädchen oder einer Frau, die einen sexuellen Bezug hatte? – Ihre Frau natürlich ausgenommen. Ich will wissen, ob Sie in dieser Hinsicht nur ein Sprücheklopfer sind. Tun Sie sich den Gefallen, und seien Sie wirklich ehrlich, Herr Wendel! Sie befanden sich in Therapie, ist das richtig?«

»Therapie?«, fragte Trost irritiert.

»Noch nicht eine Therapie im eigentlichen Sinne, aber eine Selbsthilfegruppe, die sich zusammengefunden hat, um Persönlichkeitsdefizite aufzuarbeiten«, stellte Stephan richtig. »Also eine Gruppe von Menschen, die bei sich bestimmte Defekte erkannt und deshalb Hilfe gesucht haben. Hier haben Sie Ihre spätere Frau Sarah kennengelernt, ist das richtig?«, fragte Stephan.

Maxim Wendel nickte.

»Davon wusste ich nichts«, sagte Trost verblüfft.

»Hätte es denn etwas genutzt?«, blaffte Wendel. »Was hätten Sie gesagt, Herr Dr. Trost? Hätte mir irgendeiner geglaubt, dass meine ganzen markigen Sprüche in der Schule letztlich nur dummes Getue waren? Ich war doch längst vorverurteilt! Es gab einen Schulleiter, der begierig jeden vermeintlichen Vorfall in sich aufsog und peinlich genau notierte. Ich war zu naiv, zu blind und zu vernagelt, um zu erkennen, dass ich mich nicht nur zum Clown, sondern völlig ins Abseits gestellt hatte, mehr noch, dass ich mir selbst ein Brandmal zugefügt hatte und ich zum Spielball aller Gerüchte und Agitationen wurde.«

»So naiv kann kein Mensch sein«, kommentierte Trost ungerührt.

»Menschen mit einer Persönlichkeitsstörung erkennen dies vielleicht nicht«, gab Stephan zu bedenken. »Das vom Gericht eingeholte Gutachten attestiert Herrn Wendel eine gewisse narzisstische Störung.«

»Die hat keine rechtliche Bedeutung gehabt«, wehrte Trost ab. »Der Vorsitzende hat dazu in der Urteilsbegründung deutliche Worte gefunden. Verkürzt gesagt verbirgt sich hinter diesem Schnickschnack nur eine Charakterschwäche.«

Er nahm Wendel ins Visier.

»Sehen Sie das anders, Herr Wendel?«, fragte er streng. »Warum haben Sie mir denn nichts von Ihren therapeutischen Versuchen gesagt?«

»Was hätten Sie darauf geantwortet, Herr Dr. Trost?«, fragte Wendel zurück. »Wie hätte ich dagestanden? Ein Mensch, der gescheitert ist. Sie selbst haben doch immer gesagt, dass die Fakten eine eindeutige Sprache sprechen. Irgendwelche psychologischen Argumente sind doch nicht wichtig für Sie, Herr Dr. Trost!«

»Also ist es meine Schuld, dass Sie nichts gesagt haben?«, hakte Trost nach.

»Ich glaube nicht, dass Sie aus diesem Umstand für meine Verteidigung ein Argument hätten ziehen wollen«, vermutete Wendel.

»Ich hätte kein Argument daraus ziehen *können*«, widersprach Trost. »Das ist ein gewaltiger Unterschied!«

»Sie haben mir stets bedeutet, dass alles Leugnen und Argumentieren rechtlich ohne Belang sei, weil die Fakten gegen mich sprächen«, sagte Wendel. »Aber Sie haben auch immer gesagt, dass in unserer Rechtsordnung die Wahrheit letztlich ans Licht komme und die Gerechtigkeit siege. Daran habe ich bis zuletzt geglaubt.«

»Warum haben Sie Ihre Frau nicht ein einziges Mal aus dem Gefängnis heraus angerufen oder angeschrieben?«, lenkte Stephan das Gespräch auf einen neuen Aspekt. »Ich vermute, Sie haben nur den Scheidungsantrag Ihrer Frau entgegengenommen, sich aber nicht einmal ihr gegenüber direkt geäußert. Wahrscheinlich haben Sie der Scheidung schriftsätzlich zugestimmt. Stimmt das?«

Wendel nickte mechanisch.

»Warum, Herr Wendel?«

»Weil ...« Wendel brach ab.

»Weil es nur gegenüber Michelle Crouchford zu einer körperlichen Näherung gekommen ist, und weil Sie sich deswegen vor Ihrer Frau geschämt haben. Ist es so?«

Maxim Wendel blickte an ihnen vorbei ziellos in den Raum.

»Es verhält sich genau umgekehrt zu dem, was Sie mir in unserem ersten Gespräch sagten. Erinnern Sie sich? Sie sagten, dass Sie den Scheidungsantrag Ihrer Frau verstanden hätten, wenn er auf Ihre vermeintlichen sexuellen Eskapaden gegenüber anderen Frauen gestützt worden wäre. Aber Sie konnten ihn nicht verstehen, weil er damit begründet worden war, dass Sie ein Mörder seien. Stimmt das?«, fragte Stephan.

»Ich habe mich dafür geschämt, meine Frau mit diesem Biest Michelle betrogen zu haben. Auch wenn dies nur geschehen ist, weil sie mich verführt hatte«, sagte Wendel. »Trotzdem: Ich habe etwas gemacht, was aus Sarahs Sicht unverzeihlich ist. Aber darauf stellte sie nicht ab. Sie warf mir vor, ein Mörder zu sein, was ich nicht bin. Das hat mich zutiefst verletzt. Deshalb habe ich mich nicht mehr bei ihr gemeldet. Wenn die eigene Frau nicht mehr an mich glaubt, ja sogar davon überzeugt ist, dass ich jemanden umgebracht haben soll, dann gibt es dazu nichts mehr zu sagen. Sie hat nicht einmal für mich im Prozess ausgesagt. Sie hätte doch sagen können, dass ich nur ein Quatschkopf bin.«

»Vielleicht kannten Sie einander noch nicht so gut, dass Sie sich wechselseitig blind vertrauten.«

»Doch, wir kannten uns schon recht gut«, widersprach Wendel. »Sarah ist der einzige Mensch, der etwas für mich hätte aussagen können. Aber sie hat mich verstoßen, weil ich mich mit dieser Crouchford einlassen wollte. – Ja, ich kann Sarah sogar verstehen. Mit einem Mann wie mir hätte sie auf Dauer nichts anfangen können. Also habe ich ihrem Scheidungsantrag mit einem Zweizeiler schriftlich zugestimmt. Was sollte da noch geredet werden? Ich bin mir sogar sicher, dass sie im Herzen an meine Unschuld glaubt. Aber sie hat es im Scheidungsantrag gerade andersherum formuliert. Damit hat sie klar zum Ausdruck gebracht, was sie von mir hält.«

Stephan wartete einen Augenblick, doch Wendel wollte hierzu nichts mehr sagen.

»Sie sollten zu Ihrer Frau Kontakt aufnehmen«, sagte er behutsam. »Der Fehltritt mit der Crouchford muss nicht das Ende bedeuten. Entschuldigen Sie sich bei Sarah!«

Wendel hob an, Stephan zu unterbrechen, doch der wehrte ab.

»Folgen Sie meinem Rat, Herr Wendel, und vertrauen Sie darauf, dass ich weiß, wovon ich rede! Bitte!«

Wendel sah Stephan unsicher an, und Stephan wich dem Blick des anderen nicht aus.

»Es ist ein guter Rat«, bekräftigte Trost.

»Sie meinen das wirklich ernst«, erkannte Wendel.

»Sehr ernst, Herr Wendel! – Kommen wir wieder zu Ihrem Fall zurück! Was sagt Ihnen das Gartencenter ›Flor-Orbi‹?«

Stephan hatte Trost unauffällig im Blick behalten, als er die überraschende Frage platzierte. Er meinte, eine Regung im Gesicht des anderen bemerkt zu haben.

»Wie kommen Sie denn auf dieses Gartencenter?«, fragte Wendel.

»Ihre Frau sagte, Sie hätten dort anlässlich des zehnjährigen Firmenjubiläums mit einem Glückslos einen Birnbaum gewonnen.«

»Das stimmt. Wir und noch einige andere haben jeweils einen Baum für den heimischen Garten gewonnen. Wer den Baum nicht haben wollte, bekam ersatzweise dafür das Geld, was er gekostet hätte.«

»Wann war das?«, fragte Stephan.

Wendel überlegte. »Ich weiß es nicht genau. Vielleicht drei oder vier Monate vor Gossmanns Tod, also im April oder Mai.«

»Haben Sie weitere Kontakte zu diesem Gartencenter gehabt? Ist Ihnen irgendetwas in Erinnerung, das mit dem Fall in Verbindung stehen könnte?«

»Wir waren einige Male dort. Im Frühjahr haben wir dort die Sommerbepflanzung eingekauft und zu Weihnachten einmal eine Lichterkette für die Tanne vor Sarahs Reihenhaus.«

»Ich suche überall Ansatzpunkte, Herr Wendel«, erklärte Stephan. »Ihre Frau sagt, dass Sie – wie übrigens auch Ihre Frau selbst – ein Gewohnheitsmensch sind. Ihr alltägliches Leben ist kalkulierbar. Sie kauften offensichtlich stets in denselben Läden, Sie joggten die stets gleiche Strecke entlang und so weiter. Alles schien vorgeplant. Und es kann natürlich sein, dass diese Kalkulierbarkeit in unserem Fall eine Rolle spielt. Womöglich gehörte es zum Plan des Täters, dass Sie am Tattage zu einer bestimmen Uhrzeit in dem Café auftauchten, an dem dann – ebenso kalkuliert – Michelle Crouchford vorbeilief und stürzte. Ich muss alles über Ihre Gewohnheiten wissen, Herr Wendel. Schildern Sie Ihren Alltag! Was haben Sie wann, wo und mit wem gewöhnlich gemacht? Nennen Sie mir Namen und Orte.«

Wendel stöhnte.

»Nicht jetzt«, beschwichtigte Stephan. »Notieren Sie alles. Machen Sie sich Gedanken und forschen Sie in Ihrer

Vergangenheit. Ich will alles wissen. Das ist Ihre Hausaufgabe. Sie wissen, dass es um alles geht. Also strengen Sie sich an, Herr Wendel! Helfen Sie mir – und helfen Sie insbesondere sich!«

Als sich Stephan vor der Justizvollzugsanstalt wieder ins Auto setzte, beugte er sich nach hinten und griff in die Innentasche seiner Jacke, die er auf der Rückbank liegen gelassen hatte.

Trost, der schon eingestiegen war, wich etwas zur Seite, so gut er es vermochte.

»Was suchst du, Stephan?«

»Mein Handy«, antwortete Stephan. »Ich bin mir sicher, es eingesteckt zu haben.« Er wandte sich wieder nach vorn. »Nicht zu finden. Hoffentlich habe ich es nicht verloren.«

»Möchtest du mit meinem Handy telefonieren?«, bot Trost an.

Stephan fasste an seine Hosentaschen. »Nicht zu finden«, wiederholte er, stieg aus und suchte vergeblich auf dem Fahrersitz und im Fußraum.

Dann nahm er Trosts Angebot dankend an.

»Es dauert nicht lange«, versprach Stephan.

Er sah auf das Gerät und tippte Maries Nummer ein, dann ging er ein paar Schritte neben seinem Auto auf und ab. Marie meldete sich, wie vereinbart.

»Was hat der Kinderarzt gesagt?«, fragte Stephan.

»Der Zug war planmäßig um 13.13 Uhr in Bielefeld und um 14.18 Uhr in Hannover«, antwortete Marie. »Die SMS muss also am letzten Samstag zwischen diesen Zeiten gesendet worden sein.«

»Wie kommt er darauf, dass noch weitere Untersuchungen erforderlich sind?«, fragte Stephan besorgt und bewegte sich unruhiger. Er presste das Handy an sein Ohr und bat Marie, lauter zu sprechen. Der Verkehr war zu laut.

»Du musst nur die SMS aufrufen. Versuche, dir die Zielnummer zu merken. Jedenfalls die letzten drei Ziffern«, riet sie.

»Aber er muss doch sagen können, worum es sich handelt«, ereiferte sich Stephan. »Es wird doch nicht so ungewöhnlich sein, wenn Babys mal rote Flecken auf der Haut haben.«

Er nahm das Handy vom Ohr und sah missmutig einem vorbeifahrenden Lastkraftwagen zu.

»Einen Moment bitte, Marie …«

Stephan ging zum Auto zurück. Trost hatte die Beifahrertür geöffnet. Er versprach sich Abkühlung in dem überhitzten Fahrzeug.

»Ich gehe kurz um die Ecke«, sagte Stephan. »Es ist so laut, dass ich kaum etwas verstehe. Marie war mit der Kleinen beim Kinderarzt. Irgendetwas scheint nicht zu stimmen.«

»Natürlich, Stephan. – Hoffentlich ist es nichts Ernstes.«

»Ja, hoffentlich nicht.«

Stephan wandte sich nervös ab und entfernte sich schnell.

»Marie? – Ja, wir können gleich weitersprechen. Warte einen Augenblick!«

Er eilte zur nächsten Hausecke, blickte flüchtig zurück und verharrte, als er sich den Blicken Trosts entzogen fühlte.

»Bis später, Marie!«

Stephan beendete das Gespräch und suchte hastig im Menü nach den SMS-Nachrichten, scrollte innerhalb der gesendeten Nachrichten zurück und suchte die Nachrichten des letzten Samstags. Er stellte sich umständlich an. Das Handy war ihm nicht vertraut. Er suchte weiter, vertippte sich und gelangte schließlich in das richtige Menü zurück.

Die Hand fasste ruhig auf seine rechte Schulter. Stephan wandte sich erschreckt um und sah Trost ins Gesicht.

»Also ist es doch was Ernstes?«, fragte Trost besorgt. »Es war so heiß im Auto. Deshalb bin ich ausgestiegen und habe mir etwas die Füße vertreten.«

»Ich weiß es noch nicht«, erwiderte Stephan so ruhig es ihm möglich war. Er gab Trost das Handy zurück.

»Marie wird mit der Kleinen noch zu einem Hautspezialisten gehen müssen.«

Trost blickte auf das Display seines Handys.

»Du bist in die SMS-Nachrichten gerutscht«, wunderte er sich.

»Mir liegen diese komplizierten Handys nicht«, erklärte Stephan. »Ich hoffe, ich habe nichts kaputt gemacht.«

»Ach, Stephan …« Trost lächelte gütig. »Komm, lass uns fahren!«

»Was hatte die Frage nach dem Gartencenter ›FlorOrbi‹ auf sich?«, fragte Trost, als sie wieder im Auto saßen.

»Frau Wendel hat Marie erzählt, dass sie und ihr Mann dort einen Birnbaum gewonnen haben.«

»Ja, und? Das heißt doch nichts.«

Trost sah Stephan von der Seite an, doch der schwieg.

»Du weißt natürlich, dass dieses Gartencenter einen direkten Bezug zu den ›Zehn‹ hat«, sagte Trost. »Unser Mitglied Lutz Böhringer ist alleiniger Inhaber der Centerkette. Er gestaltet in dieser Woche an jedem Tag die Außenanlagen meines neuen Hauses. Böhringer ist nicht nur Geschäftsmann, sondern auch ein Landschaftsarchitekt, der sich als Künstler versteht.«

Trost betrachtete gedankenverloren die draußen vorbeiziehende Landschaft und lehnte sich zurück.

»Letztlich verdächtigst du die ›Zehn‹«, sagte Trost, »das heißt, du verdächtigst in letzter Konsequenz mich, Stephan. Ich muss nur eins und eins zusammenzählen. Habe ich recht? Das täte mir sehr leid!«

»Es gibt so viele Unstimmigkeiten«, wiederholte Stephan Trosts Worte, die er gegenüber Wendel benutzt hatte, doch er bezog sie nun direkt auf seinen Kollegen.

»Warum wurden die Punkte, über die wir vorhin mit Wendel sprachen, nicht im gerichtlichen Verfahren geklärt? Warum hast du Sarah Wendel letztlich ausgeredet, als Zeugin auszusagen, obwohl ihre Aussage wertvoll gewesen wäre? Warum wurde der Schulleiter nicht eingehender befragt, als es ausweislich der Akten getan wurde? Hattest du als Elternpflegschaftsvorsitzender nicht Kenntnis darüber, dass Wendel eigentlich nur ein schlüpfriger Schwätzer war? Dass er sich selbst zur Zielscheibe von Gerüchten und Spott gemacht hat, er aber keinem Mädchen etwas körperlich angetan hatte? Dagegen waren die an den Schulleiter gestellten Fragen so formuliert, dass man aus den objektiv richtigen Antworten nur den Eindruck gewinnen konnte, dass Wendel ein Triebtäter war. Wurde also selektiv gefragt, Gereon? Sowohl von dir als auch vom Gericht? Hättest du nicht das Gericht sensibilisieren müssen? Marie hat mir erzählt, wie voreingenommen, ja geradezu blind der einfältige Herr Froog ist. Sie hat ihn auf intelligente Weise getestet. Du weißt doch, wie beschränkt ein Herr Froog ist, Gereon. Warum hast du nicht an dieser Stelle den Hebel angesetzt? Das wäre doch deine Aufgabe gewesen! Ich habe dich schon einmal auf den vorbereiteten Fragenkatalog angesprochen, den du im Vorfeld der Vernehmung der Zeugin Crouchford angefertigt hast. Du hast keine befriedigende Antwort darauf geben können, warum dieser Fragebogen das Datum einen Tag vor der zufällig erst zu einem späteren Zeitpunkt erfolgten Vernehmung dieser Zeugin trägt. Warum ist nicht im Vorfeld genauer die Person der Michelle Crouchford erforscht worden, die offensichtlich sowohl im Tatgeschehen als auch vor Gericht schauspielerische Qualitäten offenbarte? All das sind Fragen, die mich mehr und mehr beschäftigen, Gereon! Ich frage mich, ob du Maxim Wendel überhaupt ernsthaft verteidigt hast. Du bist ein absoluter Profi, und ausgerechnet in diesem Fall unterlaufen dir Nachlässigkeiten, die nicht einmal einem Anfänger passieren dürften. Wundersamerweise ergibt sich dann noch eine Querverbindung zwischen dem Fall und den ›Zehn‹, ganz abgesehen davon, dass Marie am letzten Samstag eine zweifelhafte Begegnung mit einem Mann hatte, der möglicherweise Wolfgang Traunhof war. Du kannst dich nicht ernsthaft über meine Gedanken wundern, Gereon!«

»Du wirfst mir also vor, meinen Mandanten Maxim Wendel verraten zu haben.« Gereon Trost verstummte für einige Minuten.

»Ich erfahre gerade zufällig – ich behaupte, scheinbar zufällig –, dass sich Maxim Wendel in eine Therapie begeben hat, um sein krankes Verhalten zu bekämpfen«, setzte Trost zur Gegenwehr an. »Warum hat er mir damals davon nichts erzählt?«

»Weil er sich vor seiner Frau schämte – oder weil er witterte, dass du diese Information ignoriert hättest«, mutmaßte Stephan.

»Aber das ist doch verrückt! Er hat geschwiegen, weil er genau wusste, dass er mit seiner Tat sein Therapieziel ins Gegenteil verkehrt hatte. Die schlafende Bombe Maxim Wendel war explodiert. Fortan war er nicht mehr nur der Quatscher, nun wurde er der Täter einer versuchten Vergewaltigung. Es stellt sich in der Tat die Frage, ob ich etwas von der Therapie im Prozess erwähnt hätte. Ich sehe nicht, dass dies Wendel genutzt hätte. Meinst du wirklich, dass irgendjemand wahrgenommen hat oder auch nur wahrnehmen wollte, dass Wendel seit seiner Eheschließung in der Tat zurückhaltender geworden war? Glaubst du, dass ein Lehrer, dessen Ruf an der Schule sich seit Jahren aus dem Umstand speist, dass er Mädchen nachstellt, aus dieser Gerüchteküche herauskommt, wenn er tatsächlich sein Verhalten seit ein paar Monaten geändert hat? Schwein bleibt Schwein! Das weiß jeder, Stephan. Es ist überall in der Gesellschaft so.«

»Wendels Verhaltensänderung hätte ein Schlüssel für eine erfolgreiche Verteidigung Wendels sein können«, war sich Stephan sicher.

»Könnte, Stephan. Könnte, hätte, müsste! Aus deiner heutigen Sicht scheint alles einfach und klar. Hast du dich denn mal an der Schule umgehört? Hast du gefragt, was Schüler über den früheren Lehrer Maxim Wendel erzählen, wenn sie ihn noch erlebt haben? Es gibt Paradebeispiele, die unter den Schülern gleichsam einer Stafette an die nächsten Jahrgänge weitergegeben werden. Sie sind Inbegriff dessen, was Schüler über Wendel wussten und wie sie über ihn dachten. Ich gebe dir zwei Beispiele: Legendär ist ein in jedem Chemiekurs von Wendel präsentierter Versuchsaufbau, bei dem ein Glaskolben vorerhitzt werden musste. Wendels einleitende Worte hierzu lauteten stets: ›Da muss ich erst mal meinen Kolben richtig heiß machen.‹ Verstehst du, Stephan, auf diesen Satz warteten die Schüler förmlich, wenn Wendel seinen Versuch durchführte. Wendel galt unter den Schülern immer als der Lehrer mit dem heißen Kolben. Psychologie hin oder her. Mir ist völlig egal, ob so ein Typ irgendwelche Defizite hat. So etwas interessiert mich in keinem Prozess.

Ich habe noch nie zu den Strafverteidigern gehört, die eine Tat mit der schlechten Kindheit des Mandanten zu erklären versuchten. Dieser ganze Psychoschmalz hilft nicht weiter. Im Fall Wendel gilt schlicht und ergreifend, dass so ein Mensch nicht an eine Schule gehört! Ich gebe dir ein weiteres Beispiel aus Wendels Verhaltensrepertoire: Er ließ sich bei chemischen Versuchen gern von blonden Schülerinnen mit langen Haaren assistieren, die er zielsicher aus der Klasse auswählte und nach vorn bat. Handelte es sich um einen Versuch, der mit dem Bunsenbrenner durchgeführt wurde, bat er die Mädchen, die Haare nach hinten zu einem Zopf zusammenzubinden, damit die Haare nicht Feuer fingen, wenn die Mädchen bei der Durchführung des Versuchs den Kopf nach vorn beugten und die Haare nach vorn fielen. Maxim Wendel sagte bei dieser Gelegenheit gern: ›Besser zusammenbinden, denn blondes Haar ist nicht von Natur aus feucht.‹ Ich könnte Dutzende von derartigen Beispielen nennen, Stephan. Wendel war zurecht Zielscheibe der Schülerinnen und Schüler, der Eltern, des Schulkollegiums und der Aufsichtsbehörde. Ich kann diesen Psychokram nicht mehr ertragen. Es ist typisch für unsere Gesellschaft, solche Gestalten unnötig durchzuziehen.«

»Also war Wendel der ideale Vergewaltiger der mysteriösen Michelle Crouchford?«

»Wundert es dich, dass alle Prozessbeteiligten das so sahen?«, fragte Trost zurück. »Wir werden sehen, wie du reagieren wirst, wenn deine kleine Tochter jemals auf einen Lehrer des Typs Maxim Wendel trifft. Du musst einfach anerkennen, dass manche Rechtsfälle schlicht danach beurteilt werden, was als normal gilt und was nicht. Und daran entscheidet sich auch, was als bewiesen oder nicht bewiesen gilt. Ich verkenne nicht, dass der Fall Wendel vom

Gericht, von der Staatsanwaltschaft und auch von mir vorrangig in diese Kategorien eingeordnet wurde. Man mag von dem Vorsitzenden Richter Froog und von Oberstaatsanwalt Kreimeyer halten, was man will, aber sie haben regelmäßig durch ihr richtiges Judiz dazu beigetragen, der Gerechtigkeit zum Erfolg zu verhelfen. Wir leben nicht unter einer Glasglocke, Stephan. Manchmal denke ich, dass du ein bisschen weit vom Leben entfernt bist. Ein Mensch wie Maxim Wendel wird in unserer Gesellschaft nicht wirklich gebraucht. Sei einfach einmal so ehrlich, dir das einzugestehen.«

Stephan schwieg und konzentrierte sich auf das Fahren.

»Was soll das für eine Begegnung zwischen deiner Marie und Wolfgang Traunhof gewesen sein?«, fragte Trost schließlich.

Stephan erzählte von Maries Erlebnis auf dem Alten Markt.

»Du spinnst!«, erwiderte Trost barsch. »Du solltest zwischen deinen Bedenken und bloßen Hirngespinsten unterscheiden, Stephan. Erstere nehme ich ernst, alles andere ist Unsinn! – Hat deine Freundin Traunhof darauf angesprochen?«

»Nein.«

»Dann sollte sie gefälligst schweigen. Die Sache wird abstrus!«, beschied Trost. »Ich denke, du hast verstanden, dass ich mir wegen Wendels Verteidigung selbst Vorwürfe mache. Darum stehe ich mittlerweile an deiner Seite. Mehr kann ich dazu nicht sagen. Vielleicht habe ich mir von ihm tatsächlich ein falsches Bild gemacht. Du hast recht, wenn du mir vorwirfst, dass meine Fragen die notwendige Tiefe vermissen ließen. Aber es gab für mich wirklich nie einen Anlass, an Wendels Schuld zu zweifeln. Selbstverständlich engagiert man sich dann bei der Verteidigung eines solchen

Mandanten weniger, als bei einem, von dessen Unschuld man überzeugt ist.«

»Du weißt selbst, dass dies in der Praxis nicht die häufigsten Fälle sind«, entgegnete Stephan. »Fast immer geht es doch um die Verteidigung eines Menschen, der auch tatsächlich der Täter war. Stell dich nicht so naiv an! Ich möchte übrigens zur nächsten Sitzung der ›Zehn‹ kommen.«

»Weil dich unsere Gruppe interessiert und du unsere Ideale teilst oder weil du schnüffeln willst?«

»Beides!«, antwortete Stephan trocken.

»Wir befinden uns auf keinem guten Weg, Stephan. Das macht mich traurig. Du weißt, dass ich auf dich baue. Aber all das, was ich angedacht habe, macht nur Sinn, wenn wir einander vertrauen. Ich bin in dieser Hinsicht sehr konservativ. Es gibt nichts zum Nulltarif. Das weiß jeder. Aber für mich gilt ergänzend, dass Vertrauen die Grundlage eines jeden Geschäfts- und jeder persönlichen Beziehung ist. Immerhin danke ich dir, dass du gerade so offen warst. Ich möchte an dir festhalten. Und umgekehrt gilt das Gleiche: Du bist zu nichts gezwungen, und du sollst nur machen, wovon du überzeugt bist.«

Stephan hatte die Dortmunder Stadtgrenze erreicht. Er fuhr ungewohnt langsam und konzentrierte sich ganz darauf, was er Gereon Trost noch sagen wollte. Im Grunde hatte der andere alles und doch nichts gesagt.

»Ich steige an der nächsten Ampel aus«, entschied Trost. »Den restlichen Weg werde ich laufen. Ein wenig Bewegung wird mir guttun. Wahrscheinlich ist Böhringer mit der ersten Schicht fertig. Er arbeitet immer nur einen halben Tag im Garten. Angeblich, weil sonst die Kreativität leidet. Er will immer das Erreichte auf sich wirken lassen und überdenken. Die ganze Woche will er so mit der Gestaltung meines Gartens verbringen. Wahrscheinlich erhöht das den Preis.«

Trost versuchte ein Lächeln, aber es wirkte verkrampft. Er reichte Stephan sein Handy.

»Wofür?«, fragte Stephan.

»Deine Marie ist doch auf dem Weg zu einem Hautspezialisten, nehme ich an. – Schon vergessen? Du solltest sie anrufen und dich erkundigen. Vielleicht findest du dein Handy nicht so schnell wieder. Mit der Gesundheit deines Kindes ist nicht zu scherzen. Du kannst mir das Handy morgen zurückgeben. Ich brauche es heute nicht.«

»Vielleicht ruft dich Delia an«, entgegnete Stephan.

»Ich rufe Delia vom Festnetz aus an. Mach dir keine Sorgen um mich oder meine Tochter. Ich denke jetzt eher an eure Kleine, Stephan. Es täte mir leid, wenn sie ein Problem hätte.«

»Es wird schon nicht so schlimm sein«, antwortete Stephan gepresst.

»Natürlich nicht! Du solltest darüber nachdenken, ob du mit mir eine kleine Tour in die Berge unternehmen willst«, sagte er unvermittelt. »Man bekommt einen klaren Kopf, reduziert sich auf das Wesentliche und gewinnt neue Eindrücke. Wir müssen uns näher kennenlernen, Stephan. Wir sollten in Klausur gehen. Ich möchte nicht, dass du dir ein falsches Bild von mir machst. Das schadet nicht nur uns beiden, sondern auch Maxim Wendel, den du so vorbildlich vertrittst.«

Stephan runzelte die Stirn.

»Es ist keine Ironie, Stephan. Mittlerweile glaube ich, dass sich bei dir die Konturen verwischen. Wenn man nicht mehr weiß, woran man ist, sollte man einen neuen Ansatz wagen. Ich werde dich in den nächsten Tagen noch einmal darauf ansprechen. Es kann ein Weg zur Wahrheit sein, zur besseren Erkenntnis. Und denke bitte daran, dass ich für Delia eine Perspektive suche.«

Stephan hatte angehalten. Trost öffnete die Beifahrertür und stieg aus.

»Besprich dich mit Marie«, setzte er hinzu und beugte sich noch einmal in das Auto. »Ich bin nicht der, für den ihr beiden mich haltet. Ich habe mich morgen früh um zehn Uhr mit Oberstaatsanwalt Kreimeyer in dessen Haus verabredet. Wir treffen uns dort, ja?«

Trost nannte Stephan die Adresse, dann schlug er die Wagentür zu und strebte mit eiligen Schritten davon.

Stephan betrachtete nachdenklich das Handy, das Trost zurückgelassen hatte. Wie lächerlich wirkte im Nachhinein der gespielte dringende Anruf bei Marie, wie verwerflich, eine Hautkrankheit der kleinen Elisa vorzutäuschen.

21

»Er hat natürlich seine Nachricht an Traunhof gelöscht«, meinte Marie, während sie Trosts Handy inspizierte und nacheinander die von ihm gesendeten Nachrichten aufrief.

»Aha, hier ist die Nachricht, die wir finden sollten, gesendet letzten Samstag, 21. Juli um 13.24 Uhr: ›Liebes, bin mit Stephan Knobel im Zug nach Leipzig. Alles ist okay. Melde mich, wenn ich da bin.‹«

»Er hat nur eine einzige Nachricht aus dem Zug abgesendet, Marie. Ich erinnere mich genau. Also ist das diese hier. Du verdächtigst ihn ohne Grund.«

»Bestimmt nicht«, entgegnete Marie. »Warum hat er dir wohl sein Handy gegeben, Stephan? Er tritt die Flucht nach vorn an.«

»Er hat vorhin in meinem Beisein nicht mehr sein Handy bedient. Also hat er auch keine Manipulationen vorgenommen.«

»Dass du sein Handy kontrollieren willst, wusste er vorher. Denn er wird von Traunhof gehört haben, dass er mir auf dem Alten Markt aufgelauert hat. Trost ist doch nicht doof, Stephan!«

Marie rief Trosts getätigte Anrufe auf.

»Gut gemacht, Doktorchen«, lobte sie. »Er hat Delia tatsächlich am Samstagabend angerufen. Es ist dieselbe Empfangsnummer wie bei der SMS. Das macht die Sache rund. Alles andere hätte mich auch enttäuscht«, meinte sie. »Wir werden natürlich noch überprüfen, ob dies tatsächlich Delias Nummer ist, aber ich wette, dass nach außen alles stimmig ist.«

Sie sah von Trosts Handy auf.

»Ich will dir sagen, warum ich mir so sicher bin, Stephan. Ich habe mir vorhin im Internet die Homepage der Praxis Traunhof angesehen«, erläuterte sie. »Selbstverständlich wird dort auch das ganze Team im Bild vorgestellt, an erster Stelle natürlich der Chef selbst, Wolfgang Traunhof. Ich bin mir hundertprozentig sicher, dass er derjenige war, der sich an Elisas Kinderwagen herangemacht hat. Die Sonnenbrille maskiert, aber sie hindert mich nicht, ihn zu identifizieren. Inzwischen bin ich mir auch sicher, dass er erkannt werden wollte. Er hat seine lateinischen Worte ganz bewusst gewählt. Es war eine Drohung, Stephan, davon bin ich überzeugt. Ich erkenne nur noch nicht die Zusammenhänge.«

»Aber Trost konnte nicht wissen, dass ich ihm auf der Zugfahrt von deinem bevorstehenden Treffen mit Sarah Wendel erzähle. Daraus folgt, dass er die SMS an seine Tochter auf Vorrat hätte gespeichert haben müssen.«

»Genau das!«, bestätigte Marie. »Die SMS an seine Tochter Delia ist ganz einfach erklärt. Er hat sie vorher geschrieben und gespeichert und dann im Zug nur mit einem Klick abgesandt. Dann hatte er Zeit für die SMS an Traunhof. Du konntest gar nicht merken, dass er zwei SMS abgesandt hat. Die Botschaft an Delia ist höchst überflüssig. Sie wird doch gewusst haben, dass ihr Vater mit dir zusammen im Zug nach Leipzig sitzt. Und dass alles okay ist, darf vermutet werden. Ebenso, dass er sich später bei seiner Tochter melden wird. Eine Nachricht an Delia hätte zu diesem Zeitpunkt doch nur Sinn gemacht, wenn irgendetwas bei der Fahrt nicht geklappt hätte. Ist dir nie der Gedanke gekommen, dass Trost wie eine große Hörmuschel an dir klebt? Er beliefert dich mit Informationen und bindet dich ein, aber vielleicht ist das auch nur Fassade. Er füttert dich, aber im Grunde horcht er dich aus. – Denk mal über die vorherige Situation nach! Du sagst, dass du ihn mit massiven Vorwürfen konfrontiert hättest. An Trosts Stelle hätte ich dir jetzt den Laufpass gegeben. Müsste ich als großer Starverteidiger, als Primus meines Faches, die Kritik eines Allerweltanwalts ertragen, der mir nicht weniger als einen Verrat am eigenen Mandanten vorwirft? Aber der sonst über alle anderen erhabene und selbstherrliche Dr. Gereon Trost tritt dich nicht weg, sondern will sogar die Bindung zu dir noch verstärken. Jetzt soll es einen gemeinsamen Ausflug in die Berge geben. Stephan, da stimmt doch was nicht! Wohin soll es denn gehen?«

»Das hat er noch nicht gesagt.«

»Weil er sich erst mit Traunhof besprechen muss«, nickte Marie.

»Er hat ausdrücklich gesagt, dass ich mich mit dir besprechen soll. Er weiß doch, wie kritisch du bist.«

»Flucht nach vorn!«, wiederholte Marie. »Wie immer, sehr geschickt.«

»Es geht ihm um die Zukunft seiner Tochter. Also plant er nach vorn. Der Ausflug wird keine Falle sein, wenn du daran denken solltest. Sonst wäre ihm nicht daran gelegen, dass du über alles im Bilde bist.«

»Ich hoffe nur, dass ich mich nicht irre«, antwortete sie. »Überlege dir genau, worauf du dich einlässt, Stephan. Immerhin hat Trost auch noch mit Traunhof telefoniert«, sagte sie mit Blick auf Trosts Handy. »Letzten Sonntag, 22. Juli, gegen 19 Uhr. Also am Abend nach eurer Rückkehr aus Leipzig. Es hätte mich auch gewundert, wenn er sämtliche Kontakte zu Traunhof gelöscht hätte. Jede Wette, dass er in diesem Telefonat Traunhof Bericht erstattet hat.« Sie sah lächelnd auf. »Es ist Traunhofs Handynummer«, erklärte sie. »Ich kenne sie aus dem Internet. Traunhof bittet auf der Homepage alle Patienten, ihn jederzeit, auch außerhalb der Sprechzeiten, zu konsultieren. Wolfgang Traunhof ist eben sehr dienstleistungsorientiert. Ein vorbildlicher Arzt und aufrechter Bürger. Die ›Zehn‹ können stolz auf ihn sein.«

»Ich möchte Trosts Kanzlei gern übernehmen, Marie«, sagte Stephan ernst. »Es ist ein Angebot, das ich nur einmal in meinem Berufsleben habe. Es wird mit meiner jetzigen Kanzlei nicht weitergehen können. Seit der Übernahme des Mandats Wendel gab es kein einziges Neumandat. Die Zeiten sind schlecht geworden, Marie. Man liest es in allen Nachrichten, und jeder weiß es. Alle halten das Geld zusammen. Die Leute streiten nicht einmal mehr wie früher. Als Anwalt kann nur noch derjenige bestehen, der einen breiten Mandantenstamm hat. Doch den werde ich nicht aufbauen können. Gereon Trost hat ihn. Was gibt es da zu überlegen? Ich will endlich für meine Familie sorgen. Wenn du Gereon Trost schlachtest, sägst du an unserem eigenen Stuhl.«

»Er hat sich als Mephisto bezeichnet«, entgegnete Marie. »Nicht ich.«

22

Oberstaatsanwalt Kreimeyer bewohnte mit seiner Frau ein Reiheneckhaus im Stadtteil Sölde. Das Haus gehörte zu einer Kolonie, die ihre Entstehung in den siebziger Jahren des letzten Jahrhunderts nicht verbergen konnte. Die Häuser waren in die Jahre gekommen, die Klinkerfassaden wirkten altbacken und verbraucht. Ihre eintönigen Fassaden ließen kaum abweichende Gestaltungen zu. Lediglich in den Haustüren unterschieden sich die einzelnen Häuser voneinander. Nur wenige Eigentümer besaßen noch die ursprünglichen weißen Einheitstüren aus Kunststoff. Viele hatten im Laufe der Jahre teurere Modelle einbauen lassen, die mit ihren Edelmetallverzierungen und kunstvollen Glaseinfassungen Individualität vorgaukelten.

Oberstaatsanwalt a. D. Kreimeyer führte Trost und Stephan in das Wohnzimmer seines Hauses. Das Mobiliar spiegelte

Geschmack und Zeitgeist der Epoche wider, in der das Haus errichtet worden war. Die Couchgarnitur mit ihrem orange-grünen Bezug, die Essecke mit massiven Eichenstühlen und die darüber hängende Lampe mit schwerem Kupferschirm standen nicht für die Einrichtung, die Stephan bei einem früheren Oberstaatsanwalt erwartet hatte, doch er merkte schnell, dass der freundliche schlanke Pensionär ganz und gar die Gutbürgerlichkeit lebte, die sein Haus verkörperte. Stephan verfolgte den anfänglich belanglosen Wortwechsel zwischen Trost und Kreimeyer, der im Zeitraffer Stationen der Vergangenheit wachrief und an markante Prozesse erinnerte, in denen Kreimeyer die Anklage vertreten und Trost die Verteidigung übernommen hatte.

»Maxim Wendel betreibt eine Wiederaufnahme des Verfahrens?«, wiederholte der Pensionär ungläubig, als Trost den Anlass des Besuchs erläutert hatte.

»Es war ein Fall, der im Ergebnis glatt durchlief – abgesehen von Wendels hartnäckigem Leugnen. – Rechnen Sie sich denn Chancen aus, Herr Dr. Trost?«

»Die Wiederaufnahme betreibt mein junger Kollege hier, Herr Knobel«, erklärte Trost.

»Das wird ein schwieriges Unterfangen«, prognostizierte Kreimeyer und blickte Stephan mit einem Gesichtsausdruck an, der gleichermaßen Ermutigung und Bedauern signalisierte. »Jeder Angeklagte darf lügen. Und Wendel machte von diesem Recht reichlich Gebrauch. Wie so viele andere auch. Ich habe die Lügner über Jahrzehnte kennengelernt.«

Kreimeyer lächelte gütig, während Stephans Groll wuchs. Waren die Ansichten des Herrn Kreimeyer ein fast zwangsläufiges Produkt seiner langjährigen Arbeit als Ankläger, die sein Denken in eine bestimmte Weise ausgerichtet hatten und neuen Ansätzen keine Chance gaben?

»Ich habe gravierende Zweifel daran, dass Wendel der Täter war«, sagte Trost, der Stephans Unbehagen spürte. Stephan staunte insgeheim. So weit hatte sich Gereon Trost bei seinen bisherigen Einschätzungen nicht vorgewagt. Erstmals stellte er deutlich die Täterschaft Wendels in Frage, obwohl sie seit ihrem letzten Gespräch keine neuen Erkenntnisse gewonnen hatten. Diese Zweifel hätte Trost beim Gericht im Prozess gegen Wendel wecken müssen. Dann wäre er freigesprochen worden.

»Zweifel?«, wiederholte Kreimeyer.

Gereon Trost fasste pointiert die Fragen zusammen, die sich aufdrängten.

Kreimeyer strich sich mit der Hand durch sein Gesicht und dachte nach.

»Ich möchte wissen, warum diese Fragen nicht seitens des Gerichts oder der Staatsanwaltschaft gestellt wurden«, warf Stephan ein, ohne die Versäumnisse Trosts zu erwähnen.

»Jeder hat seine Rolle – und jeder hat seinen Blickwinkel«, antwortete Kreimeyer. »Glauben Sie nicht, dass die Staatsanwaltschaft leichtfertig Anklage erhebt. Sie ist von Gesetzes wegen verpflichtet, auch all das zu ermitteln, was zugunsten des späteren Angeklagten spricht. Aber wenn sich nichts Entlastendes ergibt, füllt die Staatsanwaltschaft mit aller Konsequenz ihre Rolle als Anklägerin aus.«

»Heißt das, dass der in der Anklageschrift vorgetragene Sachverhalt nicht mehr hinterfragt wird?«, fasste Stephan provokant nach.

»Das heißt, dass es in erster Linie Sache der Verteidigung ist, hier entgegenzuwirken. Und es ist Aufgabe des Gerichts, die widerstreitenden Positionen zu würdigen. Staatsanwaltschaft und Verteidigung sind unter Leitung des Gerichts im

Gleichgewicht zu halten. Aus dem Gleichgewicht folgt die Gerechtigkeit.«

»Eine einfache Formel«, meinte Stephan.

»Eine Formel, die sich bewährt hat«, entgegnete Kreimeyer gelassen. »Sie sind ja noch ein richtiger Rebell, Herr Knobel! Glauben Sie mir, das schleift sich ab. Schade, dass wir uns beruflich nie begegnet sind.«

»Die Gelegenheit ergab sich zwangsläufig nicht«, klärte Stephan auf. »Ich bin kein Strafrechtler.«

»Oh!«, staunte Kreimeyer. »Sie betrachten also dieses Wiederaufnahmeverfahren als Lehrstück?« Er lächelte wohlwollend. »Das ist eine gewaltige Hürde. Weiß Wendel, dass Sie auf diesem Gebiet keine Erfahrung haben?«

»Ja.«

»Seien Sie mir nicht böse, Herr Knobel. Aber dann muss ich davon ausgehen, dass Wendel selbst nicht an seinen Erfolg glaubt. Er hatte damals nicht ohne Grund Dr. Trost als Verteidiger gewählt. Wer mit der Nummer eins in den Ring geht, hat entweder genug Geld, sich den Besten leisten zu können, oder er muss in der Sache alle Register ziehen, weil es eng werden könnte. Ist es nicht so, Herr Dr. Trost?«

Trost schwieg.

»So einfach ist das also«, kommentierte Stephan.

»So ist die Realität«, antwortete Kreimeyer nüchtern. »Ein Angeklagter, der einen erstklassigen Strategen als Verteidiger auswählt, muss befürchten, dass ihm die normale Wahrheit nicht hilft. Er braucht den Winkeladvokaten zum juristischen Seilchenspringen. Ein Freispruch wegen Formfehlern oder ein Freispruch wegen unverwertbarer Beweismittel. So etwas habe ich immer gehasst.«

»Wendel hatte wohl keine Chance«, resümierte Stephan.

»Ein Vorsitzender Richter, dessen Voreingenommenheit quasi auf seiner Stirn eingebrannt ist, ein Oberstaatsanwalt, der sich ein Bild von Wendel und der ihm zur Last gelegten Tat gemacht hatte, und ein Verteidiger …« Er verstummte.

»… der, wie wir, keinen vernünftigen Zweifel an der Täterschaft Wendels haben konnte«, vollendete Kreimeyer.

»Deswegen sind wir hier«, griff Trost ein. »Es geht im Wesentlichen um das Tatwerkzeug, also die abgebrochene Glasflasche und die Hauptzeugin, jene Michelle Crouchford.«

»Ja, ich erinnere mich«, sagte Kreimeyer. »Das waren die maßgeblichen Glieder in der Beweiskette.«

»Stand ohne jeden Zweifel fest, dass Wendel diese Flasche in der Hand gehabt hat?«, fragte Stephan.

Kreimeyer seufzte. »Diese Frage ist aus Ihrer Sicht allzu verständlich, aber ich muss Sie enttäuschen, Herr Knobel. Alle kriminaltechnischen Untersuchungen, die man anstellen konnte, sind durchgeführt und mit eindeutigem Ergebnis abgeschlossen worden. Es handelte sich nach unseren Feststellungen um eine Weinflasche, in der getrocknete Reste von Riesling festgestellt wurden. Der Boden der Flasche war abgeschlagen und musste nach unseren Ermittlungen bereits längere Zeit fehlen. Wendel hat seine Fingerabdrücke am Flaschenhals hinterlassen. Ausweislich der eindeutigen Spuren hat er die Flasche von oben gegriffen, sodass er mit der an ihrem Boden abgeschlagenen Flasche in den Hals des Rentners stoßen konnte. Die Wunden am Hals des Opfers passten nach zweifelsfreien Untersuchungsergebnissen exakt zum Muster der Glaskanten an der Flasche. All dies ist nicht nur einmal, sondern mehrmals überprüft worden, Herr Knobel. Wir haben unsere Hausaufgaben wirklich ordnungsgemäß gemacht. Vor diesem Hintergrund ist

Wendels schon damals wie gleichsam von einem Wahnsinnigen stoisch wiederholte Behauptung, die Flasche nicht in der Hand gehabt zu haben, abenteuerliche Lyrik. Es waren übrigens der Vorsitzende Richter Froog und ich, die damals darauf gedrungen hatten, die zweifelsfrei von der Kriminaltechnik ausgewerteten Spuren nochmals von einem anderen Institut unabhängig überprüfen zu lassen. Das Gericht und ich begannen ja angesichts des hartnäckigen Bestreiten Wendels, diese Flasche angefasst zu haben, am eigenen Verstand zu zweifeln. Das Ergebnis der zweiten Analyse entsprach dem der ersten.«

»In der Akte steht, dass die Flasche neben der Leiche des Rentners im Gras gefunden wurde. Woher wussten Sie, dass sie sich vorher auf diesem Grillplatz befunden hat?«, fragte Stephan weiter.

Kreimeyer nickte. »Das ist richtig, die Flasche lag nach der Tat im Gras neben der Leiche. Wendel wird die Flasche nach Ausführung der Tat fallen gelassen haben. Wegen des recht hohen Grases ist die Flasche nicht weiter zerstört worden. Bei der kriminaltechnischen Untersuchung haben wir festgestellt, dass an der Flasche Rußpartikel hafteten, die belegen, dass sie zuvor auf dieser Feuerstelle gelegen hat, die Unbekannte einige Meter weiter aus Abbruchsteinen errichtet hatten. Auch das ist durch eingehende Untersuchungen zweifelsfrei erwiesen.«

»In der Akte steht auch, dass sich an oder auf dieser Feuerstelle weiterer Müll befand, unter anderem Bierdosen, aber eben keine weiteren Flaschen. Wie erklären Sie sich das?«, forschte Stephan weiter.

»Sie meinen, dass dort noch weitere Flaschen hätten liegen müssen. Eine einzige Flasche stört im Ensemble lauter Bierdosen. Meinen Sie das?«, fragte Kreimeyer lächelnd.

»Man könnte daran denken«, wandte Stephan ein.

»Ist alles bedacht worden«, schnaufte Kreimeyer zufrieden. »In der Tat fanden wir auf der Flasche neben den Fingerabdrücken Wendels noch etliche andere, die wir nicht identifizieren konnten, jedenfalls aber nicht mit denen identisch waren, die auf den Bierdosen festgestellt wurden, soweit dort noch Spuren gesichert werden konnten.«

»Das ist doch merkwürdig, oder?«

»Im Ergebnis ist es nichtssagend«, meinte Kreimeyer. »Denn wir wissen nicht, ob die in der Asche gefundenen Bierdosen und die Flasche wirklich von einer Gruppe von Menschen benutzt worden sind, die hier einmal ein Lagerfeuer entfacht und gefeiert haben. Vielleicht haben zwei oder drei von ihnen ausschließlich den Riesling und die anderen nur das Bier getrunken. Oder die Weinflasche hat mit der geselligen Runde von Biertrinkern gar nichts zu tun. Wir wissen das nicht, und wir werden es nie feststellen können. Aber es ist unerheblich. Entscheidend ist allein, dass die Flasche vorher im Ruß der Feuerstelle gelegen hat und der Flaschenboden bereits längere Zeit abgeschlagen sein musste. Dies folgt aus der Anhaftung von Blütenstaub an der Flasche und an der Glasbruchkante, soweit sie bei dem tödlichen Stoß nicht mit dem Blut des Rentners getränkt worden ist.«

Kreimeyer zog die Augenbrauen hoch.

»Zufrieden?«, fragte er rhetorisch.

»Bleibt noch die Frage nach Michelle Crouchford«, sagte Stephan, den Kreimeyers Ausführungen ernüchtert hatten.

»Was soll mit ihr sein?«, fragte Kreimeyer angriffslustig. Er wuchs wieder in seine ursprüngliche Rolle hinein.

»Mittlerweile hat sich herausgestellt, dass Wendel, von allen als Lüstling und Triebtäter vorverurteilt, im Grunde nur ein verklemmter Typ war, der um Aufmerksamkeit buhlte und durch in der Tat fragwürdige Anmachersprüche auffiel.«

»Der Arme«, entfuhr es Kreimeyer mit gespieltem Bedauern.

»Es könnte sein, dass Michelle Crouchford ihn gezielt verführt hat, um später mittels des vermeintlichen Vergewaltigungsversuchs ein Mordmotiv für Wendel zu konstruieren.«

Kreimeyer blinzelte Stephan an.

»Ich stelle mir gerade vor, Herr Rechtsanwalt, wie Sie durch einen Wald joggen. Zufällig begegnen Sie einer Blondine wie dieser Michelle Crouchford. Selbstverständlich drängt sie sich Ihnen sofort auf und wenige Minuten später verführt sie Sie, und dies, obwohl Sie so verklemmt sind. Welchen Titel sollen wir diesem Märchen geben, Herr Knobel? – Und schließlich: Wer, wenn nicht Wendel, sollte Gossmann aus welchem Motiv getötet haben?«

»Die Crouchford könnte eine Prostituierte gewesen sein«, fuhr Stephan unbeirrt fort. »Angeheuert, um die Rolle zu spielen, die Sie gerade beschrieben haben, Herr Kreimeyer.«

»Dafür gab es keine Anhaltspunkte«, erwiderte Kreimeyer. »Sie war zum damaligen Zeitpunkt bereits mehrere Jahre Studentin in Dortmund, ordnungsgemäß gemeldet und an der Uni eingeschrieben. Es gab in ihrem Umfeld keine Auffälligkeiten. Wir haben damals auch Kommilitonen nach Frau Crouchford befragt. Sie galt allgemein als nicht besonders fleißig und hatte durchaus ein elitäres Bewusstsein. Aber es gab keine Hinweise auf einen Lebenswandel der Crouchford, der ihre Glaubwürdigkeit hätte infrage stellen können.«

»Aber Sie kannten doch Crouchfords frühere Adresse in Leipzig«, erwiderte Stephan. »Ich habe mir das Haus angesehen. Möglicherweise handelt es sich um ein Bordell. Jedenfalls ist es gänzlich unwahrscheinlich, dass Michelle Crouchford dort jemals gewohnt hat. Überdies ist sie offensichtlich untergetaucht. Sie ist nirgendwo gemeldet.«

»Wie kommen Sie darauf, dass Frau Crouchford früher in Leipzig gewohnt hat?«, fragte Kreimeyer irritiert.

»Sie haben mir die Adresse doch selbst genannt«, sagte Trost. »Woher sonst sollte ich diese Adresse kennen?«

Kreimeyer schüttelte heftig den Kopf. »Sie müssen sich irren, Herr Dr. Trost. Von mir haben Sie gewiss nicht die frühere Adresse dieser Frau erfahren. Die Ermittlungsbehörden geben die Adressen von Zeugen grundsätzlich nicht heraus, das wissen Sie doch, Herr Dr. Trost. Frau Crouchford stammt nicht direkt aus Leipzig, sondern aus einem etwa 20 Kilometer von Leipzig entfernten Ort. Es ist ein Örtchen, dem noch der Charme der alten DDR anhaftet. Sie wohnte dort in einer kleinen Wohnung über einem Lebensmittelladen. Auch das haben wir damals überprüft. Eine Adresse direkt in Leipzig war uns nicht bekannt. Die gab es offensichtlich auch nicht. Allein wegen der örtlichen Nähe ihres früheren Wohnortes zu Leipzig wurde schlicht Leipzig angegeben, weil mit dem Namen dieses kleinen Nestes niemand etwas anzufangen wusste.«

»Jetzt bin ich sprachlos«, bekannte Trost.

»Es tut mir leid. Ich kann Ihnen nichts anderes sagen«, bedauerte der Pensionär.

23

»Er irrt sich«, war Trost überzeugt, als sie das Haus verlassen hatten. »Auch, wenn sich Kreimeyer seiner Sache sicher scheint.«

»Es hört sich nicht nach einem Irrtum an«, sagte Stephan. Er holte Trosts Handy hervor und reichte es ihm.

»Hat es dir genützt?«, fragte Trost.

»Ich habe es nicht benutzt.«

»Das war nicht meine Frage«, entgegnete Trost. »Hast du über unser gestriges Gespräch nachgedacht?«

»Natürlich.«

»Wir sollten bald in Klausur gehen. Wir müssen unser Verhältnis zueinander klären – und über unsere Projekte sprechen. Es geht um mein Lebenswerk – und für dich vielleicht um die Chance schlechthin, soweit es deine beruflichen Perspektiven angeht. Wir werden an einen Ort fahren, der für mich symbolische Bedeutung hat. Es ist der Ort, an dem vor rund sechs Jahren an einem Sommerwochenende die Idee der ›Zehn‹ geboren wurde. Du weißt, wie sehr ich mir wünsche, dass du dich dort engagierst. Die Idee lebt und überlebt nur durch Menschen, die sie im Herzen tragen.«

»Welcher Ort?«, fragte Stephan. Trosts Offensive überforderte und überraschte ihn. Erst gestern hatte Trost gesagt, dass er Stephan in den nächsten Tagen noch einmal darauf ansprechen wollte. Was machte die Sache nun noch eiliger?

»Chamanna Jenatsch.«

»Wie?«

»Eine Berghütte in Graubünden in der Schweiz. Es ist ein idealer abgeschiedener Ort. Beste Voraussetzung, um in Ruhe die Gedanken schweifen zu lassen und sie dann zu ordnen. Außerdem ist es ein Ort, an dem der Fall Wendel gewissermaßen seinen Ausgangspunkt hat. Lass uns dorthin fahren, Stephan! Die Zeit drängt, ich spüre es.«

»Das verstehe ich nicht.«

»Vertraue mir einfach, Stephan. All deine Fragen werden beantwortet werden. Auch im Fall Wendel.«

»Warum nicht hier, warum nicht jetzt?«, fragte Stephan.

»Weil es hier nicht geht. Weil ich Ruhe und Freiheit benötige, um die Zusammenhänge zu erläutern, die du nicht auf Anhieb verstehen wirst. Und weil auch du Zeit benötigen wirst, um deine eigenen Entscheidungen zu treffen.«

»Was du sagst, macht mir Angst«, bekannte Stephan. »Zugleich merke ich, dass der Fall Wendel mehr und mehr Abgründe offenbart.«

»Ich weiß«, sagte Trost leise.

»Weshalb diese Berghütte, Gereon? – Warum treffen wir uns nicht irgendwo im Münsterland oder im Sauerland?«

»Münsterland oder Sauerland?« Trost lächelte. »Diese Gegenden sind nicht weit genug weg. Was ich dir zu sagen habe, nimmt Zeit in Anspruch. Und es sind vielleicht Wahrheiten, die dich in die Flucht treiben könnten. Manches wird dir nicht gefallen, einiges wirst du nicht verstehen, aber am Ende wird sich ein schöner Horizont für dich auftun. Du musst Zeit haben, selbst in Ruhe nachzudenken, dich vielleicht drei oder vier oder noch mehr Stunden zurückziehen, um dann weiter in die Tiefe zu dringen. Es sollen all deine Fragen beantwortet werden, Stephan. Aber ich habe die Hoffnung, dass du am Ende verstehst, vielleicht sogar verzeihst. Mehr kann ich dir jetzt wirklich nicht sagen. Ich kann nur an dich appellieren, meine Ernsthaftigkeit und meinen guten Willen zu erkennen. Es ist eine lange Fahrt dorthin, aber die Hütte wird dich begeistern. Es gibt Orte, wo man mit sich selbst allein sein darf. Im Moment herrscht ganz ordentliches Wetter. Lass uns die Zeit nutzen und fahren – direkt morgen, am 26.!«

»Morgen, am Donnerstag schon?«

Trost nickte. »Ja, die Zeit drängt. Ich werde gleich für uns zwei Frühflüge nach Zürich im Internet buchen. Von da aus fahren wir mit dem Zug ins Engadin. Wir werden am Abend auf der Hütte sein. – Besprich dich mit Marie«, sagte er, wie er es immer tat, wenn er einen Schritt nach vorn gehen wollte.

Trost versuchte, sich gelassen zu geben, doch er war es nicht. Sein Gesicht war fahl und ausgelaugt. Stephan spürte, dass Trost nun aus der Deckung hervortrat, in der ihn Marie stets vermutet hatte. Er hatte seine Sicherheit verloren, war entschlossen, etwas zu offenbaren, in das er verstrickt war, und blieb dennoch eigenartig zögerlich.

Trost griff in die Innentasche seiner Jacke und zog ein zusammengefaltetes Blatt Papier und einen Kugelschreiber hervor. Mit zittriger Hand kritzelte er den Namen der Berghütte auf das Blatt und reichte es Stephan. Stephan las die Worte Chamanna Jenatsch, die er zuvor noch nie gehört hatte.

»Es ist dort nicht einsam«, erklärte Trost. »Die Hütte hat über 70 Schlafplätze. Irgendwer ist immer da. Wichtig ist nur die Abgeschiedenheit von der restlichen Welt. Man kann sich in Winkel zurückziehen, wo man niemanden trifft. Du brauchst keine Angst zu haben, Stephan. Vertraue mir bitte, auch wenn ich dir mit diesem Wunsch etwas abfordere, was im Moment über deine Kräfte zu gehen scheint.«

Stephan schauderte. Er betrachtete wieder den ihm fremden Namen auf dem Papier, faltete das Blatt und sah, dass es auf der Rückseite beschrieben war.

»Brauchst du das Papier nicht mehr?«, fragte Stephan. »Es steht was drauf.«

»Nein, nein. Du kannst es haben. Es sind die Themen der Vorträge, die die aufgenommenen Mitglieder der ›Zehn‹ dort einmal gehalten haben. Ich wollte dir die Liste ohnehin einmal geben. Sie ist jetzt nicht wichtig.«

Trost verabschiedete sich von Stephan. Er tat es mit festem Händedruck, doch ohne Stephan anzuschauen. Dann setzte er sich in sein Auto und fuhr langsam davon.

24

Am frühen Donnerstagmorgen stellte Stephan seinen Wagen in einem Parkhaus am Düsseldorfer Flughafen ab. Trost hatte darum gebeten, dass Stephan den Transfer zum Flughafen übernehmen solle, weil er seinen eigenen Wagen während dieser Zeit seinem Autohändler zur Inspektion überlassen wollte. Trost stieg aus, klopfte lächelnd auf das Wagendach und merkte zwinkernd an, dass die Tage dieses alten Gefährts gezählt seien und Stephan sich schon mal nach einem neuen Fahrzeug umschauen solle. Es schien, als ließe Trost keine Gelegenheit aus, Stephan auf den wirtschaftlichen Aufstieg einzuschwören, der sich leuchtend am Horizont auftäte, wenn Stephan erst einmal in Trosts Kanzlei eingestiegen sein würde.

Noch am heutigen Tag wollte Trost mit Stephan die Chamanna Jenatsch, der rätoromanische Begriff für Jenatsch-Hütte, erreichen. Trosts bisher einzige und wiederkehrende

Auskunft hierzu war, dass sie nach dem Flug von Düsseldorf nach Zürich den Zug nach Chur, dort in die Schmalspurbahn nach St. Moritz umsteigen und den Zug in Spinas, gelegen im Oberengadin, verlassen würden. Dort beginne der knapp sechsstündige Aufstieg zur Hütte, die sie gegen 19 Uhr erreichen wollten. Trost hatte Stephan diese Informationen in der sicheren Erwartung erteilt, dass sich Stephan gemeinsam mit Marie über die Hütte und die Reise dorthin informieren werde, und fast schien es, als habe er mit Maries Anruf gerechnet, die sich auf Stephans Handy meldete, als sie bereits im Zug der Rhätischen Bahn saßen und das Handy an Trost weiterreichen ließ.

»In der Hütte übernachten laut Internet heute zwölf Personen«, sagte Marie. »Die Hütte ist also nicht menschenleer. Ohnehin sind dort der Hüttenwirt und seine Frau vor Ort.«

»Ich weiß«, sagte Trost in einem Tonfall, der signalisierte, dass Marie genau die Feststellungen getroffen hatte, die sie nach Trosts Erwartung auch treffen sollte. »Zwei dieser Gäste sind wir«, sagte er. »Haben Sie ernstlich befürchtet, dass ich Ihren Stephan an einen Ort locken möchte, wo keine Menschenseele ist und uns auch keine Menschenseele findet?«

Er vermied den Begriff der Falle, doch er spürte, dass Marie ihn richtig verstanden hatte.

»Es ist mir wohler, wenn ich Stephan in Gesellschaft weiß«, gestand sie freimütig. »Die Hütte hat auch Telefon«, ergänzte sie. »Allerdings hat man mit dem Handy dort keinen Empfang. Ich habe mir die Internetseite der Hütte angesehen.«

»Das haben Sie gut recherchiert«, lobte Trost. »Doch Sie müssen sich deswegen keine Sorgen machen.«

»Stephan hat mir versprochen, dass Sie sich mit ihm nicht so weit von der Hütte entfernen. Vielleicht suchen Sie sich für die Gespräche einen Ort in Sichtweite der Hütte. Stephan ist ohnehin kein Bergwanderer. Der Aufstieg ist für ihn anstrengend genug. Er ist so etwas nicht gewohnt. Das sollten Sie berücksichtigen, Herr Dr. Trost.«

»Selbstverständlich, Frau Schwarz. Und ich darf sagen, dass ich Sie voll und ganz verstanden habe. Seien Sie versichert: Wir werden über die Zukunft reden und nicht über das Ende. Ich denke, Ihr Freund hat das verstanden, und ich weiß, dass Sie mich am Ende ebenso verstehen werden.«

»Ich wollte nur sagen, dass ich über alles im Bilde bin«, setzte Marie nach. »Auch über alles, was den Fall Maxim Wendel betrifft.«

»Das sollten Sie auch«, betonte Trost. »Stephan wird Ihnen sicher gesagt haben, dass ich ihn immer wieder gebeten habe, alles mit Ihnen zu besprechen. Ich hoffe, dass er sich daran gehalten hat.«

Trost sah aus dem Zugfenster. Der Zug hatte das Oberrheintal bei Thusis verlassen und begann in zahlreichen Kurven den Aufstieg ins Gebirge.

»Herr Dr. Trost?«, fragte Marie nach einer Weile.

»Ja, ich bin noch da. Der Kontakt wird gleich abbrechen, Frau Schwarz. Soweit ich mich erinnere, folgt in Kürze Tunnel auf Tunnel. Es ist schon einige Jahre her, dass ich das letzte Mal hier war, aber ich weiß, dass das Telefonieren im Zug nicht richtig funktionierte. Ich verabschiede mich jetzt von Ihnen, Frau Schwarz. Passen Sie auf sich auf!«

Er gab Stephan das Handy zurück.

»Pass auf, bitte!«, sagte Marie. »Elisa und ich brauchen dich.«

»Du bist ja richtig feierlich«, antwortete Stephan gerührt. Er gab ihr einen Kuss durchs Telefon.

Trost lehnte sich in das Polster zurück und starrte unbewegt in die Landschaft. Tatsächlich folgten Tunnel und Brücken in rascher Folge und der zu Beginn dichte Nadelwald, der bis an die Strecke heranreichte, wurde zunehmend lichter. Der Zug gewann an Höhe. Einzig vor dem Überqueren des weltbekannten Landwasserviadukts regte sich Trost, machte auf diese Besonderheit aufmerksam und lehnte sich mit Stephan aus dem Fenster, als der Zug in einer Rechtskurve die Viaduktbögen und den fast 70 Meter unter ihnen dahinschäumenden Fluss überquerte und unmittelbar anschließend vom Tunnel in einer steil abfallenden Felswand verschluckt wurde. Dann ließ sich Trost wieder auf seinen Platz fallen, blickte auf die Uhr und bemerkte, dass man bald am Ziel sei. Stephan versuchte, den verwirrenden Verlauf der Strecke durch Schleifen und Kehrtunnel zu verfolgen, bevor der Zug mit der Einfahrt in den Albulatunnel in das Oberengadin wechselte. Jetzt stand Trost auf, schnürte seinen Rucksack und zog die Bänder seiner Bergschuhe nach. Dann erreichten sie Spinas. Außer ihnen verließ niemand den Zug.

Unmittelbar an der kleinen Bahnstation begann der Weg zu der bereits hier ausgeschilderten Hütte und stieg zunächst sanft über Viehweiden an. Stephan spürte schon jetzt seine Füße in den seit Jahren nicht mehr benutzten Wanderschuhen, die er zum Zweck der Gewöhnung seit dem Umstieg in den Zug der Rhätischen Bahn in Chur trug. Er merkte, dass diese Zeit zu kurz gewesen war. Auch der Rucksack drückte und war von Marie mit viel zu vielen Dingen gefüllt worden. Vereinbarungsgemäß sandte er an Marie eine SMS, dass die Zugfahrt gut verlaufen sei und er sie nach der Ankunft auf der Hütte vom Festnetz aus anrufen werde. Danach schaltete er das Handy ab, um den Akku zu schonen. Ausweislich des Internets verfügte die Hütte zwar über eine Fotovoltaikanlage und über eine kleine Wasserturbine, um elektrischen Strom zu erzeugen. Aber es war ungewiss, ob damit auch eine Steckdose für die Allgemeinbenutzung gespeist wurde.

Der anfangs noch gut begehbare Weg wurde steiniger und steiler und verengte sich irgendwann zu einem ausgetretenen Pfad, der immer häufiger über größere Geländekanten und felsige Stufen führte. Gereon Trost ging leichtfüßig vorweg, hielt die Hände auf seinem Rücken unter dem Rucksack verschränkt und blickte sich immer wieder zu Stephan um, der zunehmend die körperliche Anstrengung spürte und müde wurde. Er war gegen drei Uhr in der Frühe aufgestanden. Die lange Reise bis hier und die unmittelbar anschließende anspruchsvolle Wanderung belasteten, doch er sagte nichts. Dem etliche Jahre älteren Gereon Trost waren keine Mühen anzumerken. Er gab sich so, wie er auch seinen Beruf ausübte: zäh und von eiserner Geduld beherrscht. Zwischendurch legten sie eine Rast ein, bei der Gereon Trost eine luftgetrocknete Mettwurst, Käse und Baguettestücke aus seinem Rucksack zauberte, dazu Blutorangensaft.

»Man muss den Salzhaushalt im Körper im Auge behalten und reichlich trinken«, sagte er und überließ Stephan den größten Teil der Nahrungsmittel. Tatsächlich schmeckten Wurst und Käse hier so gut wie sonst nirgends. Stephan genoss die Pause, beruhigte seine Atmung und blickte zurück in das steil hinter ihnen abfallende Tal, durch das sie bis hierhin angestiegen waren. Der Ausgangspunkt ihrer Wanderung war längst nicht mehr sichtbar, und auch die Baumgrenze lag bereits hinter ihnen. Hier oben fand sich nur noch spärliche Vegetation. Es waren dürre Sträucher, Gräser und einige wild wachsende Blumen, deren Wurzeln in dem steinigen Boden Halt fanden und der oft extremen Witterung trotzten. Dann ging es weiter. Gereon Trost strebte wieder voran und begann die verbleibende Zeit bis zum Erreichen der Hütte herunterzurechnen. Stephan merkte, dass Trost ihn wie ein ungeduldig gewordenes Kind bei Laune halten wollte. Etwa eine Stunde vor dem Ziel begegneten sie einer Gruppe von zehn Wanderern. Es waren Schweizer, die auf Trosts Nachfrage erklärten, dass sie den ursprünglich geplanten Verbleib auf der Hütte vorzeitig abgebrochen hätten. Es werde schlechtes Wetter erwartet, erklärte einer von ihnen. Deshalb habe man von der für den nächsten Tag geplanten Wanderung über das Gletschergebiet hinüber nach St. Moritz Abstand genommen. Sie redeten in unverwechselbarem Schweizer Deutsch, doch Stephan verstand sie mühelos und insbesondere, dass er nun doch mit Gereon Trost auf der Hütte allein sein würde.

»Ist sonst niemand mehr da?«, vergewisserte er sich besorgt.

»Doch, doch die Hütte ist bewartet«, antwortete ein anderer aus der Gruppe. »Es ist schön dort. Schmackhaftes Essen. Ihr werdet es gut haben! – Nur mit Wanderungen wird es morgen wahrscheinlich schwer werden …«

Die Schweizer verabschiedeten sich und stiegen weiter ins Tal hinab.

»Willst du abbrechen?«, fragte Trost, als die anderen außer Hörweite waren.

»Macht der Aufstieg denn Sinn, wenn das Wetter schlecht wird?«, fragte Stephan zurück.

»Wir wollen doch nicht wandern«, erwiderte Trost. »Ich denke, Marie würde nichts gegen das schlechte Wetter haben. Dann bleiben wir auf der Hütte, Stephan. Wir werden immer in das Tal zurückkommen können, selbst wenn es morgen oder übermorgen regnet. – Also, wie entscheidest du?«

Trost blickte in den noch blauen Himmel, in dem sich in der Ferne grauweiße Wolkengebilde auftürmten.

»Wir haben den größten Teil der Strecke hinter uns«, fuhr Trost fort. »Oben wirst du den Blick in die Welt der Berge genießen. Das verspreche ich.«

Stephan verstand immer weniger, weshalb der mühevolle Aufstieg zu dieser Hütte die unabdingbare Voraussetzung dafür sein sollte, dass sich Trost offenbarte. Der Fall Maxim Wendel, das Schicksal der Kanzlei, die Aufnahme der Tochter Delia in die Praxis, Trosts rätselhafte Rolle bei seiner damaligen Verteidigung des Mandanten, aber auch seine jetzige Rolle – all diese Themen brannten auf den Nägeln.

»Weiter, natürlich«, entschied Stephan.

Kurz vor 18 Uhr und mit beginnender Dämmerung sahen sie endlich die Hütte auf einem kahlen Hügel im hinteren oberen Teil des Tals liegen, eingebettet zwischen dem Piz Picuogl und dem Piz Jenatsch. Stephan hatte sich die Hütte vorher im Internet angesehen. Doch der Weg dorthin erforderte noch eine knappe Dreiviertelstunde strammen Gehens und Steigens, die nur deshalb ohne Missmut verging, weil sie das Ziel in greifbarer Nähe vor sich sahen. Dann endlich traten sie in die Hütte ein und wurden vom Wirt und dessen Partnerin begrüßt, freundlich hereingebeten und gleich darauf aufmerksam gemacht, dass man die Wanderschuhe im Vorraum stehen lassen müsse. Sie entledigten sich ihrer Rucksäcke, zogen die Schuhe aus und schlüpften in Hüttenpantoffel, wurden dann in den Aufenthaltsraum geführt, der mit weichem wohnlichen Arvenholz verkleidet war und durch die Fenster einen fantastischen Blick auf die Berge und ihre Gipfel gewährte, die sich majestätisch aneinanderreihten. Die Wolken hatten sich verdichtet und trieben bleiern grau vor dem sich ohnehin verdunkelnden Himmel.

Der Hüttenwirt gab jedem von ihnen ungefragt einen Begrüßungsschnaps, stieß mit ihnen an und blickte kritisch aus dem Fenster.

»Es haben sich noch zwei Wanderer angemeldet. – Ich hoffe, sie schaffen es rechtzeitig.«

Stephan blickte fragend zu Trost, doch der reagierte nicht, sondern öffnete seinen Rucksack und holte Wechselkleidung hervor.

»Wasser, Toilette, Schlafräume? – Ist alles noch so wie früher?«, fragte er den Hüttenwirt, während er den Rucksack wieder verschloss. »Es ist rund sechs Jahre her, dass ich einmal mit Freunden hier war.«

»Alles wie gehabt«, bestätigte der Hüttenwirt, Abendessen um 19 Uhr, Frühstück zwischen sieben und acht Uhr, Schlafen in Seiden- oder Baumwollschlafsäcken im Achter- bis 18-er-Zimmer. – Für Verliebte haben wir jetzt sogar zwei Doppelzimmer, das ›Armonia Dschimels‹ und die ›Muntanella Suita‹.«

»Murmeltier-Suite«, erklärte Trost den letzten Begriff lächelnd auf Stephans fragenden Blick.

»Ihr habt die freie Wahl«, sagte der Wirt. »Die Doppelzimmer kosten 20 Franken Aufpreis.«

»Wir gehen in eines der Achter-Zimmer«, entschied Trost. »Wir wollen den Verliebten nicht ihre Liebeshöhlen nehmen.«

»Im Untergeschoss haben wir nach wie vor unsere Waschräume und Toilette mit fließendem Wasser«, ergänzte der Wirt.

»Perfekt«, meinte Trost und stellte seinen Rucksack zur Seite.

»Nehmt ihr noch was zu essen?«, fragte der Wirt.

Er trat ans Fenster und schaute ins Tal.

»Da unten kommen die beiden.«

Er hatte mit dem Fernglas zwei rote Punkte ausgemacht, die sich über den Pfad nach oben mühten. Die ersten Regentropfen schlugen an die Scheiben.

»Sie haben Glück, wenn sie sich beeilen«, meinte der Wirt. »Ist es Ihnen recht, wenn wir mit dem Essen warten, bis die beiden hier sind? Ich zaubere dann was Deftiges. Und einen guten Veltliner gibt es dazu. Recht so?«

Trost nickte. »Alles wunderbar! – Willst du dich erst frisch machen, Stephan?«

»Später. Erst möchte ich kurz Marie Bescheid geben, dass ich angekommen bin.

Er sah den Hüttenwirt an.

»Dürfte ich kurz telefonieren?«

Der Wirt runzelte die Stirn.

»Du weißt schon, dass eine Bergwanderung etwas anderes ist als eine Reise durch eure hektische Welt da unten, wo man stets erreichbar sein muss?«

Stephan nickte.

»Es ist wichtig, bitte!«

»Die beiden haben ein krankes Kind«, sprang ihm Trost bei.

Der Hüttenwirt verstand und bedeutete Stephan, ihm zu folgen, schaltete die Leitung frei und überließ Stephan das Telefongerät.

Stephan fasste sich kurz, nahm Marie ihre Sorgen und erkundigte sich betont nach Elisa, weil er den Hüttenwirt in Hörweite wähnte.

Dann kehrte er zu Trost zurück.

Stephan genoss es, nur auf der Holzbank zu sitzen und sich auszuruhen. Im Aufenthaltsraum war es angenehm warm. Draußen wurde das Wetter schlechter. Zugleich brach jetzt schnell die Dunkelheit herein. Der Hüttenwirt machte ein zusätzliches Licht an, und Stephan lehnte sich behaglich zurück, während Trost seinen und Stephans Rucksack in den Schlafraum verbrachte. Stephan ahnte, was Trost beschrieben hatte: Hier oben war das Leben einfach und auf das Wesentliche reduziert. Es gab keine reizüberflutete Umwelt, keine Hektik, sondern nur die nun in die Nacht eintauchende grandiose Bergwelt, ein immer gleiches majestätisches Panorama in wechselndem Farbenspiel der Tageszeiten und der Witterungen. Hier war man für und bei sich. Das Hüttenleben folgte schlichten Ritualen.

Trost kam aus dem Schlafraum zurück. Er rieb sich die Hände und sah Stephan zufrieden an. Erstmals an diesem Tag schien er ausgeglichen zu sein. Anspannung und Unruhe waren gewichen. Er setzte sich zu Stephan auf die Bank.

»Die beiden sind gleich da«, rief der Hüttenwirt ihnen im Vorbeigehen zu. »Ihre tanzenden Lichter sind nur noch wenige Meter entfernt.«

Der Regen prasselte nun heftig gegen das Haus. Sie hörten, wie die beiden Wanderer dankbar ins Haus huschten und umgehend der Vorgabe folgten, sich der nassen Schuhe zu entledigen. Dann traten sie in den Aufenthaltsraum. Die Regentropfen auf den knallroten Regenumhängen glitzerten im Lampenlicht und perlten mit leichtem Klopfen auf den Dielenboden. Sie nahmen ihre Kapuzen ab. Stephan sah erst jetzt ihre nassen, glänzenden Gesichter und erschrak. Es waren Traunhof und Böhringer.

Stephan verkrampfte und griff intuitiv an seine Hosentasche, in der sich das Handy befand, das ihm nicht helfen würde. Unwillkürlich rückte er von Trost weg, von dem er sich hintergangen und verraten fühlte, doch Trost schien ebenso überrascht wie Stephan oder tat jedenfalls so.

»Lieber Gereon, da sind wir!«, verkündete Traunhof und streckte sich behaglich. Er lachte und befreite sich umständlich von seinem Regenumhang.

»Es ist ein Sauwetter. Danach sah es nicht aus, als wir von Spinas aus aufgebrochen sind.«

Lutz Böhringer zog still seine triefende Kleidung aus, hing wie Traunhof seinen nassen Umhang in den Flur und ging zur Toilette ins Untergeschoss. Traunhof folgte ihm pfeifend die Treppe hinab.

»Ich finde keine Worte, Gereon«, stammelte Stephan.

»Ich schwöre, dass ich nicht wusste, dass wir hier von denen Besuch bekommen«, beteuerte Trost. Sein Gesicht war kalkweiß.

»Und woher konnten sie wohl wissen, dass wir hier sind?«, fragte Stephan lauernd.

»Es kann nur eine Möglichkeit geben«, erwiderte Trost leise. »Böhringer hat zurzeit einen Schlüssel zu meinem Haus, weil er die Außenanlage gestaltet. Er muss in meinen Computer geschaut haben. Ich habe den Flug und die Reservierung in der Hütte online gebucht.«

»Darauf bist du aber schnell gekommen«, stellte Stephan misstrauisch fest.

»Ich werde dir nicht beweisen können, dass ich von der Ankunft der beiden nichts wusste«, sagte Trost. »Du kannst mir glauben oder auch nicht.«

Traunhof kehrte kurz darauf gut gelaunt zurück. Er hatte sich umgezogen.

»Die beiden kennen sich hier gut aus«, flüsterte Stephan. »Also sind das die Freunde, mit denen du vor rund sechs Jahren hier warst. Stimmt's?«

Trost nickte unmerklich.

»Es ist urgemütlich hier – wie immer«, säuselte Traunhof und trat freudestrahlend ein. »Kaum ist man hier, ist die Mühsal des Weges vergessen. Beine und Füße sind vom Laufen schwer, aber es ist eine wohltuende Schwere. Die Haut kribbelt noch vom Regen. Eine wunderbare Massage. Man fühlt sich durch und durch gesund und gut. Es ist erstaunlich, wie schnell man regeneriert.«

Stephan war sich sicher, dass Traunhof die salbungsvollen Worte mit Bedacht gewählt hatte. Mehr als alles andere genoss er die Überraschung, die er kalkuliert und gekonnt inszeniert hatte. Fast schien es, als sei das Wetter willkommener Statist geworden, denn aus dem nächtlichen Himmel zuckten die ersten grellen Blitze, unter denen die Felswände bizarr für Sekundenbruchteile erleuchtet wurden, bevor sich krachende Donner entluden, die im Gebirge gespenstisch widerhallten.

Der Hüttenwirt erschien.

»Meine Herren! Rösti aus der Pfanne, mit Zwiebeln und Speck – schmeckt riesig nach so einer Tour.«

»Wunderbar«, schnalzte Böhringer, der gerade hinzukam und sich mit der Hand durch die noch nassen Stirnhaare strich. Wie Traunhof hatte er sich umgekleidet. Er setzte sich an den großen Ecktisch und winkte die anderen herbei.

»Ihr Angebot ist ganz in unserem Sinn!«, lobte er. »Dazu bitte einen Grünen Veltliner!«

Der Hüttenwirt verschwand wieder Richtung Küche.

»Nun kommt endlich zu uns«, forderte Traunhof, der sich neben Böhringer gesetzt hatte. »Wir teilen heute Nacht das

Lager. Unsere Rucksäcke stehen schon in unserem gemeinsamen Zimmer.«

»Warum seid ihr hier?«, fragte Gereon Trost, ohne sich von der Stelle zu rühren.

»Das überwältigt dich Gereon, nicht wahr? Und erst recht unseren Freund, den Anwalt des Maxim Wendel.« Traunhof verzog sein Gesicht zu einem spöttischen Lächeln. »Der Gereon wusste wirklich nichts«, beteuerte er. »Aber wir dachten uns, wir stoßen einfach zu euch, denn es geht darum, den Herrn Knobel für unsere Idee zu begeistern. Gereon betont ja ständig, dass Sie sich uns anschließen wollen.«

»Wem anschließen?«, fragte Stephan tonlos.

»Na, den ›Zehn‹ natürlich«, antwortete Böhringer verwundert. »Wem sonst? Wir haben uns doch schon einen Abend lang beschnuppern dürfen.«

»Ich denke, Stephan ist noch zu überrascht, hier auf euch zu treffen«, half Trost. »Natürlich unterhalten wir uns häufig darüber – und wir sind ja gerade deswegen hier, Lutz.«

Stephan beobachtete Gereon Trost nur aus den Augenwinkeln und schwieg. Er spürte, dass sich zwischen ihm und den beiden anderen eine Spannung aufbaute, die im Laufe dieses Abends ihre Entladung suchte.

Der Hüttenwirt brachte die bestellte Karaffe Grünen Veltliner, dazu vier Gläser. Er stellte die Gläser an die Tischecke, an der er stand, und stieß sie so gekonnt über den Tisch, dass auf jedem Platz eines der Gläser zu stehen kam.

»Brillant wie eh und je, unser Wirt«, grunzte Traunhof, lehnte sich behäbig zurück und umfasste mit seinem Arm die Lehne des Stuhls, auf dem er saß. »Nun kommt endlich rüber!«, wiederholte er. »Die Gläser markieren unsere Plätze.«

Unverkennbar schwang sich Traunhof zum Dirigenten

auf, und er inszenierte geschickt. Er verstand es, die symbolische Bedeutung seiner Worte zu unterstreichen, indem er verstummte und nun schweigend die Befolgung seines Befehls einforderte.

»Ach, Wolfgang«, seufzte Trost und erhob sich merkwürdig schwerfällig. Er wirkte ganz anders als vorhin beim Aufstieg zur Hütte, den er leichtfüßig wie eine Gämse bewältigt hatte. Trost schien fast zu dem von Traunhof vorbestimmten Platz zu schlurfen, dann sank er auf den Stuhl und bedeutete Stephan mit einer flüchtigen Geste, sich an seine Seite zu setzen.

»Also habt ihr nicht so intensiv über Knobels Aufnahme bei den ›Zehn‹ diskutiert?«, fasste jetzt Böhringer nach.

»Doch, immer wieder«, löste Stephan die Spannung, stand auf und wechselte zu dem Tisch. Jetzt saß er neben Gereon Trost und zugleich Lutz Böhringer gegenüber.

»Hier oben in dieser Hütte hat vor rund sechs Jahren alles angefangen«, erinnerte Traunhof daran. »Es war ein gruseliges Wetter, fast so wie am heutigen Abend. Wir waren von Spinas her aufgestiegen …«

»So, wie heute«, warf Böhringer ein und griff zur Karaffe.

»… und hatten den Plan, am nächsten Tag über den Gletscher und dann über den Kamm hinüber nach St. Moritz zu laufen«, vollendete Traunhof.

»Wer sind *wir*?«, fragte Stephan. Er merkte intuitiv, dass er sich einbringen musste.

»Der Lutz, der Gereon und ich«, antwortete Traunhof. »Drei Freunde, die sich schon aus ihrer Schulzeit kannten und beschlossen hatten, eine Wandertour zu machen.«

Böhringer füllte alle Gläser randvoll.

»Doch aus der Wanderung wurde nichts«, fuhr Traunhof fort. »Das Wetter machte einen Strich durch die Rechnung.

Und so saßen wir auf dieser Hütte fest. Drei Tage lang. Und nachdem alle Gesellschaftsspiele gespielt und schon mehrere Weine verköstigt worden waren, hoben wir irgendwann abends die Idee aus der Taufe, einen kleinen, aber durchaus elitären Club zu gründen, der sich vor allem eines auf die Fahne schreiben sollte: die bedingungslose Solidarität unter- und zueinander. Heute reden alle vom Networking. Aber das ist nur eine Phrase, die häufig ohne jede Qualitätsmerkmale Menschen untereinander locker verbindet. Davon hat man nichts.«

»Wir sind anders«, übernahm Böhringer. »Es sollten nur die wirklich Guten und Wertvollen miteinander verbunden werden.« Er hielt inne und warf Stephan einen prüfenden Blick zu, doch Stephan erkannte das Manöver und nickte verständig.

»Wir folgen einfach der Tatsache, dass diejenigen, die in der Gesellschaft Leistung erbringen, auch nur von ebensolchen etwas erhalten werden«, untermauerte Traunhof den theoretischen Ansatz. »In keiner Gesellschaft funktioniert auf Dauer das Prinzip der Gleichmacherei, denn es führt zu der Konsequenz, dass die Leistungsträger die anderen ziehen müssen und umgekehrt jene anderen die Leistungserbringer aussaugen.«

Stephan blickte nur auf das vor ihm stehende Glas Wein und nippte schließlich daran. Die leiernden pseudowissenschaftlichen Ausführungen von Traunhof und Böhringer waren ihm schon aus Trosts Monologen bekannt. Würde es an diesem Abend nur um die ebenso elitären wie abwegigen Theorien gehen, hätte Stephan Lust gehabt, sich ungehemmt dem Veltliner hinzugeben, doch er blieb auf der Hut.

»Also wurde hier die Idee der ›Zehn‹ geboren«, kürzte Trost ab. »Wobei die Begrenzung der Mitgliederanzahl und der daraus abgeleitete Name erst viel später überlegt worden sind. Doch wir haben hier gewissermaßen die Statuten unserer Gruppe festgelegt, die auf den Eckpfeilern der beruflichen Qualifikation, dem lauteren Charakter und dem Einstandswillen unserer Mitglieder ruhen.«

»Exakt, so ist es«, bestätigte Traunhof, führte das Glas zu seinem Mund, schmeckte und gurgelte den Wein, bevor er ihn genussvoll durch seine Kehle gleiten ließ. »Gaudeamus igitur«, vollendete er.

Stephan stellte sich Traunhof vor, wie er vor einigen Tagen in Elisas Kinderwagen gestarrt und mit Worten und Gesten Marie und Frau Wendel geängstigt hatte. Stephan begriff, worin die Bedrohlichkeit dieses Menschen bestand. Die Frage, ob tatsächlich er es gewesen war, den Marie beschrieben hatte, war entbehrlich. Doch Stephan hätte sie auch nicht zu stellen gewagt.

»Das war Jahre, bevor wir auf großpolitischer Ebene laut darüber nachzudenken begonnen haben, ob die künstliche Gleichmacherei richtig ist«, dozierte Traunhof weiter. »Als wir uns miteinander verbanden, war Europa noch ein fast idyllisches Konglomerat von Staaten, die sich untereinander verbunden fühlten, ohne dass diese Bindungen untereinander jemals auf ihre Belastbarkeit hin überprüft worden wären. Heute, wo jedes Kind weiß, dass es auch im Großen, sprich im Verhältnis zwischen den Staaten, Leistungserbringer und Schmarotzer gibt, kann man nicht ernsthaft unsere Philosophie belächeln. Sie trifft im Kleinen wie im Großen zu. – Sie, Herr Knobel, sollten unser Angebot als Chance begreifen, einen beruflichen Sprung zu machen und damit zugleich Ihre eigene soziale Situation nachhaltig zu verbessern. Heute braucht man die Hilfe anderer. Alle Mitglieder der ›Zehn‹ verfügen ihrerseits über exzellente weitere Kontakte. Gereon hat durch Mandate, die sich über die Jahre und die sich daraus ergebenden Querverbindungen ergaben, ganz maßgeblich und bis heute profitiert. Und wie ich höre, ist er sogar bereit, Sie in seine Kanzlei einzubinden.«

»Es sind verlockende Angebote«, bestätigte Stephan.

Der Hüttenwirt servierte das Essen. In tiefen und einfachen Tellern dampften die bestellten Rösti.

»Stellen Sie nur die Teller ab, wir verteilen schon«, sagte Böhringer hastig.

Der Hüttenwirt schaute einen Augenblick irritiert. Die spürbare angespannte Ungeduld passte nicht in seine Hütte, passte nicht in die Berge. Er zog sich kommentarlos zurück und die Tür zur Küche hinter sich zu.

»Das sieht wirklich lecker aus«, lobte Trost und schnupperte an seinem Teller. Doch seine Stimme war brüchig.

»Es geht nicht nur um das Angebot, Herr Knobel«, fuhr Traunhof unbeirrt fort. »Es geht um ein Geben und Nehmen, besser um das Geben, um zu nehmen. Do ut des«, betonte er schneidend. »Ein anerkanntes Prinzip.«

»Das ist Ihnen doch bekannt, Herr Knobel?«, vergewisserte sich Böhringer.

»Sie meinen die Aufnahme von der Tochter von Herrn Trost in die Kanzlei?«, fragte Stephan, doch er ahnte, dass Böhringer und Traunhof nicht an Delia dachten.

25

Marie war mit der kleinen Elisa bis Geschäftsschluss ab dem frühen Nachmittag in der Stadt gewesen. Sie hatte die kleine Tochter in einem Café gewickelt und ihr die Flasche gegeben. Elisa war danach in ihrem Wagen eingeschlafen. Der laue Sommerabend lud zum Einkaufsbummel ein. Marie hatte Geschäfte besucht, die sie seit Elisas Geburt nicht mehr betreten hatte. Erstmals fühlte sie, dass in das Leben, das sich durch die Geburt der Tochter verändert hatte, verloren geglaubte Normalität einkehrte. Der Nachmittag in der Stadt war wie ein Ausflug in vergangene Zeiten, als Marie noch Studentin war, Zeit im Überfluss vorhanden schien und kein Tun daran gemessen wurde, ob nicht stattdessen etwas anderes wichtiger oder eiliger zu erledigen sei.

Gegen 19 Uhr waren Marie und Elisa heimgekehrt. Stephan hatte sich noch nicht erneut gemeldet. Sie wusste ihn auf der Hütte sicher aufgehoben. Gegen 20.30 Uhr, als es in der Heimat – und somit viel später als in den Bergen Graubündens – dunkelte, wollte sie zu Bett gehen und bemerkte erst jetzt, dass der Anrufbeantworter mit einem roten Blinken den Eingang einer Nachricht meldete. Marie hatte das kleine rote Signallämpchen nicht gesehen, als sie mit Elisa heimgekehrt war. Das in die Wohnung scheinende abendliche Sonnenlicht hatte etwas geblendet und sie die Meldung nicht wahrnehmen lassen. Überdies war durch die fast ausnahmslose Nutzung des Handys der Festnetzanschluss unbedeutend geworden. Marie drückte auf die Abspieltaste und hörte zunächst die automatische Ansage, die den Zeitpunkt des Anrufes festgehalten hatte: Donnerstag, 26.

Juli, 17.36 Uhr. Danach hörte sie ein Krächzen, dann eine sich räuspernde Stimme, die verhalten wirkte und verriet, dass sich der Anrufer nicht sicher war, die richtige Nummer gewählt zu haben.

»Herr Knobel? – Hallo, Herr Knobel! Ich bin es, Maxim Wendel. Ich rufe Sie an, weil ich weiter nachgedacht habe. Sie haben mich bei meinem Besuch hier in der JVA daran erinnert, dass ich Kunde des Gartencenters ›FlorOrbi‹ war. Es ist so: Sarah und ich hatten damals, es war wohl Ende April vor Gossmanns Tod, von dem Gartencenter diesen Werbebrief bekommen. Das Gartencenter lud alle Kunden zum zehnjährigen Bestehen des Unternehmens ein. In dem Brief befand sich auch ein zugeklebtes Los. Als wir es geöffnet hatten, erfuhren wir, dass wir gewonnen hatten, und lasen darin, dass wir uns den Gewinn am kommenden Samstag – ich meine zwischen zehn und zwölf Uhr – im Gartencenter im Dortmunder Westen abholen sollten. Wir sind also dorthin gegangen und wurden von einer Mitarbeiterin zu einem speziellen Gewinnerstand geleitet, an dem sich auch schon zwei oder drei andere Gewinner aufhielten. Dahinter stand der Chef des Centers, der uns beglückwünschte und fragte, ob wir den Baum als Gewinn behalten wollten. Als wir das bejaht hatten, sagte er, dass es noch eine Flasche Wein als zusätzliches Präsent gebe. Er zeigte auf einen geöffneten Karton auf dem Boden und bat mich, eine Flasche meiner Wahl daraus zu ziehen. Das habe ich getan. Ich weiß nicht mehr, was für ein Wein das war. Vielleicht ist das auch unwichtig, aber es fällt mir auch nur deswegen ein, weil es immer wieder um diese Flasche geht, mit der Gossmann getötet worden sein soll und Sie in unserem Gespräch das Gartencenter ins Spiel brachten. – Melden Sie sich doch bitte im Knast oder besuchen Sie mich hier. Ja, Sie sollten mich besuchen. Bitte, Herr Knobel! Ich habe Ihnen aufs Handy sprechen wollen, aber ich erreiche Sie nicht. Es springt immer nur eine Ansage an, dass Sie nicht erreichbar seien. Ich hoffe, Sie hören diese Nachricht ab, Herr Knobel.«

26

Trost hatte das Wort ergriffen, bevor Stephan antworten konnte.

»Herr Knobel weiß bis jetzt nur, dass ich das Angebot damit verknüpfen möchte, Delia in die Kanzlei aufzunehmen, wenn er irgendwann meine Kanzlei übernimmt. Und ebenso weiß er, dass wir ihn gern in unser Netzwerk aufnehmen möchten. Er weiß, wie produktiv und mandatsfördernd Kontakte sind, die unser Netzwerk bietet.«

»Sagtest du nicht, dass du im Gespräch mit Herrn Knobel schon weiter vorangeschritten bist, Gereon?«, fragte Traunhof lauernd. »So hatten wir es doch auch besprochen, Gereon. Du warst doch mit Herrn Knobel am letzten Wochenende in Leipzig. Das hast du uns doch noch am Montag bestätigt, Gereon. Oder stimmt das nicht?«

Trost stocherte nervös in den Rösti herum.

»So habe ich dich auch verstanden«, sagte Böhringer. »Erinnere dich: Wir haben vorgestern darüber gesprochen, als du von dem Besuch in der Justizvollzugsanstalt zurückkamst. Du sagtest, dass Herr Knobel jetzt auf Spur sei. Wir haben darauf sogar noch ein Bier getrunken. Es war ein wunderschöner

Tag. Wir saßen zunächst auf der Terrasse deines neuen Hauses und haben auf den See geblickt. Du hast mir noch diese ulkige Geschichte von dem dicken Anwalt erzählt, der hier ein lächerliches Werbevideo aufnehmen ließ. Diesen dicken Versager sei der Kollege Knobel bald los, hast du gesagt.«

»Ich weiß, was ich gesagt habe«, zischte Trost.

»Hoffentlich auch, was du offensichtlich nicht gesagt hast, Gereon«, setzte Traunhof nach. »Es machte uns stutzig, dass du am gestrigen Tag Flüge gebucht hast und von jetzt auf gleich mit Herrn Knobel in diese Hütte aufbrechen wolltest. Lutz hat deinen PC gecheckt. Dein Handeln konnte nur bedeuten, dass die Dinge noch nicht ganz klar sind. Deshalb sind wir hier, Gereon. Wir müssen alle wissen, woran wir sind, und dass wir aufeinander angewiesen sind. Wir sitzen alle in einem Boot. Das weißt du!«

Trost rutschte auf seinem Stuhl hin und her, dann schob er den halbvollen Teller von sich weg.

27

Marie wartete ungeduldig auf das Freizeichen, nachdem sie Stephans Handynummer gewählt hatte. Sie hoffte, ihn doch über Handy erreichen zu können. Vielleicht war die Internetpräsenz der Hütte veraltet. Doch es kam nur die automatische Ansage, dass der Teilnehmer nicht erreichbar sei. Sie beendete den Anruf fluchend und lief unruhig im Flur auf und ab. Elisa war inzwischen aus dem Schlaf erwacht und schrie. Marie lief missmutig in das Zimmer der kleinen Tochter und nahm sie aus ihrem Bettchen. Doch Elisa beruhigte sich nicht auf Maries Arm. Das Kind sah sie aus großen tränennassen Augen an und steigerte das Schreien zu einem Kreischen. Marie lief mit dem Kind durch die Wohnung und konnte nichts anderes tun, als Elisa zu besänftigen. Es war vergeblich. Kinder merken, wenn etwas nicht in Ordnung ist. Dann rief Marie Frau Wendel an und erreichte nur deren Mailbox. Frustriert legte Marie das Handy auf den Tisch und behielt es im Blick. Sie fuhr den Computer hoch. Warum hatte sie nicht die Festnetznummer der Hütte vorab auf einem Zettel notiert?

28

»Lass uns jetzt besser allein, Stephan«, sagte Trost in das Schweigen. »Ich hatte vor, dir hier alles zu sagen und zu erklären. Jetzt entwickeln sich die Dinge anders, Stephan. Du hörst, was Lutz und Wolfgang sagen, aber du wirst es nicht verstehen. Ich möchte, dass du die Wahrheit und die Hintergründe von mir erfährst, jedoch nicht jetzt und nicht unter diesen Umständen.«

Er fuhr sich fahrig mit beiden Händen durch sein inzwischen schweißnasses Gesicht.

Stephan sah abwechselnd Böhringer und Traunhof an, doch die verzogen keine Miene. Stephan stand langsam auf. Er war sich nicht sicher, ob es richtig war, den Raum zu verlassen. Er spürte, dass Trost ihn brauchen könnte, aber er merkte auch, dass Böhringers und Traunhofs unverhohlen bedrohliches Gebaren ihm letztlich keine Wahl ließen.

»Wenn Sie freundlicherweise Ihr Handy hier lassen wollen …«, sagte Böhringer.

»Ich habe keines dabei«, antwortete Stephan.

»Aber gewiss doch, Herr Knobel.« Böhringer deutete auf Stephans rechte Hosentasche, unter deren Stoff sich deutlich die Kontur des Geräts abzeichnete.

»Leg es bitte raus, Stephan«, bat Trost. »Ich bin sicher, dass dem Handy nichts passiert. – Es wird sich hier alles klären. – Man hat hier ohnehin keinen Empfang.«

Stephan zog das Handy aus seiner Hosentasche und warf es auf den Tisch. Dann verließ er langsam den Raum und schloss von außen die Tür.

Der Hüttenwirt stand im Flur.

»Ist etwas nicht recht?«, fragte er. »Hat das Essen nicht geschmeckt?«

»Doch!«, antwortete Stephan. »Aber ich möchte jetzt eines dieser Doppelzimmer haben, von denen Sie sprachen. Ganz für mich allein.«

»Habt ihr Streit untereinander?«

»Ich kann nicht in Schlafsälen schlafen«, antwortete Stephan knapp. »Das war schon immer so.«

»Es stört dich, wenn die anderen schnarchen und furzen, nicht?«, grinste der Hüttenwirt. »Du bist nicht so eng mit deinen Freunden, oder? Der Gereon, der Lutz und der Wolfgang waren schon vor sechs Jahren einmal hier gewesen. Und du bist der Stephan Knobel, also der Neue. Habe mir die Namen der damaligen und der jetzigen Reservierung noch mal angesehen. Gefällt's dir in den Bergen? Ich glaube, du bist kein echter Wanderer …«

»Bitte, ich möchte nur in das Zimmer«, bat Stephan.

»Also die ›Muntanella Suita‹«, entschied der Wirt.

Er holte seinen Rucksack aus dem Achter-Zimmer, in dem auch Böhringer und Traunhof ihr Gepäck verstaut hatten, und eilte in die vom Hüttenwirt so bezeichnete Murmeltier-Suite. Im Vorbeigehen lauschte er an der geschlossenen Tür zum Aufenthaltsraum, doch er konnte die Stimmen nicht deutlich verstehen. Der Hüttenwirt lehnte im Rahmen der Küchentür. Er sah Stephan kopfschüttelnd nach, als er sein Zimmer bezog und die Tür hinter sich schloss.

Stephan war dankbar, als er den Schlüssel im Türschloss sah. Er sperrte sich ein und legte sich aufs Bett. Sein Herz raste. Durch das kleine Fenster sah er die Blitze des sich entfernenden Gewitters. Es war ein Wetterleuchten, geheimnisvoll in dieser anderen Welt und eigentlich schön anzuschauen, doch Stephan stand danach nicht der Sinn. Er atmete tief durch, ließ das eigentümliche Gespräch im Aufenthaltsraum Revue passieren und versuchte zu verstehen. Was hatte Böhringer und Traunhof bewogen, ihnen auf diese einsame Hütte zu folgen? Welchen Sinn hatte das Gespräch, das Trost jetzt mit seinen Freunden führte, die nicht seine Freunde sein konnten? Warum durfte er – Stephan – nicht anwesend bleiben, wenn es doch um Tatsachen ging, die ihm hätten offenbart werden sollen? Und schließlich: Welche Verpflichtung sollte Stephan abgerungen werden, um in den Genuss der Angebote Trosts zu kommen, die eine verheißungsvolle berufliche Zukunft versprachen? Stephan ahnte die Antwort und wusste, dass sich Maries Vermutungen bewahrheiteten, aber es wollte sich nicht erschließen, warum Trost seinen Mandanten Maxim Wendel verraten hatte. Die Rolle des elitären kleinen Netzwerks der ›Zehn‹ als solches blieb ebenso im Dunkeln wie die Rolle von Traunhof und Böhringer, die offensichtlich Macht über den in sich zusammenfallenden Gereon Trost ausübten und ihn ihre Überlegenheit spüren ließen. Stephan war sich einzig darin sicher, dass Gereon Trost tatsächlich nichts von der Ankunft seiner beiden Kameraden aus dem Club der ›Zehn‹ hier oben auf der Hütte gewusst hatte. Ihm wurde auch klar, dass Trost den Ausflug in die Abgeschiedenheit der Berge nutzen wollte, um Stephan tatsächlich Antworten auf all jene Fragen zu geben, die er in letzter Zeit immer häufiger und immer drängender gestellt hatte. Die Wahrheit, die sich hinter all den Fragen verbarg, war ohne Zweifel komplexer, als dass man sie wie nebenbei hätte offenbaren können. Stephan war nun klar, dass Trosts Einladung an diesen einsamen Ort ihn nicht in eine Falle locken, sondern ihn umgekehrt an der vorschnellen Flucht hindern sollte. Trost hatte Stephan zwingen wollen, sich mit einer Geschichte auseinanderzusetzen, der sich Stephan nicht mit einem Federstrich hätte entziehen können. Dass Trost Stephan jetzt ausgeschlossen hatte, ließ folgern, dass Trosts Rolle auch im Verhältnis zu Traunhof und Böhringer ungeklärt war. Trosts Entschluss, Stephan bisher nicht in die dubiosen Hintergründe eingeweiht zu haben, konnte zweierlei bedeuten: Entweder war Trost zu zaghaft gewesen oder er wollte Stephan schützen. Ungeachtet dessen musste es irgendetwas geben, was Trost bewogen hatte, Stephan hier und jetzt die Wahrheit zu erzählen, und dieser Grund konnte sich nicht darin erschöpfen, in der Abgeschiedenheit dieses Ortes einen geeigneten Platz zu finden, der Gelegenheit bot, sich ohne Zeitdruck und äußere Ablenkung zu erklären. Stephan sah gedankenverloren vom

Bett aus durch das Fenster in die pechschwarze Nacht. Hier oben, wo es keine anderen Licht- und Geräuschquellen gab, war die Nacht tatsächlich schwarz und still. Nur ein fernes Grollen erinnerte an das nun abgezogene Gewitter.

Stephan merkte erst jetzt, dass er in der noch nicht gewechselten Kleidung nach Schweiß roch, doch er wollte nicht den Waschraum im Untergeschoss aufsuchen. Die vom Hüttenwirt so bezeichnete Murmeltier-Suite, gedacht für verliebte Paare, war ein kleiner Schutzraum in dieser Hütte, in der sein engster Freund der Hüttenwirt war, der von dieser Rolle nichts ahnte.

29

Marie hatte Elisa beruhigen können und nach einer halben Stunde ins Bett gelegt. Dann rang sie sich durch und wählte die Nummer der Chamanna Jenatsch. Es dauerte eine Weile, bis sich der Hüttenwirt meldete. Als Marie darum bat, Stephan zu sprechen, wurde er unwirsch.

»Ihr müsst daheim bleiben, wenn ihr euch nicht einmal für zwei oder drei Tage aus der Zivilisation lösen könnt. Ich bin nicht euer Telefondienst.«

Der Hüttenwirt schnaufte. Er stellte sich Marie als überdrehte Städterin vor, der ein Leben in den Bergen als ein gefährliches und nur mit Unannehmlichkeiten verbundenes Abenteuer vorkommen musste, auf die sie sich – wohl behütet und von allem Komfort verwöhnt – niemals einlassen würde.

»Der gute Stephan schläft in einem Extrazimmer«, antwortete er. »Wohlbehütet wie in einer Murmeltierhöhle. Ich selbst habe ihn dorthin begleitet. Reicht Ihnen das? Er wird bestimmt tief schlafen, nachdem er in dem Zimmer mit den anderen nicht übernachten wollte. Er mag nämlich keine Schlafsäle.«

»Dann sind also auch noch andere da?«

»Natürlich, hier oben sind Sie nie allein«, antwortete der Hüttenwirt. »Ihrem Freund geht es bestens. Sind Sie jetzt zufrieden?«

Marie war erleichtert, jedoch nicht richtig zufrieden. Doch es war offenkundig, dass der Hüttenwirt ihrem Drängen nicht weiter nachgeben würde.

Kurz nach dem Telefonat mit dem Hüttenwirt rief Sarah Wendel sie an. Sie hatte während Maries erstem Anruf mit einer Freundin telefoniert. Marie berichtete von der Nachricht ihres geschiedenen Mannes.

Frau Wendel überlegte eine Weile, nachdem Marie geendet und euphorisch vermutet hatte, das Rätsel der Tatwaffe gelöst zu haben, die Maxim Wendel vermeintlich nie berührt hatte.

»Leider nein«, sagte Frau Wendel schließlich. »Es stimmt, dass Maxim eine Flasche aus einem Karton gezogen hat. Es waren wohl verschiedene Weinsorten in dem Karton. Deshalb sollte sich jeder Gewinner einen Wein nach seinem Geschmack aussuchen. Uns war das egal. Also zog Maxim irgendeine Flasche aus der Kiste. Aber diese Flasche kann nicht diejenige sein, mit der später Gossmann getötet wurde.

Denn diese Flasche wurde im Gartencenter in Jubiläumspapier verpackt. Wir haben sie dann mitgenommen, irgendwann ausgetrunken und entsorgt.«

30

Stephan war gegen Mitternacht eingeschlafen. Er wurde von wirren Träumen verfolgt, die ihn gegen drei Uhr in der Frühe aufschrecken ließen. Er stand schweißgebadet auf, ertastete in seinem Rucksack die kleine Taschenlampe, schlich sich aus dem Zimmer, dann über den Flur an der Küche vorbei zum Aufenthaltsraum. Die Tür war angelehnt. Er drückte sie auf und leuchtete hinein. Es war niemand da. Auf dem Tisch standen noch eine halbvolle Karaffe mit Wein und drei leere benutzte Gläser. Stephan schlich sich zu dem Achterzimmer, das er zunächst mit Trost bezogen hatte. Die Tür war geschlossen. Er horchte an der Tür und hörte von innen ein leises sägendes Schnarchen. Stephan drückte vorsichtig auf die Klinke. Die Tür gab nach. Er lauschte einige Sekunden und zog die Tür wieder leise zu. Stephan wartete noch einen Augenblick, dann wandte er sich um, schlich auf Zehenspitzen wieder zurück und schloss sich, nachdem er die Toilette im Untergeschoss aufgesucht hatte, wieder in seinem Zimmer ein. Jetzt endlich wechselte er seine Kleidung und fand danach in einen deutlich ruhigeren Schlaf.

Es dauerte eine Weile, bis Stephan rund drei Stunden später ein leises Klopfen an seiner Tür hörte. Es erreichte ihn erst im Unterbewusstsein, bohrte sich in ihn wie ein Störgeräusch in einem sofort vergessenen Traum, bevor es ihn in die Realität riss. Draußen schien die frühe Morgensonne goldgelb ins Zimmer. Stephan sprang aus dem Bett, horchte an der Tür und fragte mit gedämpfter Stimme, wer da sei.

»Ich bin's, Stephan, mach auf!«, flüsterte Trost.

Stephan sperrte erleichtert auf und ließ ihn hinein.

Trost war fertig angezogen. Er trug ein rot-weiß kariertes Flanellhemd und eine Wanderhose, dazu die festen Bergschuhe, die er auch gestern benutzt hatte.

»Was ist gestern Abend passiert, Gereon?«, fragte Stephan mit gepresster Stimme.

»Eigentlich nichts Neues«, antwortete Trost seltsam gleichmütig. »Ich muss jetzt meine Gedanken ordnen. Ein kleiner Rundweg durch die Berge wird mir guttun. Danach werde ich dir alles erzählen.«

Stephan verzog die Stirn. »Du versprichst ständig etwas, Gereon. Ich will endlich Taten sehen.«

»Du wirst dich immer daran festhalten können, dass ich jedes Versprechen einlöse. Vertraue mir einfach.«

Stephan hob die Hände und ging auf Trost zu, als wollte er an ihm rütteln, doch dann ließ er die Hände wieder sinken.

»Du bist nicht warm angezogen. Es wird draußen noch sehr kalt sein.«

Trost schüttelte den Kopf.

»Ich mache nur eine kleine Wanderung, Stephan. Ein paar Schritte rund um die Hütte sozusagen. Ich muss meinen Kopf auslüften. Das Wetter hat sich aufgeklärt. Sieh nur, wie die Berge in der Morgensonne leuchten. Es ist ein einzigartiges Schauspiel. Ich will es genießen. Das Wetter wird sich schnell wieder ändern.«

»Ich könnte dich begleiten«, schlug Stephan vor.

»Du hast doch noch gar nicht die Blasen auskuriert, die du dir bei unserem Aufstieg zugezogen hast«, lächelte Trost. »Ernsthaft: Ich brauche etwas Zeit für mich allein. Ruh dich noch ein wenig aus. Beim Wandern wird einem schnell warm. Mach dir also keine Sorgen um mich. Die beiden anderen schlafen noch. Sie werden vermutlich lange schlafen. Es ist spät geworden. Und sie haben viel getrunken.«

Er wandte sich zur Tür um.

»Wo ist mein Handy?«, fragte Stephan.

»Es müsste im Aufenthaltsraum liegen. Böhringer hat es auf die Fensterbank gelegt.« Er flüsterte und bedeutete Stephan mit dem Zeigefinger auf den Lippen, es ihm gleichzutun.

»Mir machen Traunhof und Böhringer Angst«, sagte Stephan leise.

»Ich weiß. Du solltest dich von Ihnen fernhalten. Es sind keine guten Menschen. – Bist du so lieb und holst mir noch ein paar Papierhandtücher aus dem Waschraum, Stephan? Sie sind als Schweißtücher nützlich. Ich habe schon meine Wanderschuhe an und möchte nicht dort unten Sohlenabdrücke hinterlassen. Du weißt, dass der Hüttenwirt allergisch reagiert, wenn man in der Hütte Schuhe trägt.«

Als Stephan wieder nach oben kam, stand Gereon Trost bereits an der Hüttentür. Er nahm die Papierhandtücher, faltete sie und steckte sie in seine Hosentasche, dann öffnete er die Tür und trat heraus.

»Schau dir dieses Panorama an, Stephan!«, sagte er mit gedämpfter Stimme. »Es wie aus einer anderen Welt.«

»Eine schöne Welt«, meinte Stephan.

»Eine schöne Kulisse. Schließ dich gleich wieder ein!

Sicher ist sicher. Hier wie überall auf dieser Welt. Also, bis später! Ich muss jetzt gehen.«

»Wie lange wirst du fort sein?«, fragte Stephan.

»Vielleicht zwei Stunden. Ich nehme wirklich nur den Rundweg um die Hütte.«

Trost reichte Stephan die Hand. Dann ging er.

31

Stephan sah Trost eine Weile nach. Er lief von der Hütte aus zunächst ein Stück des Weges hinab, auf dem sie gestern hergekommen waren. Dann bog Trost ab und folgte einem mit markierten Steindauben gekennzeichneten Weg Richtung Gletscher. Trost wandte sich noch einige Male um und winkte Stephan zu. Dann war er hinter einem Felsvorsprung verschwunden. Stephan ging hinein und bewunderte einige Minuten aus seinem Zimmer heraus das Panorama, das sich von der Hütte aus bot. Es versprach ein klarer, heller Tag zu werden. Nichts deutete darauf hin, dass das Wetter, wie von Trost vermutet, umschlagen könnte. Die aufsteigende Morgensonne, die die Berggipfel in rosarotes Licht getaucht hatte, schien hell in Stephans Murmeltier-Suite, deren gemütliche Einrichtung er erst jetzt eingehend betrachtete. Es war in der Tat ein wohnliches warmes Nest, ideal geschaffen für Verliebte, die sich in der rustikal einfach eingerichteten Chamanna Jenatsch auf 2.600 Meter Höhe geborgener fühlten als in irgendeinem der vielen plüschigen Romantikhotels, die allerorten mit Kitsch und biederem Wohlfühlcharme ihre Gäste umgarnten. Stephan entspannte sich, ausgestreckt auf dem Bett liegend, und verfolgte, wie die Sonne das Zimmer flutete. Es waren Augenblicke des schönen Nichtstuns und Nichtdenkens, nur dafür geschaffen, genossen und in der Erinnerung als erlebtes Leben gebucht zu werden.

Als Stephan nebenan den Hüttenwirt hörte, der vor sich hinpfeifend Wasser aufsetzte, verließ er sein Zimmer und ging in die Küche. Der Hüttenwirt musterte Stephan, der in Turnschuhen, Jeanshose und langärmeligem Wollpullover unverkennbar und unwissend den unerfahrenen Touristen gab, und nickte ihm wohlgefällig zu.

»Dein Freund ist schon früh gegangen«, meinte er. »Ich habe ihn aus meiner Kammer oben gehen sehen. Ihr habt euch also doch gestritten, denke ich. Streit untereinander ist nie gut – erst recht nicht in den Bergen. Man ist aufeinander angewiesen. Hier oben lernt man miteinander umzugehen, nicht auseinanderzugehen.«

»Er macht nur eine kleine Rundtour«, erwiderte Stephan. »Insgesamt vielleicht zwei Stunden.«

»Rundtour? Zwei Stunden?« Der Hüttenwirt lachte, nahm das kochende Wasser vom Herd und füllte es in einen Kaffeefilter, den er auf die Kanne gesetzt hatte.

»Rundtouren für zwei Stunden gibt es hier nicht, junger Freund. Die Chamanna Jenatsch ist Zielort oder Ausgangspunkt von Tageswanderungen, aber nicht von kleinen Rundexkursionen.«

»Wie?«, fragte Stephan überrascht. »Wo kann er denn hin sein? Wenn Sie ihn haben gehen sehen, müssen Sie doch wissen, wohin sein Weg führt.«

»Er hat den Weg Richtung Gletscher genommen. Von dort geht es weiter oben über den Kamm und auf der anderen Seite hinab bis St. Moritz. Das ist eine ordentliche Tour. Aber er hat eine gute Konstitution. So etwas sehe ich. Zäh. Er schafft das. Aber niemals in zwei Stunden. Es ist eine Tagestour. Er hat schon für euch beide bezahlt. 150 Franken hat er auf den Tisch gelegt. Er ist großzügig, der Gereon.«

»Über den Gletscher? – Er hat doch gar keine Ausrüstung dafür! Und kein Proviant!«

Stephan schoss ein Gedanke durch den Kopf. Er rannte in sein Zimmer zurück, riss seinen Rucksack auf und wühlte aufgeregt in seinen Sachen. Dann spürte er ein Blatt Papier in seinen Händen, zog es heraus, glättete es und las: ›Geh nicht mit Böhringer und Traunhof allein ins Tal. Du wirst alles verstehen. Dein Gereon.‹

Stephan faltete den Zettel und steckte ihn aufgeregt in seine Hosentasche. Trost hatte ihn also nur deswegen in den Keller geschickt, um die Nachricht in seinem Rucksack zu verstecken. Aber warum hatte Trost ihm dies nicht einfach gesagt?

Als Stephan wieder in die Küche laufen wollte, stand Böhringer im Flur.

»Ist Gereon bei Ihnen?«, fragte er und spähte zugleich durch die geöffnete Tür in Stephans Zimmer.

»Sieht das so aus?«, bellte Stephan zurück und schob Böhringer zur Seite.

»Wir müssen ihm folgen«, rief Stephan in die Küche. »Bitte, kommen Sie! Sofort!«

Der Hüttenwirt schnitt Brot.

»Du bist angespannt, junger Freund«, stellte er lakonisch

und etwas abschätzend fest. »Was habt ihr denn untereinander? Willst du deine Freundin zurückrufen?«

»Zurückrufen?«, fragte Stephan irritiert.

»Weil sie dich gestern Abend erreichen wollte. Ich habe ihr gesagt, dass alles in Ordnung sei und sie sich keine Sorgen machen solle. Ihr lebt stets auf dem Sprung, immer mit einem Ohr am Handy und zwischendurch mit einem Blick ins Netz. Hier oben tickt die Welt anders. Wann versteht ihr das endlich?«

Er sog den Duft des frisch aufgebrühten Kaffees in sich ein. »Brot, Käse, Salami, dazu ein würziger Kaffee. – Ganz einfach und ganz wunderbar, junger Freund. Wie wär's?«

»Wir müssen jetzt Gereon Trost folgen!«, drängte Stephan. »Ich sage das, weil es allen Anlass zur Sorge gibt. Und ich verlange, dass Sie mich endlich ernst nehmen!«

Stephan blitzte den Wirt an, der erst jetzt zu begreifen schien, dass eine Gefahr drohte, die sich nicht durch romantisierende Verklärung zerstäuben ließ.

»Mein Junge!« Der Hüttenwirt schob die Kaffeekanne auf dem Herd nach hinten, packte Stephan an der Schulter und schob ihn über den Flur. Unterwegs nahm der Hüttenwirt sein Fernglas von einem Haken und trat dann mit Stephan aus der Hütte ins Freie. Lutz Böhringer folgte still. Der Hüttenwirt nahm den mutmaßlichen Weg Trosts ins Visier, verfolgte den ausgeschilderten Pfad, soweit er im Sichtfeld blieb, justierte dann das Fernglas neu und suchte unterhalb des Gletschergebietes weiter.

»Er kann noch nicht so weit sein«, meinte der Hüttenwirt und schwenkte nach rechts.

»Wo suchen Sie?«, fragte Stephan.

»Es gibt dort keine markierten Wege«, erklärte der Hüttenwirt, während der konzentriert durch das Glas sah. »Aber es gibt immer wieder Wanderer, die dort hinaufsteigen. Einfach so, um in die Ferne zu blicken. Es ist ein idealer Aussichtspunkt.«

»Also doch so etwas wie ein Rundweg«, meinte Stephan.

»Kein Rundweg. Nur ein Weg in die Höhe und zurück.« Er suchte die Felsen und den schmalen Aufstieg ab, der über kantige Vorsprünge nach oben führte, richtete mehrmals sein Glas neu aus und justierte das Objektiv nach. Er bewegte das Glas konzentriert vor seinen Augen von rechts nach links und von oben nach unten. Dann nahm er einen Punkt ins Visier.

»Da ist er«, sagte er und fixierte die Stelle, an der er Trost entdeckt hatte. »Weit oben, auf einer Felsnase.«

»Was macht er da?«, fragte Stephan ungeduldig.

»Er sitzt nur so da«, antwortete der Wirt knapp. »Und er blickt zu uns. Als hätte er auf uns gewartet. Er hat ein Fernglas in der Hand.«

Böhringer war hinter sie getreten.

»Wir müssen zu ihm!«, schrie Stephan.

Böhringer starrte in die Richtung, in die der Hüttenwirt gebannt sein Fernglas hielt und versuchte mit bloßem Auge, Trost auszumachen. Endlich machte er einen kleinen roten Punkt auf dem hellgrau in der Sonne schimmernden Felsen aus.

»Winken Sie ihm!«, herrschte Stephan den Hüttenwirt an. »Machen Sie ihm klar, dass er zu uns kommen soll!«

Der Wirt blickte unverwandt durch sein Glas.

»Was macht er jetzt?«, fragte Stephan.

»Er sieht zu uns herüber. Nach wie vor. Er ist starr wie eine Statue. Merkwürdig.«

Der Wirt winkte mit dem ausgestreckten linken Arm.

Dann ließ er den Arm sinken, schaute wieder durch sein Glas und glaubte, die Stelle verloren zu haben, an der Trost saß. Er nahm das Glas weg, orientierte sich noch einmal mit einem Blick auf die Felsen und sah erneut durch das Fernglas.

»Ich sehe ihn nicht mehr«, sagte Böhringer plötzlich.

»Mein Gott, er ist gesprungen!«, murmelte der Wirt und taumelte.

Stephan schnappte nach Luft und schlug hilflos die Hände vor sein Gesicht. Dann starrte er auf die Stelle, wo Gereon Trost gerade noch gestanden hatte. Es war kein roter Punkt mehr da.

»Wie tief ist es da?«, fragte Böhringer.

»Zu tief«, antwortete der Hüttenwirt leise. Er starrte unverwandt noch eine Weile durch sein Fernglas, dann drehte er sich um, um die Bergwacht und die Flugrettung in Samedan zu informieren. »Es wird nichts helfen, da bin ich mir sicher.«

Stephan rannte aufgewühlt in die Hütte zurück. In der Tür stand Traunhof. Er hatte die Arme verschränkt, war vom abendlichen Alkoholgenuss sichtlich angeschlagen und hatte das Geschehen der letzten Minuten wortlos verfolgt.

»Gereon ist tot?«, fragte er ungläubig und strich sich mit der Hand verlegen über sein unrasiertes Kinn.

Stephan ließ ihn stehen.

Traunhofs glasige Augen suchten den Felsen, von dem aus Trost in die Tiefe gesprungen war.

32

Stephan harrte mit versteinertem Gesicht hinter dem Fenster seines Zimmers aus. Er beobachtete den Hubschrauber, der mit schlagendem Rotorengeräusch über der Stelle in der Luft stand, wo man Trosts Leiche entdeckt hatte. Der Hüttenwirt hatte ungefragt Trosts Rucksack nach einem Abschiedsbrief durchsucht und nichts gefunden. Traunhof und Böhringer hatten dabeigestanden und immer wieder beteuert, dass ihnen das Handeln ihres Kameraden unerklärlich sei.

»Ihr werdet der Kantonspolizei Fragen beantworten müssen«, meinte der Hüttenwirt. »Haltet euch zur Verfügung. Dasselbe gilt für euren Freund in dem Einzelzimmer. – Warum habt ihr euch getrennt? Worüber habt ihr gestritten?«

Böhringer und Traunhof versicherten, dass man sich nicht gestritten habe.

Der Hüttenwirt klopfte an die verschlossene Tür der Murmeltier-Suite, bat Stephan heraus und stellte ihm dieselbe Frage.

»Kein Streit«, beteuerte Stephan.

Was hätte er dem Wirt sagen können?

»Ist im Aufenthaltsraum ein Handy gefunden worden?«, fragte er.

»Ich habe keines gesucht«, erwiderte der Wirt und trat zur Seite.

Stephan drückte sich an ihm vorbei und durchsuchte hastig den Raum, in dem er gestern Abend mit Trost, Traunhof und Böhringer gesessen hatte. Das Handy blieb verschwunden.

»Irgendetwas stimmt bei euch nicht«, sagte der Hüttenwirt, während er Stephan bei der Suche beobachtete.

»Wenn ich Genaueres wüsste, würde ich es Ihnen sagen«, versicherte Stephan. »Ich muss jetzt dringend meine Freundin anrufen. Kann ich von Ihrem Gerät telefonieren?«

Der Hüttenwirt nickte und bat Stephan, ihm zu folgen.

Trosts Leiche wurde geborgen und mit dem Helikopter ins Tal transportiert, bevor der Hubschrauber erneut ins Gebirge kam und Traunhof, Böhringer und Stephan ins Tal brachte. Stephan hatte darauf bestanden, von der Bergwacht ins Tal geflogen zu werden, weil er sich angesichts der schlimmen Erlebnisse außerstande sah, den Rückweg zu bewältigen. In Wahrheit fürchtete er, mit Traunhof und Böhringer allein gehen zu müssen.

Die polizeiliche Vernehmung auf der Kantonspolizeidienststelle in Samedan blieb ergebnislos. Die wiederholte Frage nach dem möglichen Motiv Trosts blieb ebenso unbeantwortet wie die Frage, ob am Vorabend im Aufenthaltsraum irgendetwas geschehen sei, was Trosts Freitod erklären könne. Stephan bekundete, dass er sich in der Runde nicht wohlgefühlt und deshalb ein eigenes Zimmer bevorzugt habe. Anderes konnte auch der Hüttenwirt nicht berichten.

33

Der Notar Johannes Bollermann gehörte zu jenen Vertretern seines Berufsstandes, die der Würde ihres Amtes mit jeder Faser ihrer Kleidung, jedem Accessoire ihres Büros und jedem Wort Ausdruck verliehen und die mit stets behäbiger Geste gegenüber ihren Mandanten die Wichtigkeit ihres Tuns betonten. Ungeachtet dieser leicht zu durchschauenden Kulisse galt Bollermann unangefochten als sehr akribischer und absolut zuverlässiger Notar, der penibelst darauf achtete, die ihm übertragenen Aufgaben gewissenhaft und ordnungsgemäß zu erledigen.

Stephan war von Bollermann in dessen Büro am Alten Markt gebeten worden, und sie hatten sich dort um 18 Uhr an einem Montagabend verabredet. Die Kanzleiangestellte verabschiedete sich gerade in den Feierabend, als Bollermann Stephan in sein Büro geleitete.

»Der Kollege Dr. Trost ist jetzt gut zwei Wochen tot«, eröffnete Bollermann. »Er starb am Morgen des 27. Juli gegen 7.30 Uhr. Zwei Tage zuvor, also am Mittwoch, dem 25. Juli, hatte er mich am frühen Abend angerufen und war kurz darauf in meine Kanzlei gekommen. Er hat mir einen Umschlag gegeben, den ich im Falle seines Todes an Sie übergeben soll, Herr Knobel. Sie verstehen, dass sich mir angesichts der zeitlichen Nähe zwischen Abgabe des Umschlags und Dr. Trosts Tod Fragen stellen, die ich kraft meiner notariellen Tätigkeit nicht zu beantworten brauche. Aber es dürfte auf der Hand liegen, dass Sie in dem Umschlag Antworten auf die Frage finden werden, was den Kollegen Dr. Trost in den ebenso rätselhaften wie tragischen Freitod getrieben hat. Die Anwaltschaft hat mit Gereon Trost einen ihrer profiliertesten Vertreter verloren, Delia Trost ihren Vater und ich einen mir aus dem Tennisklub vertrauten Freund, von dem ich auch weiß, dass Trost mit Ihnen, verehrter Kollege Knobel, Großes vorhatte. Wenn ich Ihnen also jetzt den Umschlag übergebe, dann verbinde ich das mit der Hoffnung, dass Sie mit dem Wissen, das Sie möglicherweise mit dem Lesen des Inhalts erhalten, verantwortungsvoll umgehen. Was auch immer Ihnen Dr. Trost mit auf den Weg gibt, was er erklärt oder als letzten Willen verfügt hat: Lassen Sie Umsicht walten! – Ich weiß nicht, was Sie erfahren werden, aber ich bin mir sicher, dass Gereon Trost ein Mensch war, dem ich niemals einen Freitod zugetraut hätte. Es muss also etwas ganz Wesentliches passiert sein, was ihn so tief erschüttert hat, dass er seinem Leben ein Ende gesetzt hat. Gereon war, soweit wir alle wissen, kerngesund. Er hatte noch ein gutes Stück Zukunft vor sich. Sie wissen, dass er unlängst Wohnsitz und Kanzlei an den Phönix-See verlegt hatte. Ein Mensch, der investiert, hat nicht unmittelbar den Tod vor Augen. Haben Sie eine Erklärung dafür, Herr Knobel?«

»Nein«, antwortete Stephan mit fester Stimme.

Bollermann betrachtete Stephan eine Weile über die Gläser seiner auf die Nasenspitze heruntergezogenen Lesebrille. Schließlich nickte er, wissend, dass Stephan mehr wusste oder zumindest ahnte. Der Notar stand auf, trat an die Rückwand seines Büros und öffnete einen kleinen Safe. Dann kam er mit einem dicken DIN-A4-Umschlag zurück. Der Umschlag war mit notariellem Siegel versehen. Bollermann schob den Umschlag und ein von Stephan zu unterzeichnendes Empfangsbekenntnis über den Schreibtisch.

»Ich werde mich an Ihre Worte halten, Herr Bollermann. Versprochen!«

Stephan quittierte den Empfang und nahm den Umschlag entgegen.

34

Stephan umklammerte den Brief wie einen kostbaren Schatz, lief aus der Kanzlei des Notars und fuhr auf direktem Wege nach Hause. Dort öffnete er mit zitternder Hand das Kuvert und zog vorsichtig den Inhalt heraus. Obenauf lag ein handgeschriebener, an Stephan gerichteter Brief, dann folgten Kopien einiger Zeitungsausschnitte und Fotos, schließlich ein an das Schwurgericht Dortmund gerichteter Schriftsatzentwurf und eine DVD. Stephan legte den Inhalt sorgfältig in der von Trost vorgegebenen Reihenfolge auf den Schreibtisch, dann nahm er zunächst den mehrseitigen Brief zur Hand und las das am Mittwoch, 25. Juli, verfasste Schriftstück:

Lieber Stephan,

manchmal ist es schwer, einen Brief zu beginnen. Manchmal fällt einem nicht ein, was man schreiben soll, obwohl man viel zu sagen hätte. Manchmal jedoch gibt es gleichzeitig so viel zu sagen und zu schreiben, dass es schwerfällt, den Gedanken die nötige Ordnung zu geben. Bei mir ist es Letzteres. Ich schreibe dir, weil ich mein Versprechen ein-

löse, dir alles zu erklären und deine zahlreichen Fragen zu beantworten, die zu Recht einer Antwort harren. Wann du diesen Brief lesen wirst, weiß ich nicht. Sicher ist jedoch, dass ich dann nicht mehr leben werde. Der Brief ist mein Vermächtnis im Fall Wendel und zugleich auch mein Versuch, mich dir mitzuteilen. Auf dein Verständnis werde ich nicht hoffen dürfen, und ich fordere es auch nicht ein.

Vielleicht habe ich dir bis zu dem Zeitpunkt, wenn du diese Zeilen liest, schon mein Tun und meine Motive erklärt. Ich weiß nicht, wie sich die nächsten Tage, Wochen, vielleicht auch Monate, gestalten werden. Fest steht jedoch, dass meine Zeit abläuft, und ich weiß, dass ich mich mit meinem Tod meiner Verantwortung stelle und mich ihrer zugleich entziehe. Ich habe sie seit Jahren auf meinen Schultern getragen. Sie drückte und quälte mich unablässig, nur manchmal durchbrochen von der trügerischen Hoffnung, dass sich alles zum Guten wenden möge. Das sind Momente, in denen ich noch einmal richtig zupacken konnte. Ich war stets gern und aus voller Überzeugung Rechtsanwalt. Mit List und Lust, wie ich gern sagte. Bloße Lust war es auch, die mich noch dazu trieb, meine Kanzlei an den mondänen Standort im Dortmunder Süden zu verlegen. Doch all dies konnte nicht darüber hinwegtäuschen, dass mich irgendwann die Vergangenheit einholen würde, und vielleicht war mein Schritt an den Phönix-See ein letztes Aufbäumen in einem unvermeidbaren Niedergang, den ich selbst zu großen Teilen zu verantworten habe. Was ich dir mit diesem Brief und seinen Anlagen anvertraue, sind Beweisstücke, die du im Fall Wendel verwenden wirst.

Gestern, lieber Stephan, haben wir Maxim Wendel in der Justizvollzugsanstalt Werl besucht. Deine wenig geschickte

Analyse meines Handys, vor allem aber die auf der Rückfahrt von dir gestellten Fragen haben mir gezeigt, dass ich vor dem Ende stehe. Ich habe mein Ende bereits erahnt, als du den Fall Wendel übernommen hast. Du warst mir persönlich unbekannt; ich wusste nur von der Existenz eines Rechtsanwalts Stephan Knobel, der mit dem unsäglichen Kollegen Hubert Löffke eine Kanzlei in Bürogemeinschaft betreibt und Maxim Wendel seinerzeit in der Disziplinarangelegenheit vor dem Verwaltungsgericht vertreten hat. Damals hätte ich vielleicht noch über dich die Nase gerümpft. Juristen, die wirtschaftlich nicht richtig Fuß fassen können, galten in meiner Vorstellung als Versager. Ich war so verblendet, dass ich aus dem Status, den ich mir selbst erarbeitet habe, schloss, dass sich ein jeder ebenfalls diesen Erfolg erarbeiten könne, wenn er es denn nur wirklich wolle. Dieser Irrglaube war es auch, meine Tochter in einen Beruf zu drängen, der sie – wie ich heute weiß – nicht glücklich machen wird. Nicht jeder ist der geborene Rechtsanwalt, und selbst denen, die hervorragende Arbeit leisten, sind nicht zwingend Reichtum und Ruhm vergönnt. Mittlerweile habe ich erkannt, dass es exzellente Anwälte gibt, deren Namen kaum einer kennt. Damit komme ich zu dir, Stephan. Als du den Fall Wendel übernommen hattest, war ich überzeugt, dass die von mir aus Hochmut sicher gewähnte Verurteilung Wendels Bestand haben würde. Zwar war mir Wendel in gewisser Weise entglitten, weil er sich nicht mehr vertrösten ließ und immer aggressiver meine Prophezeiung in den Wind schlug, dass eine Wiederaufnahme des Verfahrens sinnlos sei. Als ich jedoch erfuhr, dass er dich – einen im Strafrecht nicht versierten und dazu weitgehend unbekannten Anwalt – beauftragt hatte, überwog für eine allerdings nur kurze Zeit der sichere Glaube, dass Wendel aufs falsche Pferd gesetzt hatte.

Schon bald wurde ich eines Besseren belehrt. Du hast mit einer beeindruckenden Mischung aus Genauigkeit und analytischem Verständnis, gepaart mit einer nicht enden wollenden Energie die richtigen Fragen gestellt und Widersprüche aufgedeckt, die du über kurz oder lang aufgelöst hättest. Recht schnell habe ich meine Strategie geändert und mich an deine Fersen geheftet. Ich habe mit dir ermittelt und dich – anfangs aus bloßer Berechnung – umgarnt und eingebunden. Das galt für die Aufnahme in den Club der ›Zehn‹ ebenso wie für meine Zusage, dich in meine Kanzlei aufzunehmen.

Mir war bald klar, dass mit deiner Übernahme des Mandats Wendel der von mir mitverursachte Skandal vor seiner Enthüllung stand, und ich habe dies nicht nur akzeptiert, sondern letztlich daran mitgewirkt, indem ich dich bald auf Spuren setzte, die du so schnell vielleicht nicht gefunden hättest. Unsere gemeinsame Reise nach Leipzig diente nicht nur dazu, dich auf die Übernahme meiner Kanzlei einzuschwören, sondern dir auch die vermeintlich frühere Adresse von Michelle Crouchford zu zeigen, die ich nicht von Oberstaatsanwalt Kreimeyer, sondern von Traunhof erfahren hatte, wie ich noch ausführen werde. Ich habe also an verschiedenen Stellen an meinem Ende mitgewirkt. Zum einen, weil es mir angesichts deiner Akribie ohnehin unausweichlich schien, und zum anderen, weil ich wusste, dass der Zeitablauf die mir wichtigste Person rettete und mein eigenes Schicksal – auch angesichts meines eigenen Fehlverhaltens – zunehmend bedeutungsloser wurde. Seit unserem gemeinsamen Abend in Leipzig stand ich ohne Wenn und Aber an deiner Seite.

Dieses Vorwort solltest du im Hinterkopf behalten, wenn ich dir nun den Fall Wendel schildere, dessen rechtlich relevanter Beginn jetzt, Stand Datum dieses Briefes, vier Jahre und rund zehn Monate zurückliegt, einem Schicksalstag, der mein Leben verändern und dessen vorzeitiges Ende, wie ich später eingestehen musste, besiegelte.

Vorab muss ich noch weiter in die Vergangenheit zurückschweifen. Gemeinsam mit Traunhof und Böhringer hatte ich die Idee aus der Taufe gehoben, ein Netzwerk von gesellschaftlich herausragenden Personen zu gründen. Du weißt, dass alle Mitglieder der heute ›Die Zehn‹ genannten Gruppe viel auf sich halten, und dieser elitäre Gedanke war es in der Tat, der die Grundlage unserer Vereinigung bildete. Heute weiß ich, dass es schlicht der Hochmut von Menschen ist, der sie zu der Überzeugung kommen lässt, sie seien etwas Besseres als die anderen. Die sogenannten Leistungsträger der Gesellschaft sind nicht mehr wert als die anderen. Doch damals fand ich den Gedanken charmant, dass diejenigen, die unsere Ideale lebten, untereinander vernetzt sein sollten, um sich auf diese Weise wechselseitig zu befruchten. Dies verhieß Geschäfte, soziale Kontakte und die Mehrung des sozialen Ansehens. So gründeten also der Mediziner Wolfgang Traunhof, der Inhaber der Gartencenter-Kette ›FlorOrbi‹, Lutz Böhringer und der Rechtsanwalt Dr. Gereon Trost jene Gruppe, die auch kraft der später beschlossenen kleinen Mitgliederzahl den Anspruch auf Exklusivität unterstreichen und somit der Beliebigkeit eine Absage erteilen sollte. Die Gründung erfolgte vor rund sechs Jahren in einer abgelegenen Berghütte namens Chamanna Jenatsch im Kanton Graubünden in der Schweiz, mithin an einem abgeschiedenen Ort, an dem sich gut philosophieren ließ. In der Abgeschiedenheit ist es immer leicht, die Gedanken zu fokussieren und alles andere auszublenden. So sehe ich das heute.

Wer zu den ›Zehn‹ gehörte, stand für den anderen ein, menschlich wie geschäftlich. Dieser Gedanke ist populär, und ich habe natürlich gemerkt, dass du die ›Zehn‹ in der rechten politischen Ecke wähnst. Sicher sind die ›Zehn‹ konservativ, weil ihre Idee auf Leistung, auf dem selbst Erarbeiteten, aufbaut und einem jedem unserer Mitglieder die Idee einer Vergemeinschaftung des selbst erzielten wirtschaftlichen und beruflichen Erfolges fremd sein musste. Im Grunde spiegeln die ›Zehn‹ eine Denkrichtung wider, die die meisten einer jeden Gesellschaft teilen, die auf eigene persönliche und wirtschaftliche Erfolge zurückblicken. Diese Haltung wird zum Problem, wenn sie sich nicht nur von den anderen abgrenzen, sondern sie sogar ausgrenzen oder ihnen etwas antun. Hier beginnt die eigentliche Geschichte.

Es war ein sommerlicher Freitagabend im September, exakt am 27. September, also heute vor vier Jahren und rund zehn Monaten, als der Fall Wendel begann, obwohl dieser am Anfang der Geschichte noch gar keine Rolle spielt.

Böhringer, Traunhof und ich, noch immer beseelt von der Idee unseres ein rundes Jahr vorher erfundenen, aber noch nicht formal gegründeten und in der Praxis noch nicht wirklich mit Leben gefüllten Netzwerks, besuchten das Herbstfest in Schwerte. Mit dabei war Rudolf Gossmann, ein zum damaligen Zeitpunkt bereits seit einigen Jahren pensionierter Finanzbeamter. Böhringer war mit Gossmann bekannt, denn jener war etwa zwölf Jahre zuvor zuvor ständiger Leiter der Gewerbesteuerabteilung des Finanzamts gewesen. Näheren Kontakt hatten sie zueinander bekommen, als Böhringer etliche Jahre zuvor als Inhaber seines ersten Gartenbaufachbetriebs (von der Centerkette war noch lange keine Rede), von Gossmann ungefragt konstruktive Hinweise erhielt, wie er sich steuerlich besser aufstellen konnte. Gossmann war dabei pfiffiger als der von Böh-

ringer beauftragte Steuerberater, dem daraufhin sofort das Mandat gekündigt wurde. Also war Gossmann in gewisser Weise Steigbügelhalter für Böhringer gewesen, denn er war maßgeblich dafür verantwortlich, dass Böhringer seine anfänglichen finanziellen Schwierigkeiten steuerlich korrekt überwinden und sein Unternehmen bald zur heutigen Größe ausbauen konnte. Gossmann war ein Steuerfuchs und zugleich ein spießbürgerlicher Kleingeist. Er stand für Recht und Moral und war ein – wie Böhringer gern sagte – standhafter Bürger. Doch als bekennender Spießbürger war er nicht unbedingt einer jener, die das von uns ersonnene vollkommene Ideal eines Mitglieds der ›Zehn‹ abbildeten. Uns schwebten Leute von Rang und Namen vor, sozusagen Weltbürger, die sich virtuos durch die höheren Schichten bewegten. Doch solche Personen von gesellschaftlichem Format und beruflicher Reputation warben wir erst nach Gossmanns Tod an. Es mag merkwürdig klingen, dass wir erst ab diesem Zeitpunkt unser kleines Netzwerk professionell aufstellten und gezielt Persönlichkeiten aussuchten, die durchgehend unserem Anforderungsprofil entsprachen. Gossmann war also nicht mehr und nicht weniger als eine erste Idee für eine Mitgliedschaft in unserem Club, die natürlich allein auf Böhringer zurückging, der sich seinem Förderer verpflichtet fühlte. Der biedere Gossmann sollte also gewonnen werden, und er war schnell geneigt, beizutreten. Als Pensionär war er aller dienstlichen Fesseln entledigt. Er durfte jetzt endlich zu der großen Welt aufschließen, die er früher nur aus den Steuerbescheiden kannte.

Wir sind mit ihm mit dem Linienbus auf das Schwerter Herbstfest gefahren, um ihm unsere Idee nahezubringen und seine Mitgliedschaft zu besiegeln. Es wurde reichlich getrunken, und wir hatten später keine Lust, mit dem Bus zurückzufahren. Ich rief dann meine Tochter Delia an, die einige Monate zuvor volljährig geworden war, somit erst seit Kurzem den Führerschein besaß, und bat sie, uns mit dem alten Wagen meiner Frau abzuholen, den ich nach ihrem Tod als Andenken an sie in unserer Garage verwahrt und auch als Ersatzfahrzeug betriebsfähig gehalten hatte. Mein eigener Wagen befand sich damals in Reparatur. Delia kam also mit dem betagten Gefährt nach Schwerte, parkte in der Nähe des Festplatzes und fand uns in dem Festzelt, das ich ihr telefonisch beschrieben hatte. Wir saßen dann noch etwa eine Stunde dort. Auch Delia hatte noch etwas getrunken, und zwar ein gut gefülltes Glas Wein. Sie, die sonst keinen Alkohol gewohnt war, wurde von mir sogar noch leichtfertig ermuntert, dieses eine Glas zu leeren. Während der Zeit, als wir im Festzelt saßen, wurde zufällig ein Foto von uns Fünfen gemacht, das ich diesem Brief beifüge. Es entstammt einer Serie von Fotografien, die der Veranstalter von den Festbesuchern machen ließ und die danach käuflich erworben werden konnten. Ich habe dieses Bild im Rahmen meiner eigenen Ermittlungen später bei dem Fotografen gefunden, der in seinem Ladenlokal all seine Schnappschüsse von dem Fest ausgestellt und sie zum Verkauf angeboten hatte. Das Bild ist wichtig. Du wirst es beim Wiederaufnahmeverfahren benötigen!

Auf der Rückfahrt vom Fest passierte der schreckliche Unfall, der unser aller Leben auf einen Schlag für immer verändern sollte.

Delia, im Autofahren noch recht unerfahren und dazu mit dem Wagen nicht vertraut, hielt auf der Landstraße nach Dortmund auf der rechten Seite zu wenig Abstand zu zwei Fußgängern, die am Fahrbandrand entlang liefen. Sie waren offensichtlich ebenfalls auf dem Stadtfest gewesen und, wie sich später herausstellte, angetrunken. Möglicherweise sind sie vor das Auto getorkelt. Dies wird nie aufzuklären sein. Sicher ist, dass Delia in diesem Moment nicht aufpasste, weil der auf der Rückbank sitzende Traunhof sie in ein Gespräch verwickelte und meine Tochter ständig über den Innenspiegel zu ihm sah. Delia erfasste die beiden Fußgänger mit voller Wucht. Es war gegen 22.30 Uhr und schon dunkel. Delia bremste nach dem Aufprall abrupt und blieb mit einem Schock wie festgeklebt im Auto sitzen. Einige Sekunden herrschte absolute Stille. Dann stiegen wir Männer aus und beugten uns über die beiden Fußgänger. Der eine war offensichtlich sofort tot gewesen. Doch der andere lebte noch. Er hatte Kopfverletzungen, blutete stark und röchelte. Es vergingen weitere quälende Sekunden, in denen keiner etwas sagte. Schließlich war es Böhringer, der von sich aus den Toten einfach auf die Seite zog. ›Was machst du denn da?‹, schrie ich. ›Was hat deine Tochter gemacht?‹, schrie Böhringer zurück, und kaum, dass er den toten Körper an den Straßenrand gezogen hatte, half ihm Traunhof wie selbstverständlich, auch den anderen wegzuziehen. Ich erinnere mich noch, wie die beiden den Körper eigenartig sanft ins Gras legten, als täten sie diesem Menschen, den sie gerade sich selbst überließen, etwas Gutes. – Und ich? Ich schwieg, ebenso wie Gossmann. Wir waren entsetzt und sprachlos – und doch zu feige, sich dem entgegenzustellen, was Böhringer und Traunhof mit einer geradezu perfiden Kaltblütigkeit und aus eigenem Entschluss heraus taten. Traunhof wies uns an, wieder einzusteigen. Böhringer zog meine Tochter vom Fahrersitz, die gerade über ihr Handy die Polizei verständigen wollte, entriss ihr das Telefon und steckte es ein. Gemeinsam mit Traunhof zwängten sie Delia, die ständig schrie und Hilfe herbeiholen wollte, auf den Rücksitz. Traunhof setzte sich neben sie und achtete darauf, dass sie sich nicht nach außen verständlich machen konnte. Zugleich übernahm Böhringer das Steuer und gab Weisung, wie weiter zu verfahren sei. Das Auto war, wie sich bei genauerer Betrachtung ergab, nicht sehr beschädigt worden. Der Wagen wurde – wie von Böhringer angeordnet – in meine Garage gebracht und blieb dort über Monate abgestellt. Ich habe ihn dann privat für ein paar Euro an einen Polen verkauft, der das Fahrzeug für Verwandte in seinem Heimatland erwarb und sofort dorthin verbrachte. Böhringer, Traunhof, Gossmann, Delia und ich sind, nachdem wir den Unfallwagen versteckt hatten, auf Böhringers Idee in dessen Auto zum Fest zurückgefahren, haben seinen Wagen in der Nähe des Festplatzes im Parkverbot abgestellt und sind dann – es war gegen Mitternacht – mit einem Taxi zurückgefahren. Delia war noch immer wie von Sinnen, doch Böhringer schnauzte sie an, dass sie an allem schuld sei und sich zu beherrschen habe. Sie sollte sich glücklich schätzen, dass wir für sie den Unfall vertuscht hätten. Wieder waren Gossmann und ich feige Schweiger.

Am nächsten Morgen haben wir durch das Radio erfahren, dass das eine Opfer, wie wir selbst festgestellt hatten, sofort verstorben war. Aber das andere, ein Mann um die 40, hatte noch gelebt und hätte wohl überlebt, wenn ihm sofort geholfen worden wäre. Gefunden wurden beide erst rund zwei Stunden nach dem Unfall. Ich brauche dir nicht zu erklären, worum es ging: Delia hatte sich wegen fahrlässiger Tötung und fahrlässiger Körperverletzung strafbar gemacht, Böhringer und Traunhof hingegen hatten schlicht einen Mord, mindestens aber einen Totschlag begangen, indem sie den Schwerverletzten in der Erwartung sich selbst überließen, dass er sterben werde.

Die Polizei hat damals akribisch ermittelt. Zu unserem Glück konnte der Typ des Unfallwagens nicht festgestellt werden. Auch die sicher gestellten Lackspuren führten nicht weiter. Meine Frau hatte den Wagen, den sie nur für gelegentliche Einkaufsfahrten angeschafft hatte, von einem Studenten erworben, der das Auto einige Zeit vorher selbst gespritzt hatte. All dies konnte nach so vielen Jahren nicht mehr aufgeklärt werden. Selbstverständlich wurden auch die Bilder des Fotografen ausgewertet und alle darauf abgebildeten Personen ermittelt und aufgesucht. Wir konnten bekunden und beweisen, dass wir erst nach dem Auffinden des Opfers das Fest verlassen hatten. Der Taxifahrer konnte sich gut an uns erinnern und Böhringers Auto wurde am nächsten Tag – wie geplant – aus der Parkverbotszone abgeschleppt. Sein Einspruch gegen den gegen ihn erlassenen Bußgeldbescheid, in dem er scheinheilig vortrug, dass es doch besser sei, den Wagen in der Verbotszone abzustellen, als alkoholisiert den Wagen nach dem Besuch des Festes wegzufahren, wurde erwartungsgemäß zurückgewiesen. So ergab sich eine runde und gut dokumentierte Geschichte, die uns von jedem Verdacht freihielt. Glücklich wurde von uns in der Folge keiner. Delia verfiel in Depressionen, an denen sie noch heute leidet. Sie frisst die schlimmen Ereignisse in sich hinein. Deshalb, lieber Stephan, ist sie in Behandlung, in der sie sich nicht öffnet, weil sie damit zugleich mich opfern müsste, was sie nicht tut. Sie achtet noch immer ihren Vater, der ihr in ihrem Leben nichts geben konnte, was sie für ihre Persönlichkeit gebraucht hätte, ganz davon zu schweigen, dass er die geliebte Mutter nicht ersetzen konnte. Böhringer und Traunhof blieben zumindest äußerlich berechnend und kalt. Sie verwiesen achselzuckend darauf, dass sie keine Wahl gehabt und letztlich nur für Delia gehandelt hätten, der sie ein belastendes Strafverfahren erspart hätten, welches zugleich ihre noch nicht begonnene Zukunft zerschlagen hätte. Böhringer und Traunhof waren tatsächlich davon überzeugt, das Ideal der ›Zehn‹ vorgelebt zu haben, und sie offenbarten damit erstmals, wie hohl und fragwürdig die hochmütige Moral von Menschen ist, die sich selbstgerecht über andere erheben. Ich habe weiterhin geschwiegen, aus Scham und selbstverständlich im Gedanken an meine Tochter, die ich vor Strafe schützen wollte. Gossmann, der sich wie ich der unterlassenen Hilfeleistung schuldig gemacht hatte, hinterfragte in den folgenden Monaten immer mehr, ob er mit dem Wissen um diese Tat weiterleben könne, wenn er sich nicht offenbare. Erstmals bekundete er dies rund eine Woche nach der Tat, als wir uns auf Traunhofs Initiative bei diesem trafen. Traunhof hatte gespürt, dass Gossmann – wie er sagte – auf Dauer ein unsicherer Kandidat sei. Wir unterhielten uns an jenem Abend erst über dieses und jenes, und eigenartigerweise über den Verfall der Moral anderer, weil wir ganz im Gegensatz zu unseren Idealen in unserem unmoralischen Tun eine perfide Normalität zu erkennen suchten. Mein Standardbeispiel zu diesem Thema war Maxim Wendel, mit dessen Fehlverhaltensweisen ich aus meiner Tätigkeit als Schulpflegschaftsvorsitzender bestens vertraut war. Jetzt stellte sich heraus, dass Gossmann Wendel als seinen früheren Nachbarn kannte. Es war eher eine flüchtige Bekanntschaft gewesen. Man hatte sich stets nur zufällig getroffen und bei diesen Gelegenheiten manchmal einige belanglose Sätze gewechselt. An diesem Abend erfuhren wir also erstmals von der Achse zwischen dem biederen Rudolf Gossmann und dem schrägen Maxim Wendel, wobei Gossmann von Wendels zweifelhaften Vorlieben bis zu diesem Zeitpunkt nichts wusste. Wendel war zwischen-

zeitlich verheiratet und zu seiner Frau in den Dortmunder Süden gezogen.

Das Gespräch zwischen Traunhof, Böhringer, Gossmann und mir hangelte sich schwerfällig über die Zeit, aber schließlich kam Gossmann immer wieder auf den Punkt, dass ihn sein Gewissen plage und es ihn auch nicht tröste, dass andere nicht besser seien. Er hätte den Unfall sofort zur Anzeige bringen müssen, dann hätte das noch lebende Opfer gerettet werden können. Böhringer versuchte ihn zu fangen, indem er ihm bewusst machte, dass sich Gossmann selbst strafbar gemacht habe, weil er dem überlebenden Opfer nicht geholfen habe. Ich schwieg, weil ich hoffte, dass der von Böhringer aufgebaute Druck Gossmann entsprechend motivieren könnte, aber es war uns allen klar, dass Gossmann eine tickende Zeitbombe war. Seine ›Betreuung‹ durch uns wurde nun noch intensiver. Wir führten immer wieder Gespräche mit ihm über dieses Thema, begleiteten ihn teilweise auch durch seinen Alltag und schließlich auch in den Zeiten, in denen er sich der Malerei hingab.

Kann man einen Mord vorsorglich planen und einzelne Tatelemente im Voraus ausführen und sammeln? Die Frage zu stellen, heißt sie in diesem Fall zu bejahen. Ich weiß wirklich nicht mehr, ob es Böhringer oder Traunhof war, der in einem Gespräch zwischen uns dreien unverhohlen die Frage aufwarf, wie mit Gossmann weiter zu verfahren sei, dessen bevorstehender Gang zur Polizei uns und Delia ins Verderben reißen würde. Die Antwort kam nicht sofort und nicht explizit von Traunhof, Böhringer oder mir. Sie entwickelte sich schleichend, wucherte in langen Gesprächen, in denen wie von selbst Gossmanns Tod eine erst vorstellbare und schließlich gebilligte Option darstellte, die die drängenden Probleme mit einem Schlag erledigen würde. Aus heutiger

Sicht perverse Gedanken flossen in unsere kranke Abwägung mit ein, etwa die Überlegung, dass Gossmann angesichts seines fortgeschrittenen Alters sein Leben ohnehin fast gelebt und nach dem Tod seiner Frau einsam geworden sei. Die Malerei, die Gossmanns großes Hobby war, erklärten wir kurzerhand zu seiner Flucht vor der Realität. Es waren wieder die simplen und unserem Plan entsprechend zurechtgebogenen Ideale der ›Zehn‹, mit denen wir uns gegenseitig beflügelten und über andere Menschen erhoben.

Im Februar des Jahres, als Gossmann starb, plante Böhringer das zehnjährige Jubiläum seiner Firma, die inzwischen zur Gartencenterkette angewachsen war. Von Anfang an war eine Tombola geplant, doch Böhringer, der aus meinen Schilderungen mit der Person des Maxim Wendel recht gut vertraut war und von dessen fragwürdigen Vorlieben und auch dessen Geiz wusste, kam auf die Idee, Wendel als möglichen Täter eines Mordes an Gossmann aufzubauen. Es war noch unklar, wann und wo die Tat stattfinden würde, aber es schälten sich die groben Umrisse heraus, die im Kern auf der Idee fußten, dass die Triebhaftigkeit des Maxim Wendel gezielt für eine vermeintliche Vergewaltigung genutzt und Gossmann als vermeintlicher Zeuge von Wendel getötet werden sollte. Das Tatgeschehen lebte von der Stigmatisierung des Maxim Wendel, die ich im Detail kannte. Böhringer hatte die verwegene und in ihrer Realisierung so einfache Idee, über sein Gewinnspiel Wendel die mögliche Tatwaffe anfassen zu lassen. Die Eheleute Wendel erhielten gezielt Anfang April durch Einwurf in ihren Briefkasten einen der ansonsten tausendfach versandten Werbebriefe im Zusammenhang mit dem Firmenjubiläum, darüber hinaus jedoch – wie etliche zufällig ausgesuchte andere auch – ein Glückslos, das bei Öffnung gleich den Gewinn offenbarte. Die Einlö-

sung war vorgegeben: Die Gewinner sollten am nächsten Samstag zu einer bestimmten Uhrzeit im Center im Dortmunder Westen vorsprechen und ihren Gewinn in Empfang nehmen. Selbstverständlich erschienen die Wendels, und während ihre Aufmerksamkeit dem wertvollen Birnbaum galt, der ihnen einige Tage später mit dem Lieferwagen des Centers nach Hause gebracht und von Mitarbeitern eingepflanzt wurde, bestand Böhringers Clou darin, Wendel noch eine Weinflasche zu schenken, die er aus einem bereitstehenden Karton ziehen sollte. Wendel tat das auch, wobei er die Flasche an ihrem Hals so anfassen musste, wie er es bei der vermeintlichen Tatausführung tun würde. Böhringer nahm die Flasche von Wendel entgegen (und fasste sie selbstverständlich nur im unteren Bereich an), tauschte sie verdeckt auf dem Packtisch gegen eine gleichartige andere Flasche aus und gab letztere an Wendel zurück, nachdem sie in Jubiläumspapier eingepackt worden war. Die mit den Fingerabdrücken Wendels versehene Flasche wurde sorgfältig für ihren angedachten Einsatzzweck verwahrt. Es war klar, dass dieser Vorgang, der einige Zeit vor der Tat lag, für Wendel völlig belanglos war und ihm überdies suggerierte, die ausgewählte Flasche selbst mitgenommen zu haben. Er würde diesem Vorgang keine Beachtung schenken, sich vielleicht sogar niemals daran erinnern, weil es keine sichtbare Verbindung zur späteren Tat gab. Böhringer hat die Flasche später unten gekonnt abgeschlagen. Er war schon als Schüler Meister in dieser überflüssigen Disziplin.

Im Mai kündigte die Stadt für August desselben Jahres den Malwettbewerb ›Deine Heimat in Öl‹ an, und es bedurfte nur eines kleinen Anstoßes, Gossmann zur Teilnahme und dazu zu bewegen, ein Motiv aus dem Rombergpark zu malen, in dem Wendel regelmäßig joggte. Diese

Information hatte ich von dem Schulleiter, der über alles, was Wendel betraf, stets im Bilde war und über jedes noch so unwichtige Detail ungefragt berichtete, das er über den von ihm so gehassten Wendel in Erfahrung bringen konnte. Ich vermute, dass es Wendel selbst war, der dem Schulleiter im Zusammenhang mit seinem Umzug davon erzählt hatte, denn es dürfte ihm eine Genugtuung gewesen sein, vor dem Schulleiter mit seinem vermeintlichen sozialen Aufstieg zu prahlen.

Es war Böhringer, der mithilfe von Traunhof nun im Detail einen Plan ausarbeitete, in dem die Gewohnheiten des Maxim Wendel mit scheinbaren Zufällen geschickt kombiniert wurden und die von Wendel selbst zu verantwortende eigene Stigmatisierung alle Elemente des Tatgeschehens schlüssig miteinander verknüpfen sollte.

Ich meine sogar, dass es Böhringer und Traunhof am Ende Freude machte, ein Tatgeschehen zu kreieren und mit Leben zu füllen, das sich aus dem Umstand speiste, dass man nur die Gewohnheiten zweier Menschen, nämlich einerseits die sich über mehrere Tage hinziehende Malerei Gossmanns am selben Platz und zur selben Zeit, und andererseits Wendels Joggen zur selben Zeit und über dieselbe Strecke, durch einen vermeintlich schicksalhaften Zufall miteinander verbinden musste. Das erste Bindeglied war Michelle Crouchford, die hier in Dortmund nur rudimentär einem ohnehin nie ernst betriebenen Studium nachging und sich in erster Linie durch verborgene Prostitution ihren Lebensunterhalt verdiente. Traunhof hatte vor Jahren ihre Dienste bei einem Kongress in Leipzig in Anspruch genommen, bevor er sie bewegen konnte, sich aus dem bisherigen Etablissement (du kennst es ja von außen) zu lösen und hier auf eigene Rechnung zu arbeiten. Mittlerweile ist sie untergetaucht und arbeitet, wie

Traunhof vermutet, heute als Edelprostituierte irgendwo in Osteuropa. Sie ist zeitnah nach dem Prozess gegen Wendel, ausstaffiert mit reichlich Geld, das Traunhof, Böhringer und ich zusammengetragen haben, verschwunden. Michelle Crouchford war aus der Sicht Wendels die perfekte Beutefrau, allerdings eine, die er nie selbst würde erobern können. Es ist typisch für die Großsprecher des Typs Wendel, dass sie in der Realität ihre Begehrlichkeiten nie verwirklichen können. Also musste sich die unerreichbar scheinende Beute dem Theorielüstling Wendel öffnen, und es ist dir bekannt, wie es funktionierte. Wendel wird nie verstehen, dass die äußeren Reize einer Frau nicht ihr Wesen spiegeln müssen. So anmutig Michelle Crouchford auch wirkt, so kalt und leer ist sie in Wirklichkeit. Sie ist ein gefühlskalter Mensch und unfähig, sich mit einem anderen Menschen im Herzen zu verbinden. Sie arbeitet mit ihrem Körper, macht ihn zu Geld und setzt ihn als Instrument ein. Es ist ein simpler Trick, Männer auf den Leim solcher Frauen gehen zu lassen. Wendel hat seine Neigung zu blonden Frauen im Prozess als verhängnisvolle Sucht zum blonden Gift beschrieben. Dies ist eine gleichermaßen naive wie treffende Beschreibung seines wirklichen Fehlers: Wendel erkennt nicht die Menschen, die wirkliches Gift für ihn sind. Mit Michelle Crouchford wurde ihm eine reizvolle Hülle präsentiert, hinter deren anmutiger Fassade sich eine Frau verbirgt, die willfährig das üble Spiel mitmachte und sogar im Detail vervollkommnete. Selbstverständlich war der Sturz der Crouchford von ihr selbst herbeigeführt worden. Sie hat – was du schnell hinterfragt und vermutet hast – ein Wundspray benutzt, war danach wieder leichtfüßig unterwegs und hat später Wendel mit spielerischer Leichtigkeit verführt. Es war klar, dass sich Zeugen finden würden. Die Brandstätters waren gleicher-

maßen ideale wie zufällige Beobachter. Wären sie nicht vor Ort gewesen, hätte die vermeintliche Vergewaltigung der Crouchford eben so lange gedauert, bis geeignete Zeugen in Reichweite erschienen wären. Die Tatausführung barg viele Variablen. Es galt, die besten Gelegenheiten miteinander zu verknüpfen. Es ist üblich, dass der Rombergpark an Tagen mit schönem Wetter reichlich von Besuchern frequentiert wird. Auch dies war eine Gewohnheit, die wir uns nutzbar gemacht haben. Als Wendel sich mit der Crouchford vergnügte, geschah die eigentliche Tat. Traunhof saß bei Gossmann, um mit ihm noch einmal über alles zu sprechen, doch seine eigentliche Absicht war natürlich eine andere. Gossmann hatte auf Traunhofs Rat den Standort der Staffelei verändert, weil er ihm suggerierte, dass er aus der Zeitung von einem abendlichen Jugendfest rund um den kleinen Teich im Park erfahren habe. Es stehe zu erwarten, dass Gossmann, der sein Bild ja ohnehin weitgehend fertiggestellt hatte, von neugierigen Kindern gestört werde, wenn er sich und seine Staffelei sichtbar präsentiere.

Schon vor Gossmanns Ankunft auf dem Hügel hatte er die bewusste Flasche mit abgeschlagenem Boden – das zweite Bindeglied – an der Stelle abgelegt, die Unbekannte als Grillplatz benutzt hatten. Er hatte die Flasche mehrmals – und wiederholt auch Tage vorher – etwas in der Asche gewälzt und selbstverständlich Sorge dafür getragen, dass Wendels Fingerabdrücke auf der Flasche erhalten blieben.

Als die Uhrzeit nahte, zu der die Crouchford erwartungsgemäß mit Wendel auftauchen würde, verließ Traunhof den Platz neben Gossmann, den man – wie du festgestellt hast – vom Weg aus nicht sehen konnte, und beobachtete versteckt die Ankunft von Crouchford und Wendel. Für den Tatplan war es nicht so entscheidend, wie weit die Crouch-

ford Wendel tatsächlich verführte. Es hätte gereicht, dass sie ihn an sich gezogen und mit ihm ins Gras gefallen wäre. Aber Wendel sprach sofort auf sie an. Er, der erst seit ein paar Monaten mit der blassen und fast neurotischen Sarah verheiratet war (ich erinnere mich an die späteren anstrengenden Gespräche mit ihr), ließ sich leichter locken, als wir zu träumen gewagt hatten. Wendel folgte ihr willig auf die Wiese, ließ sich gern von ihr an sich ziehen und umschlingen, fiel mit ihr ohne jede Gegenwehr ins Gras und lag sofort auf ihr. Es ist ohne Bedeutung, dass es nicht zu mehr kam, aber ich bin mir sicher, dass Wendel zu allem bereit war. Auf ihn war eben Verlass. Ich bleibe dabei, dass sich Menschen seines Typs nicht in ihrem Kern ändern. Sie behalten ihre triebhafte Struktur. Mag sein, dass er über seine Frau einen Weg in die Normalität suchte. Es wird ihm nicht gelingen. Ich halte von diesem Psychokram nichts. Er bleibt ein Schwein.

Als sich die Crouchford mit Wendel im Gras wälzte, schritt Traunhof zur Tat. Es war ein kurzer, schneller und zielsicherer Stoß, auf den sich Traunhof mit seiner medizinischen Kenntnis vorbereitet hatte. Er trug Handschuhe, die er kurz zuvor übergestreift hatte, was Gossmann nicht bemerkte, weil er sich auf sein Bild konzentrierte. Nach dem tödlichen Stoß platzierte Traunhof die Flasche neben der Leiche, versteckte sich hinter einem Busch und rief: »Das sind doch Sie …!« Du kennst die Worte, die die eingeplanten Zeugen hörten und bestätigten. Dass es nicht Gossmanns Stimme war, die sie hörten, wurde nicht einmal hinterfragt. Auch der Rest der Geschichte ist bekannt. Michelle Crouchford nutzte die Irritation Wendels, rief um Hilfe und zwischendurch nach ihm und verhinderte so, dass er so weit den Hügel hinauflief, dass er Gossmann und Traunhof gefunden hätte. Zugleich gelang es der Crouchford mit ihrer Theatralik, die Aufmerksamkeit der anderen Zeugen auf sich zu lenken, wobei es hilfreich war, dass sie sich ihr eigenes Shirt vom Leibe gerissen hatte. So konnte schließlich keiner der anderen Zeugen nachher etwas dazu sagen, ob Wendel auf der Anhöhe hinter das Buschwerk gelaufen war, wo Gossmann lag, oder nicht. Die Crouchford hatte, bevor sie aufstand, mit dem um den Zeigefinger gewickelten Shirt das Glas ihrer Uhr zerdrückt, die somit die Zeit 18.05 Uhr als Tatzeit auswies, was sich im Nachhinein als problematisch erwies, als man merkte, dass der Zeitablauf zwischen dem Verlassen des Cafés und der Vergewaltigungsszene Fragen aufwarf.

Böhringer war der Jogger, der wie zufällig vorbeikam und sich anbot, der aufgelösten und um Hilfe schreienden Michelle Crouchford Wasser zu geben, damit sie ihre brennenden Kniewunden auswaschen konnte. Danach kam die Crouchford ins Krankenhaus, wo man nochmals ihre Kniewunden verarztete. Wir hatten damit kalkuliert, dass man sich nicht vertieft um die Schürfwunden kümmern würde. Alles lebte also von der Ausnutzung von Gewohnheiten und dem geschickten Arrangement von Zufällen. Der Tattag war nicht festgelegt. Es musste nur einer jener schönen Tage sein, an dem Gossmann noch an seinem Bild arbeitete, das auf mein Drängen sogar der Beginn einer kleinen Serie sein sollte. Gossmann sollte noch möglichst oft an seiner Staffelei sitzen und an diesem oder ein neues Bild malen, bis der Plan realisiert war. Bis dahin wäre Wendel beim Joggen immer wieder Michelle Crouchford begegnet, die ihren Einsatz stets an einer verdeckten Stelle abwartete, an der Wendel auf dem Weg zum Café am Zoo vorbeilief. Vielleicht wäre sie beim nächsten Versuch zufällig mit Wendel zusammengestoßen, vielleicht wäre sie 20 Meter vor ihm gefallen. Vieles ist denkbar. Wichtig war nur, dass die zentralen Elemente miteinander verknüpft werden konnten.

Ich habe Maxim Wendel äußerlich verteidigt und ihm in Wahrheit geschadet. Du hast zielsicher die Schwachpunkte gefunden, sogar das Merkblatt mit dem für die Crouchford bestimmten Fragen. Ich hatte weder für die Crouchford noch für die anderen Zeugen Fragenkataloge gefertigt, sondern diese erst geschrieben, bevor ich dir die Akten gab, um dir eine besonders sorgfältige Prozessführung vorzugaukeln. Dabei habe ich mich schlicht an die Daten meiner Mitschriften von den Verhandlungstagen gehalten und übersehen, dass die Vernehmung der Zeugin an einem anderen als dem ursprünglich geplanten Tag stattgefunden hatte.

Ich schrieb es bereits zu Anfang: Hochmut hat mich getrieben und letztlich zu Fall gebracht. Ich wusste, dass mein Ende naht, wenn jemand den Fall richtig anpackt. Dieser Jemand bist du, und du wirst ihn im Sinne des Maxim Wendel zu Ende führen. Mitleid habe ich mit einem Menschen wie Wendel trotzdem nicht. Wir werden in dieser Frage unterschiedlicher Ansicht bleiben.

Du findest in der Anlage den von mir komplett vorbereiteten Antrag auf Wiederaufnahme des Verfahrens nebst sämtlichen Beweisantritten. Diesen Brief solltest du im Original ebenfalls beifügen. Er ist zugleich mein Geständnis. Über den Wiederaufnahmeantrag werden andere Richter entscheiden als die frühere Kammer unter Vorsitz des unsäglichen Herrn Froog, der sich wie Oberstaatsanwalt Kreimeyer nie dadurch auszeichnete, einen Fall, der auf den ersten Blick sonnenklar erscheint, gründlich zu hinterfragen. Die beiden sind – obwohl nur fahrlässig handelnd – will-

fährige Helfer gewesen. Aber ein schlechter Richter bleibt nun einmal trotzdem Richter, wenn er nicht vorsätzlich falsch urteilt.

Der Unfall ist nun vier Jahre und rund zehn Monate her. Du bist kein Strafrechtler, Stephan, und du willst und wirst wahrscheinlich auch nie einer werden. Delias Taten sind in wenigen Wochen, also fünf Jahre nach dem damaligen Unfall, verjährt, nicht aber die von Böhringer, Traunhof und mir. Was meine Person betrifft, habe ich mich durch Tod meiner Verantwortung gestellt und sich ihrer zugleich entzogen. Ich wusste immer, dass ich mit meiner Schuld nicht auf Dauer würde leben können, aber ich wollte diesen Schlusspunkt erst setzen, wenn man Delia nicht mehr belangen kann. Delia ist frei, also auch von einem Vater befreit, der sie immer an der Entfaltung ihrer Persönlichkeit gehindert hat. Sie wird einen eigenen Abschiedsbrief über den Notar Bollermann erhalten. Je näher ich dem Ablauf der Verjährung von Delias Straftaten komme, desto gelöster werde ich.

Traunhof und Böhringer nehmen mich zunehmend in die Zange. Sie wissen nicht, dass ich den Beweis in Händen halte, dass Delia den Mord an dem überlebenden Unfallopfer weder gebilligt noch gewollt und von der Tötung Gossmanns nicht einmal etwas gewusst hat. Also wissen sie auch nicht, dass sie ihr wesentliches Druckmittel bereits verloren haben.

Traunhof und Böhringer argwöhnen, dass ich umfallen werde. Sie beäugen, was du herausfindest, obwohl ich ihnen praktisch nichts mehr erzähle. Aber sie fürchten, dass du mich einnimmst und umdrehst. Sie haben Angst vor dir, Stephan. Natürlich war es Traunhof, der deiner Marie einen Schreck einjagen wollte. Ich hatte ihn per SMS vom Zug aus darüber informiert, dass sich Marie mit Frau Wendel treffen wollte, weil ich sie mit Nachrichten füttern musste, um das ohnehin bei ihnen erwachte Misstrauen nicht noch anzuheizen. Die Information über das bevorstehende Treffen deiner Marie mit Frau Wendel erschien mir unkritisch, doch als ich später erfuhr, dass Traunhof begann, feinsinnigen Terror zu entfalten und er sogar grinsend gestand, Marie bedroht und nächtliche Anrufe getätigt zu haben, wusste ich, dass du und deine kleine Familie in Gefahr sind.

Ich werde mich also erklären müssen, um euch zu schützen. Auf Dauer werden mir Traunhof und Böhringer nicht glauben, dass du auf der Stelle trittst. Ich habe dich heute gebeten, mit mir auf die Chamanna Jenatsch in die Schweiz zu fahren. Ich möchte dir dort all das gestehen, was ich hier geschrieben habe und noch heute beim Kollegen Bollermann hinterlegen werde. Die Zeit läuft mir weg, aber ich habe es auch nicht anders verdient. Delia wird mein Haus am Phönix-See erben. Ob du meine Kanzlei fortführen willst, überlasse ich dir. Mein Name steht nicht länger für gute anwaltliche Dienstleistung, sondern für Verrat, Korruption und Duldung von Verbrechen. Das ist schlechte Werbung, noch schlechter als die Werbeposse von Herrn Löffke. Die ›Zehn‹ werden sich vermutlich auflösen – es werden ja auch nach dem Ausscheiden Traunhofs, Böhringers und mir nur noch sechs Mitglieder übrig bleiben. Diese Sechs, die nicht in die Geschehnisse involviert sind, werden aus dem selbst erbauten Elfenbeinschlösschen weichen müssen. Es sind normale Menschen, nicht besser als alle anderen, aber besser als die, die wie Böhringer, Traunhof und ich das hohe Ideal ins Gegenteil verkehrt haben. Der Fall Wendel ist am Ende also mein Fall geblieben – und er ist zu meinem Fall geworden.

Sollte zu dem Zeitpunkt, in dem du diesen Brief liest, die fünfjährige Verjährungsfrist noch nicht abgelaufen sein, so warte bitte ihre Vollendung ab, bis du weitere Schritte unternimmst. Schütze meine Delia. Ich bitte dich darum!

Ich verabschiede mich von dir in aufrichtiger Dankbarkeit und voller Hochachtung,

Dr. Gereon Trost.

35

Stephan übergab den Brief an Marie, die hinter ihn getreten war.

»Es ist die Geschichte eines Selbstmordes«, sagte er betroffen und nahm die dem Brief beigefügte DVD in die Hand. Er entfernte vorsichtig ihre Hülle und legte sie in den Rechner ein.

Auf dem Bildschirm erschien eine elegante schwarze Ledercouchgarnitur mit einem Glastisch. Der Betrachter sah seitlich von oben auf das Mobiliar, am Bildschirmrand war noch ein Teil eines großen Schreibtisches zu sehen. Die Kamera war auf diese Szenerie fixiert. Es tat sich nichts.

»Wo ist das?«, fragte Marie, die von Trosts Brief aufgesehen hatte.

»Es ist Trosts Büro in seiner Villa am Phoenix-See«, antwortete Stephan. »Er hat es mir bei meinem ersten Besuch gezeigt. Ich weiß auch ...« Er unterbrach sich, hob die Hand und lauschte. »Warte, da waren Stimmen zu hören.«

Er startete die DVD erneut.

Sie horchten, während die Kameralinse unverwandt die Besprechungsecke in Trosts Büro zeigte. Tatsächlich waren zwischendurch immer wieder Wortfetzen zu vernehmen, dann waren die Stimmen für einen Augenblick deutlicher zu hören.

»Es sind Trost und Böhringer«, war sich Stephan sicher. »Und ich wette, dass die Aufzeichnung vom Nachmittag oder Abend des Tages stammt, als ich mit Trost zusammen Maxim Wendel in der Justizvollzugsanstalt besucht habe. Böhringer war in dieser Zeit mehrere Tage auf Trosts Grundstück mit der Gestaltung der Außenanlagen beschäftigt. Und an jenem Tag haben sich die beiden unterhalten, nachdem sie zunächst auf der Terrasse ein Bier getrunken haben. Genau so hat es Böhringer bei dem abendlichen Gespräch auf der Hütte erzählt. Also wird die entscheidende Sequenz erst noch kommen. Und dieses Gespräch hat Gereon veranlasst, am darauf folgenden Tag den Brief zu schreiben, den du in Händen hältst.«

Stephan spielte die DVD vor und blickte zusammen mit Marie gebannt auf den Schirm, bis Trost und Böhringer im Zeitraffer ins Bild rannten und Sekundenbruchteile später bereits auf der Garnitur saßen. Stephan stoppte den Vorlauf und stieg in die Szene ein.

»... zu lange ist«, sagte Böhringer. »Du kannst mir nicht erzählen, dass du in Leipzig keine Gelegenheit gefunden hast, Knobel dazu zu bewegen, in deine Kanzlei einzusteigen. So etwas ist für einen Typ wie Knobel doch die einmalige Gelegenheit. Ich habe mich erkundigt. Er gilt als ordentlicher Anwalt, aber er kämpft ums Überleben. Knobel hat Familie, Gereon. Seine Partnerin ist Lehrerin. Sie arbeitet halbtags. Das wirft keine Reichtümer ab. Wolfgang hat sie gesehen, als sie sich mit der Wendel getroffen hat. Während du in Leipzig keinen Schritt nach vorn gegangen bist, hat Marie Schwarz der Dame ordentlich auf den Zahn gefühlt. Es war immerhin ein Glück, dass Wolfgang das Gespräch belauschen konnte – und ein Zufall, dass wir aus den damaligen Zeitungsberichten noch ein Foto von der Wendel hatten. Sonst hätte Wolfgang sie womöglich gar nicht gefunden.«

»Ihr kanntet Zeit und Ort des Treffens«, beschwichtigte Trost. »Mehr war nicht zu machen. Knobel ist vorsichtig.«

»Nenne mir einen vernünftigen Grund, warum Knobel den Fall Wendel überhaupt weiter betreibt, wenn ihm finanziell durch dich, durch uns, das Paradies winkt? Warum schmeißt er nicht hin, wie es die anderen Anwälte vor ihm getan haben, die nicht einmal vertieft in die Sache eingestiegen sind?«

»Weil er sich in die Sache vertieft. Er ist fleißig, intelligent, zäh – und unbestechlich«, antwortete Trost.

Böhringer grinste höhnisch.

»Du weißt, was passiert, wenn Knobel den Fall löst«, sagte Böhringer und lehnte sich vor. »Du und deine Delia haben damals mitgeholfen, die Fußgänger in den Straßengraben zu verfrachten. Ihr seid in die Planung von Gossmanns Tod eingebunden gewesen. Mittäterschaft von vorn bis hinten.«

»Du weißt, dass das nicht stimmt«, erwiderte Trost ruhig. »Delia, Gossmann und ich haben sich an der Beseitigung der Unfallopfer überhaupt nicht beteiligt. Keiner von uns wollte das oder hat es auch nur gebilligt. Delia wollte Hilfe holen, doch das habt ihr verhindert. Es war einzig euer Entschluss,

Lutz. Der Fehler von Gossmann und mir war, geschwiegen zu haben und nicht geholfen zu haben.«

»Die Version von dir und deiner Tochter wird nicht beweisbar sein, Gereon. Wem sollte das, was Wolfgang und ich getan haben, nützen? Wem außer deiner Tochter und somit auch dir? – Verstehst du: Wolfgang und ich haben ohne Zögern von uns aus die Loyalität vorgelebt, die wir zu unserem Ideal erhoben haben. Wolfgang und ich sind keine reinen Theoretiker. Wir springen ein, auch wenn es gefährlich wird und Opfer kostet. Wenn Knobel den Fall löst, werden wir dich und deine Tochter zu Fall bringen. Bei uns gewinnt und verliert man zusammen. Mitgewinner auf der einen, Mittäter auf der anderen Seite.«

»Delia wusste auch nichts von dem Plan, Gossmann zu töten«, sagte Trost.

»Ich muss nichts wiederholen«, erwiderte Böhringer kühl. »Bei der Beweisführung geht es letztlich auch immer darum, wie weit man dem anderen glaubt. Die Antwort auf die Frage, wem hier welche Tat nützt, liegt auf der Hand. Man wird dir und deiner Delia einfach nicht glauben, Gereon. Deine Tochter wird noch so viel beteuern können, dass sie Hilfe holen wollte und du wirst noch so heldenhaft die Aussage deiner Tochter bestätigen können! Ihr werdet nicht ernsthaft glauben, dass Wolfgang und ich euch beistehen werden. Die Wahrheit wird euch also nicht helfen! Es wird eng für dich, Gereon Trost. Regel die Sache mit Knobel, sonst müssen wir es tun. Gemeinsam, versteht sich.« Er lächelte zynisch und erhob sich. Marie und Stephan sahen, wie Böhringer aus dem Bild trat. Trost folgte ihm und warf im Hinausgehen einen verstohlenen Blick in die Kamera. Kurz darauf endete die Aufnahme.

»Er hatte eine versteckte Kamera in seinem Büro«, erklärte Stephan. »Vielleicht hat er sie nur zu dem Zweck installieren lassen, einmal den Beweis führen zu können, der hier so wichtig ist.«

»Was meinst du, Stephan?«, fragte Marie. »Ich verstehe überhaupt nicht, worum es geht. Was hat Delia mit dem Fall zu tun?«

»Es ist das Eingeständnis Böhringers, dass Delia weder mit der Beseitigung des noch lebenden Unfallopfers noch mit der Tötung Gossmanns etwas zu tun hatte. Damit ist klar, dass ihr nur fahrlässige Körperverletzung und fahrlässige Tötung vorgeworfen werden können. Und diese Taten verjähren in wenigen Tagen. Lies den Brief, dann wirst du alles verstehen. Trosts Brief macht nur zusammen mit der Aufzeichnung aus seinem Büro Sinn. Er schützt seine Tochter.«

»Wer war Gereon Trost wirklich?«, fragte sie weiter.

»Wenn ich das wirklich wüsste!«

Stephan dachte eine Weile nach.

»Er war mit Sicherheit ein Spieler«, meinte er, »aber auch ein Provokateur, ein überheblicher und zugleich feiger Mensch mit einem perfiden Menschenbild, ein die Tochter überfordernder Vater und ein Jurist mit einem Zerrbild von Gerechtigkeit. Trost hat sich selbst zum Richter über andere gemacht und ist dabei zum Mörder geworden. Er hat seinen Mandanten Wendel ans Messer geliefert. Trost hat seine menschenfeindliche Ideologie bis zum Schluss vertreten, auch wenn er sich in seinem Abschiedsbrief davon distanziert. Ich glaube nicht, dass Trost in seinem Brief durchgehend ehrlich war. Es ist bezeichnend, dass sich die ›Zehn‹ in ihrer inhaltlichen Idealform erst ausprägten, als Gossmann tot war. Sie haben ihre Ideologie aus der Erfahrung eines verübten Verbrechens heraus vervollkommnet. Deutlicher kann man die Verachtung gegenüber anderen Menschen nicht ausdrücken. In all diesen Beziehungen war Trost kein guter Mensch.«

Stephan hielt inne.

»Aber er war auf der anderen Seite auch einer, der sich ziemlich schnell hinter mich gestellt hat. Ich glaube nicht, dass er das nur tat, weil die Verjährung von Delias Taten bevorstand. Er hat mich bewusst teilweise auf die richtigen Spuren gesetzt und zugleich gegenüber Traunhof und Böhringer falsch gespielt, aber auch mich zwischendurch in die Irre geführt. Denk zum Beispiel an die SMS an Traunhof, die er diesem aus dem Zug geschickt und später wieder gelöscht hat. Vielleicht war auch das nur sein Spiel. Ganz sicher hat er mir am Ende das Leben gerettet. Das habe ich jetzt verstanden.«

»Wie meinst du das?«

»Trost hatte nicht vor, sich in den Bergen das Leben zu nehmen. Das ergibt sich aus seinen Zeilen. Er schreibt nur, dass er tot sein werde, wenn ich diese Zeilen lese, aber nicht, wann er aus dem Leben scheiden wollte. Trost wusste jedoch – und die DVD bestätigt diese Annahme –, dass die Geduld der beiden anderen erschöpft war. Sie hatten mich, aber auch ihn, im Visier. Deshalb hat er den Brief, sobald er fertig war, sofort mit den anderen Beweisstücken bei dem Notar hinterlegt.

Er wollte mir auf der abgelegenen Hütte alles erzählen, kam jedoch nicht mehr dazu, weil Böhringer und Traunhof überraschend auftauchten. Beide hat er bis zuletzt so gut wie möglich in dem Glauben halten wollen, dass ich nichts Wesentliches wisse. Zugleich hat er mich an jenem Abend auf der Hütte aus der Schusslinie genommen. Mit seinem Selbstmord hat er, der aus Sicht der anderen zum Sicherheitsrisiko geworden war, die Gefahr beseitigt. Zugleich hat er in gewisser Weise sichergestellt, dass ich nicht mit Böhringer und Traunhof allein ins Tal zurück musste.«

Marie blieb unsicher.

»Es gibt ein Indiz«, meinte Stephan. »Bis heute ist mein Handy verschwunden, das ich an jenem Abend abgeben musste. Ich bin mir sicher, dass es sich entweder bei Traunhof oder bei Böhringer befindet. Welchen Sinn sollte das haben außer dem einen, dass beiden daran gelegen war, dass ich in den Bergen zu niemandem mehr Kontakt aufnehmen sollte?«

»Das Handy wäre ohnehin nutzlos gewesen«, entgegnete Marie. »Es gibt dort keinen Empfang.«

»Die beiden waren sich dessen nicht sicher«, war Stephan überzeugt. »Traunhof und Böhringer wollten jedes Risiko ausschließen. Gerade das ist der Beleg.«

36

Rund zwei Monate später saßen Marie und Stephan im Regionalexpress zum Düsseldorfer Flughafen. Die kleine Elisa schlief friedlich in ihrem Wagen, der wie zwei vollgepackte Koffer direkt bei ihnen im Mehrzweckabteil des Doppelstockzugs stand. Am Nachmittag würden sie auf Gran Canaria sein.

Stephan hatte Trosts Brief und die ihm beigefügten Beweismittel zwei Wochen zuvor und somit deutlich nach

Ablauf der fünfjährigen Verjährungsfrist der Staatsanwaltschaft zur Kenntnis gebracht, die sofort die Ermittlungen aufgenommen und nach Durchsuchungen bei Böhringer und Traunhof noch regelmäßige Überweisungen des Arztes auf ein Konto bei einer polnischen Bank festgestellt hatte. Es waren fortlaufende Schweigegeldzahlungen an Michelle Crouchford, die die polnische Polizei im Wege der Amtshilfe festgenommen hatte und bald nach Deutschland überführen würde. Traunhof und Böhringer saßen bereits in Untersuchungshaft, und auf Stephans eingeleitetes Wiederaufnahmeverfahren war der Haftbefehl gegen Wendel aufgehoben worden. Er hatte die Justizvollzugsanstalt Werl inzwischen verlassen. Das Ergebnis des Wiederaufnahmeverfahrens, das Anfang November beginnen würde, stand bereits jetzt fest, doch es würde nach den vorgesehenen Regularien durchgeführt und unter großer Anteilnahme der Medien und der Bevölkerung stattfinden. Stephans Honorar war gesichert, schon deshalb, weil die Staatskasse die Kosten des Verfahrens tragen würde und aus dem Publikationshonorar eines Magazins weitere Einnahmen zu erwarten waren. Maxim Wendel würde für die zu Unrecht erlittene Haft eine Entschädigung bekommen, die die im Gefängnis verlorene Zeit nicht ausgleichen konnte. Es würden 25 Euro für jeden Hafttag gezahlt werden, ein lächerlich kleiner Betrag, den das Gesetz vorsah und der Bundesrepublik Deutschland ein Armutszeugnis über ihren Umgang mit Justizopfern ausstellte.

Stephan hatte beschlossen, Trosts Kanzlei nicht zu übernehmen. Der Name Trost war in Justizkreisen und der Öffentlichkeit nach Bekanntwerden der Hintergründe des Falles Wendel verbrannt. Seine Kanzlei fortzuführen bedeutete die Übernahme einer Hypothek, gegen die Stephan nicht anarbeiten konnte. Maxim Wendel hatte sich nach seiner Freilassung erstmals wieder mit seiner geschiedenen Frau getroffen. Alles war auf einem guten Weg bis auf den Umstand, dass Stephans Verbleib in der alten Kanzlei bis auf Weiteres auch die Fortsetzung der Bürogemeinschaft mit Hubert Löffke bedeutete. Die Zukunft würde zeigen, ob Stephans Erfolg in der Sache Wendel ihm neue Mandate einbrachte, die es ihm ermöglichten, sich aus Löffkes Klauen zu befreien.

Marie blickte den schmalen Gang vom Mehrzweckabteil aus an der Toilettenanlage entlang in den dahinter befindlichen Fahrgastraum.

»Ist was, Marie?«

»Da hinten sitzt August Froog«, flüsterte sie. »Er liest in seinen Akten.«

Kaum, dass Marie diese Worte ausgesprochen hatte, stand Froog auf, bewegte sich bedächtig den Gang entlang und verschwand im Toilettenraum, ohne dass er Marie erkannt hatte. Sie wartete, bis die rote Lampe signalisierte, dass Froog die Tür von innen verriegelt hatte. Dann sprang sie auf und eilte zu dem Platz, an dem Froog gesessen hatte und sah sich eilig um. Es waren keine weiteren Fahrgäste da. Sie schnappte einige der Akten, die dort lagen, rannte mit rotem Kopf zurück, warf die Akten in den Korb unter den Kinderwagen und legte schnell ihre Jacke darüber. Der Zug war in den Tunnel vor dem Düsseldorfer Flughafen eingetaucht und bremste bereits ab.

Stephan wollte sich entrüsten, doch noch bevor er den Mund aufmachen konnte, zog ihn Marie zu sich heran und küsste ihn. Aus den Augenwinkeln heraus sah sie Froog, der den Toilettenraum verließ und zu seinem Platz zurückging.

Als Marie und Stephan gemeinsam mit ihrer kleinen Tochter den Zug verlassen hatten, suchte Froog verzweifelt seine restlichen Akten. Marie hatte ihre Sonnenbrille aufgesetzt und hörte ihn durch die geschlossenen Türen des wieder anfahrenden Zuges nach dem Schaffner schreien.

Irgendwo in einer Strandbar auf Gran Canaria blätterte Marie in einer deutschen Zeitung.

»Unglaublich, was hier steht«, sagte sie, schob ihre Sonnenbrille in die Haare und las vor:

Der Justizskandal um den Vorsitzenden Richter August Froog weitet sich aus. Froog, der am Dortmunder Landgericht tätig ist und in Düsseldorf wohnt, hatte die tägliche Zugfahrt in seine Heimatstadt dazu genutzt, Akten zu studieren. Am Donnerstag hatte er gegenüber dem Schaffner behauptet, dass ihm die Akten von einer unbekannt gebliebenen Person nach der Abfahrt des Zuges am Düsseldorfer Flughafenbahnhof geraubt worden seien. Die sofortige Kontrolle des gesamten Zuges und aller darin befindlichen Fahrgäste durch die eiligst herbeigerufene Bundespolizei im Düsseldorfer Hauptbahnhof erbrachte jedoch kein Ergebnis. Unterdessen wurden die Akten in einem Abfallbehälter am Düsseldorfer Flughafen gefunden, was Zweifel an der Richtigkeit der Behauptung Froogs begründet, der überdies inzwischen einräumte, seine Akten regelmäßig während der Zugfahrt von Dortmund nach Düsseldorf zu lesen und am Tattage die Akten während eines Toilettenbesuchs unbeaufsichtigt gelassen zu haben. Danach ist mehr als zweifelhaft, ob der von Froog behauptete Raub der Akten tatsächlich stattgefunden hat.

»Wirklich unglaublich!«, wiederholte Marie empört und schüttelte verständnislos den Kopf.

»Ohne Zweifel!«, pflichtete Stephan bei. »Da passiert eine Abweichung von der Gewohnheit und jemand nutzt das aus. Frechheit«, urteilte er scharf.

»Dem Herrn Froog wird in seiner Haut nicht wohl sein«, vermutete Marie. »Vielleicht sollte er an der richtigen Stelle ein Petitum formulieren.«

Sie grinste.

»Und was machen wir? Einen weiteren Wein, wie gewohnt oder Abweichung von der Gewohnheit?«, fragte Marie.

»Wir bleiben bei der Gewohnheit«, entschied Stephan und bediente das Ritual.

Sie lachten und warfen die Zeitung weg. Stephan warf ein zusammengeknülltes Papier hinterher, das er aus seiner Hosentasche gezogen hatte.

»Was war das?«, fragte Marie.

»Gereons Zettel mit dem Namen der Schweizer Berghütte. Auf der Rückseite stehen die Themen der vor den ›Zehn‹ gehaltenen Vorträge.

»Schade, ich hätte sie gern gesehen.«

»Du hast nichts verpasst«, meinte Stephan. »Es gab nur Vorträge über Unten und Oben, Gut und Schlecht, Richtig und Falsch, Lüge und Wahrheit, Wert und Unwert, Moral und Unmoral. – Es waren Vortragsthemen von Menschen, die sich über andere erhoben und sie verachtet haben. Im Grunde waren es Feinde der Freiheit. Deshalb gab es auch keinen Vortrag über das Glück.«

ENDE

Weitere Krimis finden Sie auf den folgenden Seiten und im Internet: www.gmeiner-verlag.de

Unsere Lesermagazine

2 x jährlich das Neueste aus der Gmeiner-Bibliothek

24 x 35 cm, 32 S., farbig; inkl. Büchermagazin »nicht nur« für Frauen

10 x 18 cm, 16 S., farbig

Alle Lesermagazine erhalten Sie in Ihrer Buchhandlung oder unter www.gmeiner-verlag.de.

GmeinerNewsletter

Neues aus der Welt der Gmeiner-Romane

Haben Sie schon unsere GmeinerNewsletter abonniert?

Monatlich erhalten Sie per E-Mail aktuelle Informationen aus der Welt der Krimis, der historischen Romane und der Frauenromane: Buchtipps, Berichte über Autoren und ihre Arbeit, Veranstaltungshinweise, neue Literaturseiten im Internet und interessante Neuigkeiten.

Die Anmeldung zu den GmeinerNewslettern ist ganz einfach. Direkt auf der Homepage des Gmeiner-Verlags (www.gmeiner-verlag.de) finden Sie das entsprechende Anmeldeformular.

Ihre Meinung ist gefragt!

Mitmachen und gewinnen

Wir möchten Ihnen mit unseren Romanen immer beste Unterhaltung bieten. Sie können uns dabei unterstützen, indem Sie uns Ihre Meinung zu den Gmeiner-Romanen sagen! Senden Sie eine E-Mail an gewinnspiel@gmeiner-verlag.de und teilen Sie uns mit, welches Buch Sie gelesen haben und wie es Ihnen gefallen hat. Alle Einsendungen nehmen automatisch am großen Jahresgewinnspiel mit attraktiven Buchpreisen teil.

GMEINER

Wir machen's spannend